# A ENTREVISTA

Publicado originalmente em e-book em 2016 por Headline Eternal, um selo da Headline Publishing Group

Título original: *Working Girl*



EDITORA
*Silvia Tocci Masini*

EDITORAS ASSISTENTES
*Carol Christo*
*Nilce Xavier*

ASSISTENTE EDITORIAL
*Andresa Vidal Branco*

PREPARAÇÃO
*Silvia Tocci Masini*

REVISÃO
*Maria Theresa Tavares*
*Mariana Paixão*

CAPA
*Carol Oliveira*
*(sobre a imagem de Kiselev Andrey Valerevich [shutterstock])*

DIAGRAMAÇÃO
*Larissa Carvalho Mazzoni*

**Dados Internacionais de Catalogação na Publicação (CIP)**
**Câmara Brasileira do Livro, SP, Brasil**

Gray, Shana
A Entrevista / Shana Gray ; tradução A C Reis. -- 1. ed. -- Belo Horizonte : Editora Gutenberg, 2017.

Título original: *Working Girl*

ISBN 978-85-8235-422-3

1. Romance erótico - Literatura inglesa I. Título.

17-00892 CDD-823

Índices para catálogo sistemático:
1. Romance erótico : Literatura inglesa 823

A **GUTENBERG** É UMA EDITORA DO **GRUPO AUTÊNTICA**

**São Paulo**
Av. Paulista, 2.073,
Conjunto Nacional, Horsa I
23° andar . Conj. 2301 .
Cerqueira César . 01311-940
São Paulo . SP
Tel.: (55 11) 3034 4468

**Belo Horizonte**
Rua Carlos Tuner, 420
Silveira . 31140-520
Belo Horizonte . MG
Tel.: (55 31) 3465 4500

**Rio de Janeiro**
Rua Debret, 23, sala 401
Centro . 20030-080
Rio de Janeiro . RJ
Tel.: (55 21) 3179 1975

www.editoragutenberg.com.br

SHANA GRAY

# A ENTREVISTA

Tradução: A C Reis

GUTENBERG

# Dedicatória

Perdi minha mãe devido a uma intoxicação alimentar por listéria em dezembro de 2012. Ela era minha incentivadora, mas depois que faleceu, meu pai assumiu essa posição, embora não entendesse nada de publicação de livros. Ele até leu minha obra da Harlequin Blaze, o que foi um pouco constrangedor, porque era uma história bem picante. Ele acompanhou, com entusiasmo, tudo o que eu fiz. Infelizmente, meu pai morreu em 23 de julho de 2016. Foi no momento em que eu terminava esta série fabulosa. Eu dava os retoques finais em A *Entrevista: Domingo* quando recebi a ligação do hospital. Dizer que eu fiquei completamente arrasada não define como a morte dele me afetou. Papai tinha 93 anos, era um veterano da Segunda Guerra Mundial, um jovem polonês forçado a lutar pelos alemães que viu muitas coisas durante a vida, incluindo sua filha alcançar o sonho de ser uma autora com livros publicados.

Este livro é para ele. Meu pai, que eu amo com todo o meu coração, cuja falta sinto dolorosamente.

Eu só queria que ele estivesse aqui para poder ler A Entrevista.

XOXO

## Segunda-Feira

Eu me acomodei na poltrona de couro macio e observei calmamente o luxuoso ambiente da recepção das Empresas Diamond. Era tudo de mármore, móveis de madeira cor de mel, tapetes grossos e iluminação indireta. Uma parede abrigava primeiras edições de livros clássicos por trás de um vidro chanfrado e hermeticamente fechado. A impressão que eu tive foi de uma sala de estar elegante. Em circunstâncias normais eu teria sido atraída para aquelas prateleiras, ansiosa para ver que livros mereciam ser protegidos com tanto cuidado.

Mas não hoje...

Todo o ambiente emanava riqueza e tradição e, na minha opinião, também exalava arrogância e privilégio. Eu não pertencia àquele lugar, mas isso não iria me impedir. Eu acalentava minha vingança desde os 15 anos, quando meu pai morreu, pois, cinco anos antes, com apenas 50 anos de idade, ele entrou em nossa casa com os pertences de seu escritório socados em uma caixa de papelão e o rumo da minha vida mudou. Agora, quando uma oportunidade enfim apareceu, eu pulei para agarrá-la. O presidente das Empresas Diamond precisava de uma assistente executiva.

Nas semanas após eu ter visto a vaga em um site de empregos para executivos, deixei a função de pesquisadora corporativa na biblioteca de uma empresa internacional de mineração, e fiz meu dever de casa, pesquisando e estudando para que estivesse absolutamente pronta para tudo, como se aquela fosse a entrevista da minha vida.

No meu emprego eu fazia de tudo, desde adquirir materiais de referência e procurar teses obscuras a respeito de direitos de mineração, até supervisionar uma equipe pequena de arquivistas e pesquisadores. Deixar tudo aquilo para me tornar a secretária de alguém era um retrocesso em minha carreira profissional, um desperdício da minha formação e dos recursos usados para pagá-la. Mas a oportunidade de derrubar uma corporação imensa não aparecia toda hora... e eu estava preparada para fazer o que fosse necessário. Não existia obstáculo que eu não conseguiria superar. Aprendi tudo o que eu pude a respeito da empresa — pelo menos o que era de domínio público. E o que não era eu precisava aprender ali, naquele momento, e a única forma de fazer isso era do lado de dentro.

Da minha poltrona eu tinha uma visão privilegiada do corredor refinado que levava ao misterioso coração da Diamond. Aquele mesmo coração em que meu pai, Charles Raymond, tinha trabalhado, acompanhando a exclusiva equipe de executivos que administrava a empresa. Até o dia em que ele foi demitido, acusado injustamente de apropriação indébita de fundos da empresa. Isso custou a ele — a *nós* — tudo. Ele foi colocado para fora sem a menor cerimônia, jogado na sarjeta. A empresa lhe tirou a aposentadoria, e ele ficou sem meios de se sustentar na velhice. Aquilo o deixou com uma reputação que o assombrava, tornando-o um velho amargo, até o dia em que morreu. (Eu nasci quando ele tinha 40 anos, já tarde em sua vida, mas antes que ele caísse em desgraça.)

Eu apertei os lábios, esforçando-me para não deixar minha raiva ferver. Isso não me ajudaria; calma e equilibrada era o único jeito que eu conseguiria ter sucesso. Consultei meu relógio, uma peça delicada que eu amava de todo coração. Papai o tinha dado para minha mãe no dia em que se casaram, há quase trinta anos, quando os dois ainda moravam na Inglaterra. Toquei com ternura o pequeno mostrador, circundado por uma caixa de platina primorosa cravejada de diamantes. O movimento do ponteiro dos segundos me lembrou que eu estava esperando, algo em que tinha me tornado muito boa.

Eu havia chegado para minha entrevista com os 15 minutos obrigatórios de antecedência, e pouco tempo havia se passado. Levantei o rosto e percebi o olhar disfarçado da jovem recepcionista se afastar de mim. Eu a observei enquanto ela tentava fingir que não tinha sido pega me encarando e decidi ignorá-la. Ela não era importante. Então eu me recostei, cruzei as pernas, entrelacei os dedos sobre minha bolsa Kate Spade e fiquei observando o saguão. Eu sabia demonstrar frieza, mas preciso admitir que estava curiosa quanto ao horário da entrevista; já passava bastante das 18h.

De qualquer modo, o horário também não importava; conseguir o emprego, sim. Tudo o que eu precisava era me tornar parte da organização, e aquela entrevista era minha única chance. Eu estava preparada para fazer praticamente qualquer coisa para conseguir ser aprovada.

Contudo, eu estava extremamente nervosa. Inspirei fundo, com o máximo de discrição que consegui. Não gostei que, lá no fundo, eu estivesse tremendo. Sentia a agitação e não havia nada que pudesse fazer a respeito. Pelo menos minha aparência não transparecia isso. Não conseguia imaginar o que aconteceria se eles descobrissem quem eu era. Provavelmente o mesmo que aconteceu com meu pai.

A barra da saia deslizou pela minha coxa quando eu cruzei novamente as pernas. Eu sabia que aquele terninho era antiquado, mas eu adorava minhas roupas clássicas. Baixando os olhos para meus pés, sorri para os sapatos. Outro grande achado. A única coisa nova era a bolsa. Minha paixão por bolsas estava fora de controle e meu cartão de crédito chorava de desespero.

Sons ecoaram no longo corredor. Olhei por baixo dos cílios, espiando a Srta. Recepcionista, que de repente se preocupou com a própria aparência, conferindo-a num espelhinho portátil, e depois fechando-o rapidamente. Eu remexi na minha bolsa, sentindo uma necessidade urgente de verificar se estava com batom nos dentes. Ouvi portas abrindo e fechando e mantive um olho na outra extremidade do corredor. Puxei uma inspiração curta quando um homem apareceu. Meu coração acelerou quando ele se aproximou e meus nervos ficaram à flor da pele. Eu não tinha mais tempo de verificar meu sorriso e então observei a aproximação daquele homem. Ele parecia estar para explodir o terno bem-cortado. Reparei em cada detalhe dele, gravando-o em meu cérebro.

Ele. Era. Lindo. E *grande*.

Meu Deus, ele parecia preencher o corredor com o corpo. A intensidade do rosto dele, concentrado em uma conversa no celular, me fez prender a respiração. As sobrancelhas, grossas e escuras, assim como o cabelo curto, estavam juntas. Ele estava concentrado e caminhava confiante. Uma cicatriz assustadora riscava sua face, bem debaixo do olho direito. Senti um impulso de passar o dedo por aquele vergão furioso que lhe atravessava a maçã do rosto. Meu cérebro hiperativo maquinou todo tipo de história sobre como ele havia conseguido aquela cicatriz. Nenhuma delas era agradável.

Ele entrou na recepção, dominando o espaço. Eu o encarei e meu coração acelerou ainda mais. *Minha entrevista seria com ele?* O homem se virou para a recepcionista, erguendo os olhos do celular, e disse algo que não consegui ouvir. Tentei conter uma careta quando a moça soltou um risinho e fez charme. Ele sorriu para ela e tamborilou os dedos sobre o balcão antes de se virar. Reparei que as mãos dele também eram grandes.

Então, ele ficou na minha frente e eu o encarei. Esperei um momento antes de decidir que deveria me levantar. Foi um esforço e tanto. Era como se a droga da cadeira estivesse me sugando. Eu me contorci, tentando controlar minhas pernas para conseguir me levantar com elegância.

— Srta. Canyon? — Aquele homem moreno e perigosamente lindo perguntou. Ele estendeu o braço e me ofereceu a mão.

— Sim — inclinei a cabeça para poder olhá-lo nos olhos. Eu tinha começado a usar o sobrenome de solteira da minha mãe no fim da adolescência. Do contrário, uma simples busca na internet revelaria todo o escândalo a respeito da traição do meu pai pela Diamond.

Pegar a mão dele foi a coisa mais errada que eu poderia ter feito. Seu toque era elétrico e um calor subiu pelo meu braço e foi parar no meu peito, expelindo todo o oxigênio dos meus pulmões. Olhei para nossos dedos para ver se havia, literalmente, fagulhas voando. Permiti que ele me ajudasse a levantar.

— Obrigada — disse, um pouco sem fôlego, procurando respirar.

Ajustei a corrente da alça da minha bolsa no ombro com a mão livre, depois a desci até o quadril para alisar a saia que, eu soube mesmo sem olhar, tinha subido ainda mais nas coxas. Ele soltou meus dedos, e eu os encolhi, querendo guardar a sensação daquele toque. Olhei para o seu rosto e quase desmaiei ao perceber que ele olhava para as minhas pernas, e me dei conta de que eu ainda estava passando a mão pelos quadris.

Céus, torci para que aquilo não estivesse parecendo um movimento sedutor. Então, entrelacei meus dedos à minha frente. Ele olhou para o meu rosto e fui capturada por seus olhos azuis, que me mantiveram refém até eu ter que respirar de novo. Ele sorriu e um canto de sua boca subiu de modo quase imperceptível. Isso fez a cicatriz acompanhar o movimento, o que — minha nossa! —, em vez de ser repugnante, produziu o olhar mais sedutor que um homem já tinha me dado. Fiquei abalada e, desesperada, mas tentei não demonstrar. Tirei meu olhar dele para conseguir me concentrar em respirar durante alguns segundos preciosos.

— Obrigado por concordar em vir tão tarde em uma segunda-feira — ele disse. — Eu sei que a entrevista foi uma coisa de última hora, e nós lhe agradecemos por conseguir encaixar este horário incomum na sua agenda.

A voz dele tinha autoridade e um ligeiro sotaque que não consegui identificar.

*Gostei...*

Concordei com a cabeça, registrando as palavras dele.

— Obrigada por me chamar para a entrevista. Estou feliz por termos conseguido marcar este horário.

— Como eu disse, nós agradecemos por você ter vindo. Agora... vamos começar?

— Claro — disse, grata porque não iríamos ficar ali nos encarando a noite toda.

Ele estendeu a mão, indicando que eu deveria ir na frente.

— Por favor, primeiro as damas.

Um arrepio me fez estremecer, como se ele tivesse me tocado com a voz. Nunca tinha me sentido tão afetada pela presença de um homem, e não sabia muito bem se o queria atrás de mim. Eu queria — não, *precisava* — vê-lo, mas não era possível. Sem saber para onde ir, continuei em frente até receber alguma orientação. Tudo foi ficando estranho enquanto ele me orientava através de um labirinto de corredores até o que pareceu ser um elevador privativo. Ele inseriu um cartão embaixo do sensor e, num piscar de olhos, eu estava dentro.

As portas fecharam e, se eu não estivesse olhando para os números, que iam aumentando, não saberia dizer se o elevador estava subindo ou descendo.

Nós permanecemos em silêncio e eu mantive os olhos grudados nos números dos andares. Ele ficou um passo atrás de mim e era como se ele produzisse algum efeito no ar à nossa volta. Seu tamanho dominava o elevador pequeno, mas requintado. Olhei para o chão e vi seus pés logo atrás de mim, à direita.

Minha mãe costumava dizer que era possível julgar uma pessoa pelos sapatos que usava. Os dele eram magníficos. Brilhantes, pretos e grandes. O elevador estava quente — era isso ou a temperatura do meu corpo estava subindo. Como não subiria, com aquela proximidade de um homem que irradiava uma sensualidade tão intensa? Quando as portas se abriram para um vestíbulo pequeno com paredes de vidro, fiquei surpresa ao descobrir que estávamos na cobertura. Virei para ele.

— Na cobertura? Por que...?

Ele empurrou a barra da porta e ela se abriu, fazendo voar uma folha de árvore que estava presa no batente. Ele olhou para mim, esperando que eu seguisse em frente. Será que ele não sabia que estávamos a mais de 70 andares acima do solo?

— Você não é de falar muito? — perguntei e estremeci ao perceber o nervosismo na minha voz.

O Bonitão sorriu.

— Só falo quando as palavras são necessárias.

Eu não soube o que responder, então apertei os olhos e dei as costas para ele. Embora não pudesse vê-lo, eu estava muito ciente daquela presença atrás de mim.

— Srta. Canyon, por aqui, por favor.

O vento soprou forte, açoitando meu cabelo. Graças a Deus eu o tinha cortado. Sentia falta dos fios longos e soltos, mas precisei fazer essa mudança e agora estava com o cabelo curto, em camadas, tingido de um preto tão escuro que quase parecia azul. Tomei o cuidado de tingir as sobrancelhas e o rímel resolvia os cílios. O vermelho natural do meu cabelo era uma confissão de parentesco, pois eu tinha puxado meu pai. Ele havia me passado seu cabelo, que eu adorava. O apelido dele era Galo, por causa da crista vibrante e revolta. Afastei as lembranças e saí para a cobertura.

— O que está acontecendo? Por que estou aqui?

O Bonitão se virou para mim.

— Esta é a próxima etapa no processo de seleção.

Eu franzi a testa, tentando compreender o comentário.

— Como assim, na cobertura?

Então ouvi o som de um motor e procurei de onde vinha. Para minha surpresa, um helicóptero esperava em um heliponto na outra extremidade da cobertura. Uma passarela de metal levava do acesso onde estávamos, até uma escada que conduzia ao helicóptero.

— Não compreendo — me virei para ele e hesitei. Subir em um helicóptero não estava na minha lista de desejos. Quando podia evitar, eu nunca voava, por causa do meu medo de altura.

— Como eu disse, esta é a próxima etapa. Ou você segue em frente ou dá meia-volta e considera a entrevista encerrada.

— O quê? Simples assim? Sem helicóptero, sem entrevista? Com certeza isto é muito incomum.

O medo começou a tomar conta do meu coração. Todos os meus planos estratégicos tinham, até então, transcorrido com perfeição, bem demais para ser verdade.

Cerrei os dentes e ponderei rapidamente minhas opções. Havia apenas duas: dar meia-volta e ir embora, sem nunca conseguir a vingança que almejei durante todos aqueles anos, remoendo arrependimento pelo resto dos meus dias, ou... eu me virei e olhei para o helicóptero: ou entrar naquela coisa e voar para Deus sabe onde e manter meu plano em curso. Meu pai tinha sido acusado de superfaturar suas contas de despesas para gastar o dinheiro da empresa com uma amante. Meu plano era desencavar relatórios de despesas e quaisquer outros registros financeiros da diretoria daquela época e, se tivesse sorte, encontrar alguns atuais também. Eu divulgaria os documentos para a imprensa, provando que os executivos eram todos hipócritas. Não era possível que meu pai tivesse feito o que disseram; ele prezava sua honra até o último fio de cabelo e adorava minha mãe. Aquelas acusações de que ele teve um caso abalaram os dois. Minha mãe nunca conseguiu superar, e acho que ela acreditava que papai tinha tido mesmo um caso. Eu, por outro lado, continuava convicta de que ele era inocente.

Eu deveria seguir o coelho branco pelo buraco na árvore ou deixaria a aventura terminar ali? Não havia uma escolha para ser feita. Eu tinha me decidido muito antes daquele momento. Seguiria o coelho. Me virei para ele e o encarei de frente.

— Vamos lá — eu disse fazendo o meu melhor para que minha voz não revelasse o pânico que começava a crescer dentro de mim.

Ele sorriu e me deu passagem. Segui pela passarela. Altura. Deus, como odiava altura. Rios de medo subiram pelas minhas pernas, pelo meu traseiro, e agarraram minhas costas com força, quase expulsando o ar dos meus pulmões. Eu baixei os olhos para os vales de concreto de Nova York, que reluziam, inocentes, no lusco-fusco vespertino. Inocentes, até parece... Longe disso.

Comecei a ficar ansiosa e a hiperventilar ao sentir a atração do abismo.

Lenta e cuidadosamente, coloquei um pé diante do outro, mantendo os joelhos um pouco curvados, parecendo um bêbado a quem o policial manda andar em linha reta.

Setenta e cinco andares de altura. Do lado de fora.

Droga... aquilo era um pesadelo se tornando realidade. Se pelo menos eu pudesse acordar e fazer as coisas voltarem ao normal. Eu vacilei e uma mão firme apoiou minha cintura.

— Cuidado, senhorita — a voz grave dele soou mais perto da minha orelha do que eu pensava que estaria.

Sua presença atrás de mim era reconfortante, de certo modo, mas eu não lhe agradeci. O toque eletrizante daqueles dedos não me ajudou com a respiração. Altura e ele. Que combinação estonteante.

— Tente não olhar para baixo. É mais fácil.

— Não estou olhando para baixo — estrilei, mentindo, enquanto dava outra olhada para a borda do edifício.

Subi os últimos degraus até a plataforma. Minha saia subiu um pouco e eu a puxei para baixo. *Deveria ter vestido uma calça, mas como é que eu iria saber que teria de voar em um helicóptero?*

Eu tinha dito para mim mesma que estava preparada para tudo, então precisei criar coragem. Havia chegado até ali e não iria desistir. Eu precisava descobrir a verdade e limpar o nome do meu pai. Hesitei no alto da plataforma.

— Já se decidiu? — ele perguntou.

Erguendo o queixo, andei na direção daquela que seria uma das coisas mais aterrorizantes que já tinha feito. De modo algum eu iria embora e esqueceria daquela empresa que, basicamente, tinha matado meu pai. Demitindo-o e devastando nossas vidas. Ele foi um homem honesto demais para desviar dinheiro da empresa — ainda mais para uma amante! Ele amava minha mãe e eu não conseguia acreditar que ele arriscaria tudo pelo que trabalhou tanto para conquistar. Eu precisava limpar o nome dele e punir as Empresas Diamond.

Parei junto à porta aberta e observei o interior elegante. Aquele não era um helicóptero para turistas. Ali havia classe. Estilo. Eu me virei e encarei aquele homem com um olhar determinado.

— Estou no alto de um arranha-céu, para embarcar em um helicóptero rumo a um destino desconhecido. Isso deve ser suficiente para deixar claro o quanto quero esse emprego.

O Bonitão se aproximou de mim e meu coração veio parar na boca quando ele estendeu a mão e segurou meu cotovelo. Seu toque continuava tão eletrizante quanto momentos antes. Ele se inclinou na minha direção e meu olhar examinou seu rosto de perto pela primeira vez. O azul-gelo dos olhos debaixo das sobrancelhas escuras e os lábios carnudos e convidativos me fizeram entreabrir a boca, esperando... o quê? Um beijo? Eu quase podia sentir o gosto da sua boca na minha. Meus músculos fraquejaram quando senti uma agitação no estômago e me peguei segurando no braço dele. Aquele braço musculoso. Mas ele não se aproximou para me beijar. Me senti uma tola e fiquei brava só de ter pensado nisso.

— Entre.

Seu tom decidido não deixava espaço para discussão. Precisei reunir todas as minhas forças para não me deixar dominar ainda mais pelo feitiço que ele parecia ter lançado sobre mim. Desde o instante que o vi parecia haver algo que me tirava o fôlego, como se eu estivesse esperando que algo fosse acontecer, o que estava acabando com meus nervos já abalados. Endireitei o corpo e o soltei.

— Eu consigo sozinha.

Dando as costas para ele, tentei subir no helicóptero. Minha saia justa era uma escolha perfeita para uma entrevista em escritório, mas não para aquela aventura inesperada. Tentei entrar novamente, mas a ponta do sapato prendeu no degrau do helicóptero. Isso fez com que eu me sentisse ainda mais insegura. Meu constrangimento chegou ao ponto máximo quando as mãos dele agarraram minha cintura e me colocaram dentro da cabine. Fiquei envergonhada por precisar da ajuda dele ao mesmo tempo que odiei o quanto apreciei seu toque.

— Obrigada.

Uma vez lá dentro, ele me soltou e me acomodei em um assento. Ele entrou com um salto, como se voar de helicóptero fosse um evento normal, cotidiano. Talvez fosse para ele, que preencheu o interior com sua aura sombria, muito perigosa e totalmente sedutora.

— Pegue — o Bonitão disse e me entregou um fone de ouvido; isso abafaria o ruído e permitiria que conversássemos. — Ponha isto e o cinto de segurança.

Obedeci às orientações e o observei levar a mão ao bolso, de onde tirou algo.

— Agora isto.

Olhei para a mão dele e franzi a testa.

— O que é isso? — Me inclinei para ver o que ele estava segurando.

— Uma venda para os olhos.

— O... o quê? Uma venda para os olhos? Para quê?

Enquanto eu olhava para ele, um terror gelado descia pela minha coluna.

Ele sorriu.

— Para que isto serve, normalmente?

Aquela foi uma pergunta maliciosa. Meu cérebro desceu outra vez pelo buraco do coelho e me imaginei vendada em uma cama, com ele sobre mim, dentro de mim, fazendo amor, e quase gemi. Ele era gostoso, sexy e tinha provocado reações em meu corpo desde o primeiro instante em que o vi. Fechei os olhos e uni bem as coxas, tentando não me deixar levar pela fantasia. Eu estava ali por um motivo, com apenas *um* objetivo, e sexo não estava na minha lista. Eu o xinguei silenciosamente.

— Não entendo mesmo porque preciso colocar isto.

Ele se sentou ao meu lado.

— São as regras. Você está aqui para uma entrevista e este é um dos critérios.

— Isso é uma palhaçada.

Fui ficando irritada, o que era uma mudança bem-vinda em relação ao desejo que tinha sentido antes. Contudo, esse sentimento também não era bom em uma entrevista de emprego. O linguajar também não era. Ele riu e eu gostei do som.

— Seja o que for, coloque ou desista.

Em que porra eu tinha me metido? Eu não tinha pensado em um plano de emergência. Não havia ninguém me esperando em algum lugar. Minha mãe estava de volta à Inglaterra, o que tinha tornado possível essa aventura. Ninguém sabia que eu estava ali. Meus antigos colegas de trabalho pensavam que eu estava em Londres, vendo minha mãe e visitando os estúdios de Harry Potter. E eu não mantinha mais contato com os poucos amigos de faculdade. O meu superplano de reduzir uma empresa a escombros fumegantes não me deixou muito tempo para socializar. Se algo acontecesse comigo naquele momento, não havia uma alma que rapidamente desse por minha falta. Senti o pânico tomando conta de mim e olhei para a porta que já estava fechada. Eu poderia sair, se quisesse, mas não podia desistir. Olhei para a venda. *Sério?* Então apertei os lábios e encarei o rosto dele.

— Me dê isso aqui — estendi a mão. De quanto controle eu abriria mão? Já era ruim o bastante que logo eu estaria a centenas de metros acima do solo e ele agora me pedia que colocasse meu destino completamente em suas mãos.

Ele ignorou minha mão. Mantive o olhar fixo nele, recusando-me a desviá-lo. Eu começava a me perguntar se ele sabia quem eu era. Se ele — ou *eles* — soubesse, meu plano desmoronaria. Mas, caso contrário, eu estaria um passo mais próxima de conseguir entrar na organização.

— Eu cuido da venda — ele disse e se aproximou.

Neguei com a cabeça e me afastei dele, mantendo a mão estendida.

— Prefiro colocá-la eu mesma, se não se importa.

— Eu me importo. Quanto antes você me deixar fazer isso, mais rápido vamos partir.

Endireitei o corpo, sem querer obedecer, mas sabendo que não tinha escolha. Quando ele colocou a venda sobre meus olhos, senti os dedos quentes perto de mim, e quando roçaram minha pele, a reação foi diferente de qualquer outra que tive com qualquer outro homem. Eu mal consegui continuar sentada enquanto a onda de excitação me agitava. A venda era macia e sedosa, e a colônia masculina mais sedutora que eu já havia sentido me envolveu. Levantei a mão para tocá-la, e meus dedos tremeram ao sentir a borda inferior da venda em minhas bochechas. Couro. A parte externa era de couro, enquanto o interior era forrado de cetim. Alguma coisa nessa combinação de materiais fez meu sangue engrossar e pulsar lentamente, produzindo um calor sensual entre minhas coxas.

Aquele homem era mais do que eu havia pedido.

— Você está tremendo. — Sua voz sedutora parecia estar soando dentro da minha cabeça. Em todos os cantos e reentrâncias. Preenchendo-me até eu ser toda dele. Distraindo-me. E eu estava deixando... oh, Deus, eu estava deixando.

Virei o rosto para ele, sem poder vê-lo e excitada por causa disso.

— Eu sei — minha voz estava fraca e tudo que consegui foi um sussurro.

— Gosto disso — senti a respiração dele, quente e convidativa, no meu pescoço.

*Nossa!* Aquele homem exalava sensualidade. Fiquei confusa. Como ele tinha me deixado naquele estado? Não era normal que eu ficasse tão abobada por causa de um homem, mas *aquele* estava me fazendo esquecer a importância do que eu estava ali para fazer. Isso não podia acontecer.

Então ele deve ter se aproximado mais, porque o senti à volta toda. Ele preenchia meus sentidos, meu corpo e minha alma. Eu soube, por instinto, que ele devia ser fantástico na cama. Será que essa oportunidade apareceria? *Oh, espero que sim.*

Eu não conseguia ficar parada. Ele estava tão perto que eu sentia seu corpo como se uma corrente elétrica existisse entre nós. Me mexi no assento, tentando acalmar a aflição que crescia dentro de mim. Virei o rosto para a janela na esperança de que um pouco de ar resfriasse minha pele em chamas e me ajudasse a me concentrar. Eu precisava me controlar.

Estar vendada era melhor do que poder vê-lo? Eu não sabia dizer. Vê-lo no escuro, tão próximo e tão íntimo, seria quase tão sedutor quanto não conseguir vê-lo sabendo da sua presença. Ainda mais sem saber o quão perto ele estava. Estaria olhando para mim? Inspirei e senti o cheiro dele de novo, misturado ao da venda. Me senti dominada e inspirei fundo quando o helicóptero decolou e inclinou. Eu não estava preparada para aquilo e abri os braços, na tentativa de me equilibrar. Meu corpo perdeu a noção do que estava em cima ou embaixo e o pânico me atingiu em cheio. Eu sabia que estava no ar, com nada entre mim e o solo a não ser uma lata em forma de helicóptero.

Uma das minhas mãos acertou a janela. A outra acertou *nele*.

— Grandes riscos trazem grandes recompensas. Relaxe. Nós vamos chegar logo.

A voz dele inundou meu fone de ouvido e me perguntei se o piloto também o ouviu. Será que os dois me ouviriam se eu falasse? Os dois estariam ouvindo minha respiração acelerada? Ela soava como um rugido nos meus ouvidos. Tentei me recostar no assento, mas não consegui relaxar meus músculos. A tensão foi se acumulando nos meus ombros e pescoço enquanto eu continuava rígida.

Depois de alguns minutos, comecei a me acalmar, quando o helicóptero manteve um voo estável. Ele não ficava balançando nem dando solavancos no céu, como pensei que ficaria, e então soltei o ar lentamente. *Tudo iria ficar bem.* Eu não sentia vontade de conversar, então quando a música soou no fone de ouvido, me acalmei mais um pouco. Aquilo me embalou. Minha audição foi ampliada pela falta de visão e eu jurei que podia ouvir o homem ao meu lado respirando no fone, mesmo com a música de fundo. Era algo sedutor. A imagem que visualizei momentos antes, de nós dois fazendo amor, mudou para outra, de nós dois saciados após uma noite de sexo apaixonado. Adormecendo, intimamente, no escuro, enrolados um nos braços do outro. Eu podia me ver inspirando, apreciando os aromas que emanavam dele e me envolviam. Eu sabia que nunca me esqueceria desse cheiro e, se algum dia o sentisse novamente, iria me lembrar dessa noite. *Dele.* Deste homem estranho e enigmático que tinha tirado meu mundo do eixo em um período de tempo tão curto.

Descansei minha cabeça no encosto do assento, tentando aguçar os meus sentidos. Por trás da venda, fechei os olhos. Isso me ajudava a enxergá-lo na minha mente. Me perguntei se ele estaria me observando e senti um calor passar pelo corpo. Minha boca abriu quando inspirei mais uma vez, ainda trêmula, e pude jurar tê-lo escutado respirando em sincronia. Isso me dizia que ele talvez estivesse mesmo me observando, o que me excitou mais do que eu queria admitir. A presença dele me transmitia um pouco de confiança e senti meu medo diminuir.

Nós estávamos sentados em silêncio, mas era como se nossos corpos conversassem. Abri a boca, pronta para dizer algo, mas a fechei de novo ao me lembrar do piloto. Então a cadência do helicóptero mudou e a aeronave começou a descer. Segurei forte os meus joelhos ao sentir meu estômago se contrair com a descida. Contudo, o pouso foi suave e os motores foram desligados.

Fiquei com a impressão de que eu ficaria ali — onde quer que *ali* fosse — durante algum tempo, do contrário, por que estariam desligando os motores? Toquei a venda, desesperada para tirá-la. Mas esperei, certa de que receberia novas instruções.

— Chegamos.

O anúncio veio do piloto pelos fones de ouvido. Então o meu fone foi retirado e os dedos daquele homem roçaram meu cabelo e atrás da orelha. Um arrepio delicado me sacudiu e senti meus mamilos endurecerem. Graças a Deus eu estava com um blazer.

Ainda vendada, inclinei a cabeça para ouvir. A porta foi destravada e aberta, e um sopro de ar carregado de maresia entrou na cabine. Fiquei pasma com tudo o que estava acontecendo. Por que ele teria me levado para o litoral?

Então a venda foi retirada.

Ele desceu do helicóptero e me estendeu a mão. Eu a peguei, mas hesitei, esperando que não estivéssemos outra vez em um heliponto no alto de um prédio. Maldito medo. Depois de reunir minha coragem, saí da aeronave.

Fiquei surpresa com o que vi. Nós tínhamos pousado no solo, e uma casa magnífica se estendia além do heliponto, construída sobre um penhasco, debruçada sobre o oceano. Senti uma vertigem que me estremeceu, só de ver que a casa ficava bem na beirada. Aquela entrevista ficava cada vez mais estranha.

— Onde estamos? — perguntei, olhando para ele. — Isto é incrível.

— Venha.

Ele soltou minha mão para me segurar pela cintura. Então ele me ergueu e eu me equilibrei segurando em seus ombros. Ele me baixou lentamente. Prendi a respiração e nossos olhares congelaram. O tempo parou até meus pés tocarem o solo. Eu inclinei a cabeça para trás para não interromper o contato visual. Só então percebi que tinha deslizado pelo corpo dele, um gesto íntimo, e nós não nos separamos, permanecendo colados, com as mãos dele na minha cintura e as minhas em seus ombros. Engoli em seco e recuei um passo. Tudo aquilo estava errado. Eu precisava me controlar e parar de ficar obcecada por ele, ainda mais porque aquilo se tratava de uma entrevista de emprego.

Minhas pernas amoleceram e eu cambaleei no caminho de pedra até a casa. Ele pegou meu cotovelo e eu o observei. Ele me olhava com uma expressão indecifrável. Aquilo não me deixou nervosa, mas fez com que eu imaginasse o que ele estaria pensando. Estava curiosa a respeito daquele homem que tinha conhecido há tão pouco tempo. O toque dele era gostoso e continha um elemento possessivo bem excitante. Era como se nós dois estivéssemos magnetizados, sendo atraídos um para o outro, e eu precisasse de toda a minha força para resistir àquela atração. Sim, reconheci para mim mesma, ele fazia eu me sentir uma mulher. Nenhum homem tinha se dado ao trabalho de fazer isso até então, porque eu tendia a ficar com homens que não queriam compromisso, o que exigia menos tempo e menos investimento emocional. Essa sensação era nova, e eu estava gostando dela.

Quando já estávamos dentro da casa, fui conduzida até um escritório. Todas as cortinas estavam fechadas. Os móveis eram antigos, pesados e muito masculinos. Eu conhecia um pouco de antiguidades e fiquei pasma com algumas das peças na sala. Não havia ninguém ali a não ser nós dois. Ele tocou as costas de uma cadeira junto à mesa, mas eu parei diante de uma janela alta — uma das muitas que havia em uma parede do escritório — com vários vidros quadrados. Cortinas antigas, mas elegantes, estavam penduradas atrás de sanefas entalhadas. O teto me tirou o fôlego; era muito alto, como em uma catedral. Aliás, parecia que tudo estava me tirando o fôlego naquela noite.

— Por favor, sente-se.

*Principalmente ele.*

Fiz o que ele pediu e o observei caminhar até o aparador e servir um líquido dourado em um copo de cristal lapidado com requinte.

— Gelo? — ele perguntou, olhando para mim.

— Não, puro — respondi, negando também com a cabeça.

Eu mal conseguia me conter. Foi difícil não começar a disparar um milhão de perguntas. Me sentia exausta, excitada, confusa e precisava muito daquele drinque. Mas beber durante uma entrevista de emprego era tão errado. Ainda assim, aceitei o copo que ele me estendeu e nossos dedos se tocaram. Suspirei e tomei um grande gole, apreciando a queimação que o líquido produziu ao escorrer pela garganta.

— Foi um prazer — ele inclinou a cabeça e, antes que eu pudesse dizer qualquer coisa, saiu do escritório.

A decepção me inundou e me levantei.

— Que merda é essa? — Olhei ao redor e congelei quando uma voz preencheu o ambiente.

— *Srta. Canyon. Eu estava ansioso para encontrá-la.*

A voz soava estranha no alto-falante. Ela ecoava na sala parecendo vir de um visitante do além.

— Perdão — respondi, hesitante. — Mas estou em desvantagem, Sr....

Havia um tom de diversão na voz dele quando veio a resposta.

— *Você pode me chamar de Mr. King. Bem-vinda ao meu reino.*

Permaneci em silêncio. Uma coisa que eu havia aprendido com meu pai era deixar o outro falar, que se expusesse ou declarasse suas intenções. Então me sentei em silêncio, tentando não explodir de impaciência. A voz preenchia o ambiente e me enervava muito. Como se mantém uma conversa com uma voz sem corpo? Eu escutava, me concentrando nas palavras, mantendo o rosto inexpressivo. Se a voz vinha de outro local por meio de alto-falantes, era provável que também houvesse uma câmera me vigiando. Deixei que meu desejo de vingança alimentasse minha paciência. Eu tinha ido longe demais para estragar tudo.

— *Seu currículo é impressionante. Se não fosse, você não estaria sentada no meu escritório. Sua formação e os anos que passou como pesquisadora corporativa lhe dão a experiência que estou procurando. Sua descoberta daquela pesquisa geológica antiga, que permitiu que seus ex-empregadores encontrassem veios de minério inexplorados e baratos foi algo impressionante. Também gostei da galeria digital que você criou com os fósseis descobertos na pedreira de Montana* — ele fez uma pausa e me perguntei se ele queria ver se eu mordia a isca. Deixei passar e ele continuou. — *Contudo, a entrevista de emprego não vai ser o que você estava esperando.*

Não consegui continuar quieta.

— O que o senhor quer dizer com isso?

Uma risada grave ecoou no escritório.

— *Você é curiosa. Gosto disso. Para que você continue sendo considerada para a posição, precisa concordar em fazer os testes que lhe serão aplicados.*

— Como posso concordar sem saber que testes são esses? — eu estava começando a me sentir frustrada com aquele joguinho.

— *É uma questão de confiança e do quanto você realmente quer o emprego. O bastante para assumir o risco.*

— Eu nem o conheço — não iria revelar o quanto sabia da empresa. E o que eu sabia me dizia que confiança era algo que eles não mereciam. Ainda mais depois do que fizeram com o meu pai.

A sala pareceu ficar menor enquanto a decisão de aceitar o que ele me pedia para fazer me pressionava. Percebi que teria que mergulhar no desconhecido se quisesse continuar com o processo de seleção. Eu tinha que assumir o risco. Era difícil continuar assim, às cegas, sem receber qualquer explicação. Aquilo me assustava, da mesma forma que deixar o Bonitão me vendar e me colocar em um helicóptero, sem deixar transparecer meu desespero. Era por isso que eu estava ali, tendo que tomar outra decisão que, ou me deixaria mais perto do meu objetivo ou arruinaria tudo.

Voltei a me sentar na cadeira enquanto processava a informação.

— *Parece cética, Srta. Canyon.*

— Como posso não estar? Todos os outros candidatos fizeram esses mesmos testes? Com tudo o que aconteceu comigo esta noite, se o senhor não achar que o que eu fiz foi confiar *cegamente*, não sei o que foi... — Fiz uma pausa e olhei em volta, tentando encontrar a câmera. E sim, percebi o tom na minha voz quando respondi para ele. A forma como falei não foi nada respeitosa para conversar com o suposto chefe.

Minhas pernas estavam tremendo de frustração e incerteza pelo que me aguardava. Meus sentimentos eram uma confusão só. Me levantei e andei pela sala, parecendo um animal enjaulado tentando arrumar um jeito de escapar. Aquela era a coisa mais estranha que já havia acontecido comigo. E pensar que *eu* tinha começado aquela aventura ao me candidatar, mas agora a situação estava se voltando contra mim. Mas de que modo?

Segurei a bolsa à minha frente para manter as mãos ocupadas. Aquilo dependia de mim e da escolha que eu precisava fazer. Seguir o coelho? Não seguir o coelho? Parecia que Mr. King não ligava para o meu silêncio, pois ele também permanecia quieto — talvez porque estivesse me observando. Senti os olhos dele em mim e, embora não pudesse vê-lo, sabia sem nenhuma dúvida que cada movimento meu naquela sala estava sendo monitorado. Será que o Bonitão estava com ele, me observando? Ou será que o Mr. King *era* o Bonitão? Droga, e aí? Não havia como reconhecer a voz distorcida.

Olhei para a escrivaninha e meu copo de uísque, que ainda continha um gole e, nossa, como eu queria aquela bebida. O silêncio se estendeu, preenchendo a sala com seu peso opressivo. Fiquei um pouco surpresa pelo fato de o Mr. King não ter falado mais. Ele parecia ser do tipo de pessoa que gostava de ouvir a si mesmo falando.

Espiei pela janela. Lá fora estava um breu e não eu consegui ver nada, mas tinha certeza de que aquelas janelas davam para o oceano. E havia o penhasco. Fiquei grata pela escuridão, porque assim eu não conseguia ver o quão acima das ondas que arrebentavam lá embaixo nós estávamos. Só de pensar nisso fiquei tensa. Estremeci ao me lembrar da visão que tive da casa ao desembarcar do helicóptero. Era tudo tão gótico. Depois que pensei nisso, tive certeza de conseguir ouvir a arrebentação das ondas ressoando nas pedras e nas fundações da casa. Não gostei nem um pouco da ideia, mas comecei a imaginar cavernas e túneis secretos debaixo da construção. Lugares em que pessoas podiam se perder com facilidade.

Apoiei a palma da mão na janela para deter minha imaginação maluca. O vidro estava frio e inspirei algumas vezes para me acalmar. Como eu podia ter ignorado a existência dessa casa durante minha pesquisa a respeito da empresa? Mas era óbvio que algumas coisas deveriam estar muito bem escondidas, e essa casa era uma delas.

— A *vista é espetacular durante o dia* — as palavras ressoaram e eu quase pulei para fora do corpo. Aquela coisa de se esconder atrás de uma voz estava ficando irritante. Estava na hora de ele se revelar.

Dei meia-volta.

— Tenho certeza que sim. O que vi quando o helicóptero pousou foi lindo.

— *Fico feliz que você tenha gostado. Se você passar em todos os testes, e eu a contratar, poderá desfrutar desta vista com frequência.*

— É aqui que a sua assistente executiva vai trabalhar? Eu teria que vir até aqui todos os dias?

Silêncio de novo. Por que ele não respondeu? Alguns minutos se passaram e, depois que o alto-falante produziu uma série de cliques, percebi que estava com a respiração curta enquanto esperava as próximas palavras do *além*.

— *Os detalhes serão fornecidos na hora certa.* — A voz parecia cansada. Dava para perceber apesar da distorção.

Caminhei de volta até a escrivaninha, peguei o copo e engoli o restante do uísque. Precisava de outro drinque, mas não me senti à vontade para me servir.

— *Por favor, se desejar outro, fique à vontade para se servir.*

Ele tinha consciência de todos os meus movimentos. Viu quando olhei pela janela. Quando terminei minha bebida. Bufei e passei os olhos pelo escritório.

— Eu sei que você tem câmeras aqui. Se este é um tipo esquisito de teste para o *Big Brother*, não estou achando graça. — Fui até o aparador e me servi uma dose generosa. Mantive o rosto voltado para o bar, de costas para a sala. Segurei o copo sem dar outro gole. Então me voltei para reexaminar a sala. — Não acho inteiramente justo que o senhor se mantenha escondido de mim.

— *Muitas coisas na vida não são justas, Srta. Canyon. Isso é algo que eu posso afirmar.*

— Eu também posso. — Os comentários me irritavam. Quis gritar com ele, mas mordi a língua. Literalmente. Do contrário eu acabaria dizendo algo impróprio e seria retirada daquela casa. Oh, Deus, isso não poderia acontecer. Eu tinha movido o céu e a terra para estar ali. As palavras permaneceram, pesadas, na ponta da minha língua. Como é que as coisas não eram justas para ele? Esse homem não tinha tudo? Uma casa suntuosa como aquela, cheia de bens valiosos, nenhuma preocupação com dinheiro, o poder que ele detinha — que minha família havia sentido pessoalmente. Eu recoloquei o copo sobre o aparador, perdendo a vontade de beber o scotch dele.

— *Eu tenho certeza de que pode, Srta. Canyon. Afirmar que a vida não é justa. A maioria das pessoas sente que não recebeu boas cartas da vida.*

Como alguém tão rico quanto ele podia entender o que era isso? Então pensei em algo e um arrepio gelado tomou conta da base da minha coluna. Apertei os olhos e tive a sensação de que ele, pelo modo como falava, sabia quem eu era. Se esse fosse o caso, será que ele sabia por que eu estava ali? Aquela ideia era aterrorizante; isso poderia ameaçar todo o cuidadoso plano estratégico que eu tinha feito para chegar até ali. Tive que inspirar fundo para esconder o quão amedrontada fiquei. Precisava ir embora. Quanto antes aceitasse a oferta dele, mais rápido sairia dali e começaria aquele processo ridículo.

— *Continuo esperando sua resposta, Srta. Canyon. Você vai participar dos testes?*

Fiquei parada em silêncio, um turbilhão de pensamentos na cabeça, mas resolvi que não deixaria ninguém perceber isso. Eu tinha que continuar forte e manter minha determinação. Minha hesitação era só um modo de continuar o jogo, de deixá-lo sem saber se eu aceitaria seus termos. Eu queria o emprego, não havia nenhuma dúvida a respeito; precisava só readequar minha atitude e meu comportamento antes de me render. Eu tinha que me dar um tempo para ver como aquilo iria se desenrolar. Inspirei fundo e apertei a ponta dos dedos nas minhas pernas. Então era isso. Eu sabia o que precisava fazer. Abri a boca para responder, mas as palavras ainda não estavam prontas para sair. Engoli em seco e tentei novamente.

— Sim, eu quero o emprego.

— *Excelente. Eu esperava mesmo que você concordasse. Seu desempenho nos testes será decisivo para sabermos se você é ou não compatível com a posição.*

— Tudo bem — mantive minha voz firme.

— *Entendo que você estava preocupada com o fato de ter que voar até aqui, esta noite. Realmente entendo. Mas foi necessário.*

— Desculpe, mas *eu* não entendo. Como o senhor pode saber que eu não gosto de voar?

O Bonitão devia ter contado para ele. Sim, foi isso. Aquilo me tranquilizou. Foi assim que Mr. King ficou sabendo, porque eles não tinham como saber quem eu era, mesmo que estivessem cientes do meu medo de voar. Me senti mais e mais nauseada conforme minha cabeça começou a divagar, de novo. Eu precisava me controlar! Eu não queria nem pensar nas consequências de ele um dia descobrir que eu era a filha de um homem demitido por apropriação indébita de fundos da empresa.

Eu o ouvi suspirar e achei aquilo algo inesperado, considerando a atitude prática que ele tinha assumido durante nossa conversa. Apurei os ouvidos, esperando que ele falasse, tentando interpretar o que ele *não* estava me dizendo. Se eu conseguisse ouvir entre as linhas... Me preparei para o que viria a seguir.

Sem perder tempo, Mr. King continuou a falar:

— *Há uma pasta de documentos sobre a mesa. Por favor, abra-a e assine o acordo de confidencialidade que há dentro dela.*

Fui até lá e abri a pasta. Com a ponta dos dedos espalhei as folhas do documento, que li rapidamente. Eu tinha que assiná-lo. Não havia como evitar aquilo. Peguei a caneta presa no alto da pasta e assinei no local indicado.

— Pronto — disse para a sala vazia.

Houve um momento de silêncio. Caminhei até a lareira e encontrei a câmera. Eu toquei nela, sabendo que Mr. King estava do outro lado. Confiante, encarei a lente. Maldito fosse aquele homem e seus joguinhos. O silêncio continuou.

— Olá?

Nada. Sacudi a cabeça e dei as costas para a câmera. E agora? Eu estava exasperada além da conta. Então uma porta atrás de mim se abriu e eu dei meia-volta. O Bonitão a abriu totalmente. Seu olhar cruzou com o meu e ele não sorriu. Senti um nó no estômago. Não consegui imaginar por que ele teria uma expressão tão severa no rosto. Ele travou a porta aberta e voltou para o corredor. Fiquei presa no lugar em que estava.

Arregalei os olhos e recuei um passo quando ele entrou no escritório empurrando um velho em uma cadeira de rodas.

— Mr. King? — perguntei.

— Eu mesmo, Srta. Canyon — ele respondeu.

A distorção ressoante tinha sumido, substituída por uma voz grave, mas fraca. Ele era idoso, frágil, um fiapo de homem, mas dava para ver que ele tinha sido formidável quando mais novo. Ele parecia ter sido alto. Os joelhos, debaixo de um cobertor pesado, projetavam-se para fora da cadeira. Seus ombros, embora caídos, continuavam largos. Seu cardigã — que é como minha mãe chamava aquilo — era preto, tricotado em lã grossa, com uma faixa xadrez amarela ao longo da abertura. O rosto magro parecia cansado, mas seu cabelo estava perfeito, grisalho e espesso, assim como a barba e o bigode bem-aparados. Tive certeza de que um dia ele foi um homem muito atraente.

Caminhei até ele e estendi a mão.

— Boa noite — eu estava falando com o CEO das Empresas Diamond durante todo aquele tempo e não sabia disso.

Ele ergueu a mão, cuja pele quase translúcida deixava entrever as veias delicadas. Tinha numerosos hematomas roxos na pele, e me perguntei como os teria conseguido. Seu aperto de mão ainda mantinha certa força. Ele soltou a minha mão e eu olhei para as suas, que tremiam um pouco.

— Não são as coisas mais lindas, mas anticoagulantes fazem isso com a gente. A menor batida causa um hematoma. Ele colocou as mãos debaixo do cobertor, como se envergonhado, e senti uma pontada de empatia por ele. — Muito bem. Compreendo sua confusão. Muita coisa foi jogada sobre você, mas senti que conseguiria dar conta.

Ele fez uma pausa, depois continuou:

— Srta. Canyon, o motivo do esquema que realizamos esta noite foi válido e importante para o processo. A entrevista precisava ser fora dos escritórios da empresa porque estou doente. Morrendo, na verdade... Isso não foi divulgado ainda, e tenho certeza de que você pode imaginar os grandes desdobramentos se essa informação se tornasse pública sem outro CEO estar muito bem-estabelecido para uma transição. Não dá para enfatizar o quanto é importante que isso permaneça confidencial. Se qualquer rumor a respeito da minha condição de saúde vazar, seu processo de seleção será encerrado. Vou saber que você foi a responsável pelo vazamento e, como assinou um acordo de confidencialidade, haverá consequências.

Fiquei pasma com aquela revelação e com a ameaça declarada. Mas não deveria ter ficado surpresa por ele ter soltado uma bomba daquelas depois de eu ter assinado o acordo. Era claro que a Diamond trabalhava por meios duvidosos, pelo modo como tinham demitido meu pai e como estavam me tratando nesse processo. O horário incomum para uma entrevista e a misteriosa viagem de helicóptero fizeram sentido.

Minha mente estava agitada. Isso tudo só tinha servido para reforçar minha necessidade de chegar ao cerne das Empresas Diamond — antes que Mr. King morresse e levasse aquela oportunidade com ele. Senti um pouco de vergonha porque minha única preocupação foi como a morte iminente daquele homem me afetaria. Eu sabia como tinha ficado devastada com o declínio do meu pai e com minha incapacidade de ajudá-lo. Papai morreu quando eu tinha 15 anos. Enquanto crescia, fui a princesinha dele, mas nosso relacionamento mudou depois que ele foi demitido da Diamond. A culpa disso era do Mr. King. Depois da demissão, a vida a que eu e minha mãe estávamos acostumadas mudou rapidamente. Assistimos, impotentes, meu pai se distanciar de nós e se tornar amargo com o ódio. Sua deterioração — emocional, física e financeira — foi maior do que nós pudemos suportar. Aquela foi uma época difícil para nós, e fez com que eu amadurecesse rápido demais, motivando minha necessidade de vingança.

Eu apertei os lábios. Era necessário ser firme para alcançar os objetivos que havia traçado há tanto tempo. Eu não podia sentir pena do homem responsável por me fazer perder tanta coisa com meu pai. Precisava ter acesso àqueles documentos antes que Mr. King não necessitasse mais de uma assistente executiva.

— Não sei bem o que dizer. Sinto muito...

— Não há nada o que dizer. As coisas são como são. Eu preciso garantir a sobrevivência da empresa e é aí que você entra.

— Eu? — Fiquei mais confusa do que nunca.

— Isso mesmo. Preciso de alguém inteligente, que entenda minha visão. Sua experiência com organizações sem fins lucrativos em seu emprego anterior e seu trabalho como pesquisadora são valiosos para mim. — Percebi que eu estava concordando com a cabeça quando ele fez uma pausa, como se para acrescentar drama à situação. Segurei a respiração esperando que ele continuasse. — Preciso de alguém para ser o próximo CEO, alguém que conduza a empresa a patamares novos e empolgantes. Dediquei minha vida a construir a Diamond. Agora que estou morrendo, procuro a pessoa certa para continuar meu legado. Alguém jovem, com um ponto de vista diferente e novas ideias. Alguém com vasta experiência, que saiba pensar fora dos padrões. Contudo, este processo de seleção não terá nada de típico.

Parei de ouvir em "CEO".

— Perdão — levantei a mão fechada, com apenas o indicador estendido. — Eu não estou sendo entrevistada para a posição de assistente executiva? Por que a necessidade de um novo CEO me afetaria?

— Bem, como eu disse, não tenho dúvida de que você seja capaz, com um pouco de treinamento. Você demonstrou criatividade e capacidade de liderança em suas funções anteriores. Veja... — ele fez outra pausa dramática. Seus olhos azuis penetrantes capturaram os meus e eu segurei a respiração: lá vinha. Ele continuou: — Estou considerando você para ser minha nova CEO.

Eu não sabia o que dizer.

— *Eu*? CEO? — Consegui, enfim, falar.

Dei uma olhada para o Bonitão. Ele abriu um sorriso lento, que me afetou tanto que, mesmo diante daquela oportunidade que poderia mudar minha vida, senti meu estômago torcer. Desviei minha atenção dele e me concentrei no Mr. King.

— Sim, Srta. Canyon, você.

Com certeza eu tinha a formação, a obstinação e um pouco de experiência — e fiquei feliz ao ver que Mr. King reconhecia minhas qualidades —, mas... CEO? Era, no mínimo, bem diferente do que eu esperava. Não era para isso que eu tinha me preparado. Será que daria conta? Minha mente estava uma confusão e, apesar do meu estado de incredulidade, percebi as possibilidades. Se conseguisse ser contratada como CEO, teria acesso a todos os aspectos da empresa. Seria como receber as chaves do reino... em uma bandeja de prata! Eu não podia perder aquela oportunidade. Só esperava que não me pedissem para fazer nada questionável, ilegal ou imoral. Que Deus me ajudasse...

Eu me endireitei e mantive o olhar no rosto do Mr. King, fazendo o meu melhor para não *sentir* o Bonitão tão perto de mim. Olhei diretamente para os olhos daquele homem idoso e respondi.

— Aceito.

O sorriso que acendeu no rosto dele foi maravilhoso.

— Excelente! — Sua voz pareceu ganhar força e percebi um leve sotaque escocês. — A entrevista é um processo de sete testes realizados ao longo de sete dias. Vou avaliar seu desempenho durante cada teste e, se você se sair bem, avançará para o próximo. Mas fiquei cansado com toda essa agitação. Você continuará amanhã, mas primeiro... — Mr. King olhou para o Bonitão e estendeu a mão um pouco trêmula. Vi aquele homem diabolicamente sexy colocar algo na palma do Mr. King e depois andar até a lareira, onde puxou um cordão sedoso, do mesmo modo que faziam na série de TV *Downton Abbey. Sério? Ele estava chamando uma empregada?* — Um carro irá buscá-la em seu apartamento às 7h em ponto, amanhã. Esteja pronta — ele me estendeu um pequeno cartão.

Eu o peguei e o virei na mão. Era preto de um lado, com a gravação de uma imagem tridimensional de um diamante, o outro lado estava em branco. Passei os dedos pelo leve relevo de diamante.

— O que é isto?

Ele riu e eu levantei os olhos.

— É seu prêmio. Hoje foi seu primeiro dia, e você passou no primeiro teste.

— Passei? Qual foi o teste? — Ninguém me disse que eu estava sendo testada. E se tivesse falhado? Aquilo não parecia justo e só comprovava que a empresa sabia ser traiçoeira. Eu teria que ficar alerta o tempo todo. Se eu estava sendo testada sem saber, significava que os próximos testes poderiam ser qualquer coisa. Lancei um olhar acusador para o Bonitão. Mas foi Mr. King quem falou.

— Eu mencionei antes que seriam sete testes. Este primeiro foi sobre coragem.

— Coragem? — Repeti, sacudindo a cabeça, ainda mais confusa. — Como assim? Tudo que eu fiz foi comparecer à entrevista.

— Seu medo de voar e de altura — ele fez uma pausa e olhou para mim. — Você provou sua coragem ao concordar em entrar no helicóptero, apesar do seu medo. E você aceitou o risco adicional de se deixar vendar durante a viagem.

De novo me perguntei como ele sabia do meu medo de voar, e resolvi perguntar:

— C-como o senhor sabia que eu tenho medo de voar?

Dessa vez Mr. King respondeu com um sorriso malicioso.

— Você acha mesmo que eu vou lhe contar? Também tenho meus segredos, sabe. Posso estar velho, com a cabeça atrapalhada...

— Isso é piada. O senhor está longe de parecer atrapalhado.

— Estou mesmo, não estou? — Ele sorriu de novo e me senti perdendo o chão.

Antes que eu pudesse insistir em saber como ele tinha ficado sabendo da minha fobia, a porta foi aberta e uma enfermeira entrou. Não fiquei nem um pouco surpresa de ver que a moça era linda. Mr. King tinha algo de Hugh Hefner, o fundador da *Playboy*.

— De qualquer modo — ele continuou —, devemos manter algumas coisas só para nós. Então, desejo-lhe boa noite. — Ele acenou para o Bonitão.

— Senhor — ele inclinou a cabeça para Mr. King e se colocou do meu lado.

Eu senti o calor do corpo dele, como se estivesse tomando sol. Aquele cheiro delicioso provocou meu nariz e eu o inalei, quase suspirando de satisfação. A excitação que ele tinha provocado em mim voltou com toda força e meus joelhos fraquejaram. Fiquei imóvel como uma estátua, juntei as mãos à minha frente e nós dois observamos Mr. King ser levado na cadeira pela enfermeira.

— O helicóptero está esperando — o Bonitão informou.

Levantei a cabeça e inspirei rapidamente, sentindo uma exaustão súbita tomar conta de mim. Eu estava esgotada emocionalmente, mas empolgada por estar um passo mais próxima do objetivo ao qual me dedicava há tanto tempo. Eu também poderia agradecer ao Bonitão por me manter num estado de excitação sexual sem qualquer perspectiva de saciá-la. Tanta coisa tinha acontecido naquela noite. Observei o cartão na minha mão. Parecia uma versão mais glamorosa de um cartão-chave de hotel e imaginei se aquilo abriria alguma coisa... Descobriria no dia seguinte. Eu havia aceitado minha missão, à moda de James Bond, só que não recebi uma licença para matar. Passei o polegar pela superfície do cartão, que brilhou refletindo a luz acima de mim. Observei mais de perto e soltei uma exclamação.

— Alguma coisa errada? — Bonitão perguntou.

Neguei com a cabeça.

— Não, mas quando a luz pegou no cartão, jurei que havia um pequeno diamante no centro.

— Talvez haja. Nunca se sabe. Quando se trata do Mr. King, tudo é possível.

Levantei as sobrancelhas e guardei o cartão na minha bolsa Kate Spade, que continuava pendurada no meu ombro.

Quando o Bonitão segurou meu cotovelo, estremeci e olhei para ele. Alto e lindo como o diabo. Tão misterioso e perfeito. Pensei que nunca tinha estado tão perto de um espécime tão perfeito de homem.

— Está na hora de irmos — ele disse, e me perdi em seus olhos. Minha boca ficou seca e umedeci os lábios. Ele baixou o olhar para minha boca e se demorou lá. Senti uma onda de calor me atravessar e se acumular, como antes, entre minhas coxas. Mordi a língua para segurar um gemido. Aquele homem tinha alguma coisa que eu gostava. A confiança inerente com que ele se movia era inacreditavelmente sexy, e ele exalava poder, que parecia vibrar no ar. E, oh, céus, os olhares que ele me dava... Tremi de prazer. Qualquer que fosse o feitiço que ele tinha lançado, havia me acertado em cheio.

— Você era meu avaliador — disse para disfarçar minha reação à presença dele.

— O que faz você pensar isso? — A voz dele era hipnótica, aveludada e sensual.

Eu gostava de ouvi-lo falar.

— De que outro modo Mr. King saberia do meu, hum... medo de voar e de altura?

Ele virou o rosto para mim e eu quase morri ao perceber o toque de compaixão nos olhos dele.

— Não há nada para se envergonhar, sabe. Todos nós temos medo de alguma coisa.

Aquele momento de empatia foi uma grande surpresa, mostrando um lado daquele homem que eu ainda não tinha visto. Vasculhei o rosto dele em busca de mais alguma característica real, mas ele se fechou antes que eu conseguisse. *Uma pena.*

— Do que você tem medo? — perguntei, sem esperar uma resposta.

Ele sorriu, e isso me fez perder o fôlego.

— Não sou eu quem está sendo testado.

Como eu pensei: uma *não* resposta.

— Então, por que o segredo?

— Mr. King já lhe explicou isso. Vamos, chega de falar. Vou levar você para casa.

Deixei que ele me conduzisse para fora do escritório e voltamos para o saguão grandioso. Dessa vez, prestei atenção em todos os detalhes, e me distraí para não fazer mais perguntas. A escadaria era larga, em arco, com corrimão em ferro fundido muito bem-trabalhado e janelas dos dois lados, que deviam possibilitar uma vista fantástica durante o dia. A casa era luxuosa e toda a decoração era tão fantástica que o lugar poderia ser transformado em um museu, igual aos castelos que eu tinha visitado na Grã-Bretanha, adaptados para receber turistas. Só que aquela casa não precisava ser aberta aos turistas para arrecadar uma verba de manutenção. Não havia escassez de dinheiro ali.

— Que lugar para se crescer. Não posso nem imaginar... — Odiei ter sentido inveja dos filhos e netos do Mr. King, que provavelmente tinham todo o dinheiro do mundo para fazer o que bem entendessem, sem qualquer preocupação. Eu tinha um salário decente no meu emprego anterior, mas no momento estava sem renda e precisava tomar cuidado com o dinheiro. Pendurar bolsas lindas de morrer no meu cartão de crédito era um hábito que eu precisava perder.

Pensei ter sentido os dedos do Bonitão apertando meu cotovelo e virei o rosto para ele, que continuava olhando em frente, sem qualquer expressão de raiva ou contrariedade. Mas um músculo vibrou em seu rosto.

Ele me levou até a porta e, sem olhar de novo para a casa atrás de nós, saímos da mansão. Deixei que ele me guiasse pelo caminho com luzes escondidas nos canteiros de flores que iluminavam o percurso e dava às flores uma cor vibrante. Estava uma noite mágica: estrelas no céu, ondas arrebentando à distância e o cheiro do ar — como se fosse uma noite quente de verão. Eu me lembraria desse momento para sempre. Foi uma noite importante e linda demais para se esquecer.

Quando chegamos ao heliponto, eu estava decidida a subir sozinha no helicóptero dessa vez, mesmo que minha saia revelasse parte do meu traseiro para ele. Aquele traseiro era meu, só eu o controlava. Ninguém mais. Mr. King disse que eu tinha passado no teste de coragem, então, tudo bem, ele logo descobriria como eu sabia ser corajosa!

Sentei no mesmo lugar do voo de ida, prendi o cinto de segurança e virei o rosto para o Bonitão, quase desafiando-o a me vendar, mas ele não o fez. Segurei nos meus joelhos quando o helicóptero decolou, inclinou para o lado e disparou através da noite. Não falei nada e fechei os olhos. Preferi não admirar a vista — minha coragem estava fraquejando um pouco, mas de jeito nenhum demonstraria isso.

Eu o senti perto de mim, do mesmo modo que havia acontecido no primeiro voo. Então me ocorreu como ele era importante em todo esse processo. Ele esteve me testando e observando cada movimento meu. Ele era uma distração visual, mas o fato de ser meu principal avaliador era uma distração ainda maior. Eu me demorei nesse pensamento, apesar de me sentir tão atraída por ele. O Bonitão poderia ser perigoso. Era evidente de que se tratava de um pegador, papel que devia desempenhar muito bem. E havia, com toda certeza, uma ligação sexual entre nós. Era quase elétrica.

Fiz meu melhor para ignorá-lo até ele me colocar na limusine. Só depois que me vi atrás da porta do meu apartamento, trancada em segurança, que percebi não ter dado meu endereço para o motorista. O Bonitão também não tinha dito nada. Aquilo tudo estava se tornando muito intrigante e enervante. Talvez eles tivessem pesquisado a meu respeito, do mesmo modo que pesquisei sobre eles. Aquela era uma ideia bastante perturbadora.

Na manhã seguinte, me alonguei à vontade. Eu possuía uma cama de contos de fada, tamanho *king-size*. Foi presente da minha mãe, antes de ela voltar para a Inglaterra. Aproveitei e esbanjei em travesseiros, lençóis com centenas de fios e um edredom que me abraçava como uma nuvem. Suspirei, apreciando a sensação de bem-estar que me dominava. Eu não consegui entender por que me sentia tão bem e tentei me lembrar de algum sonho que pudesse ser responsável por aquele estado. Nada... Dormi como um defunto, e fiquei feliz quando meu despertador barulhento me arrancou das profundezas do meu sono.

Virei para espiar pela janela e sorri: aquele seria um dia maravilhoso! O sol brilhava, jogando raios dourados em minha cama, mesmo àquela hora terrível; 6h era um horário criminoso para se acordar. Pisquei algumas vezes e me sentei. Esse era o dia. Meu primeiro dia nas Empresas Diamond. O primeiro dia da minha infiltração na organização, através daquele processo seletivo bizarro.

Animada, rolei para fora da cama e encolhi os dedos do pé sobre o tapete espesso que havia no piso gasto de madeira. Meu apartamento ficava em um prédio antigo sem elevador. Tive sorte de encontrá-lo; mesmo pequeno e com aquele aquecedor instável, eu o adorava. Era meu lugarzinho no mundo.

Fiz alguns alongamentos de ioga enquanto pensava no dia que tinha pela frente e senti minha empolgação crescendo. Então fui até o banheiro e tomei uma chuveirada para clarear a mente. Eu não era do tipo de garota que acordava às 6h, então precisava fazer o cérebro preguiçoso acordar.

Vi minha bolsa Kate Spade, que tinha deixado sobre minha cômoda *vintage* na noite anterior, e sorri. Ela me lembrou do Bonitão. Meu coração palpitou um pouco quando pensei nele e tive que respirar fundo. Aquele homem era sexo em forma de gente. Estou certa de que, em circunstâncias normais, ele teria sido a primeira coisa na minha cabeça quando acordei; mas na verdade eu já estava consumida por pensamentos a respeito da Diamond. Ainda assim, senti um calor latejando entre as coxas, o que me deixou chocada.

Relembrei os eventos da noite anterior várias vezes enquanto me arrumava: o sigilo, as artimanhas que usaram para me levar à entrevista, a justificativa do Mr. King. Por um breve momento, fiquei empolgada com aquilo, pensando que talvez a argumentação dele fizesse sentido... Agora eu podia ver as falhas — ou estaria apenas exausta? Eu tinha aceitado a oferta. Isso significava que estava comprometida, pois era uma mulher de palavra. Mas mesmo naquele instante, à luz do dia, comecei a pensar melhor.

Embora na noite anterior eu estivesse empolgada com a ideia de me tornar CEO, agora já não tinha tanta certeza. Todo o trabalho duro que tive para me preparar para a entrevista de assistente executiva não tinha dado o resultado que eu esperava. Uma porta havia se aberto para muito mais. Eu sabia que poderia desempenhar o trabalho de assistente sem nenhuma dificuldade. Mas conseguiria executar a função de CEO? Isso era muito diferente. Muito mais responsabilidade.

Além do mais, a Diamond era o tipo de empresa da qual eu queria ser CEO? *CEO!* Era uma empresa com liderança questionável, com uma diretoria mentirosa, incluindo o proprietário. Procurei me lembrar do motivo de estar fazendo aquilo: derrubar aquela torre de marfim e expor as mentiras. Me tornar uma assistente executiva teria me dado acesso aos documentos que eu queria, mas ser CEO abria todo um novo mundo de possibilidades.

Limpei o vapor do espelho e penteei o cabelo com os dedos. Observei meu reflexo e tentei decidir se seria capaz de continuar me olhando no espelho sem sentir vergonha, caso aceitasse o emprego de CEO, porque, não importava como eu me justificasse, também estava sendo traiçoeira, ainda que por um bom motivo: vingança. Olhando por outro ângulo, eu teria o poder de mudar a empresa. Melhorá-la, demitindo os executivos mentirosos e tornando-a transparente.

Mas e se tudo desse errado, o que aconteceria? E mais, se alguém descobrisse quem eu era, seria jogada no meio da rua, igual ao meu pai. Tudo estaria acabado.

Sacudi a cabeça. Eu estava com dificuldade para digerir a noite passada. Tinha sido surreal.

Terminei de me arrumar e sai do meu banheiro minúsculo, pegando minha bolsa no caminho para a sala de estar com cozinha, que era um pouco maior. Aquilo me deprimiu pela primeira vez desde que tinha me mudado para lá, cinco anos atrás. Meu apartamento inteiro caberia no vestíbulo da casa do Mr. King.

Quando estava saindo do apartamento, parei e voltei para observar o lugarzinho que eu chamava de lar. A decoração *vintage*, repleta de pequenos tesouros que encontrei em feiras de usados e bazares domésticos, e depois os reformei eu mesma. Era ali que estava meu coração. Não tinha nada a ver com a mansão enorme no alto do penhasco. Mas engoli o caroço na minha garganta e tentei sufocar minha falta de autoconfiança. Droga, eu sabia que podia fazer aquilo! A palpitação de entusiasmo no meu estômago me deixou nervosa. Mas aquilo não me incomodava. Afinal, eu tinha passado pelo primeiro teste sem nem saber que estava sendo testada.

Será que participar dos próximos testes significava que eu teria a oportunidade de ver o Bonitão outra vez? Eu esperava que pelo menos mais seis vezes. *Em caso positivo, obrigada Deus, pelos pequenos milagres!* Ele seria uma tentação, e eu sabia que seria difícil resistir. Seria fácil demais me distrair ou, pior ainda, me apaixonar por ele. Minha vida estava complicada demais no momento para haver espaço para um homem.

Suspirei e fechei a porta com cuidado, tranquei-a e então desci os dois lances de escada — isso mesmo, nada de elevador —, saindo para o sol da manhã. O dia seria quente. Senti a umidade e fiquei feliz por estar com meu cabelo curto em vez das longas madeixas ruivas.

Fiquei esperando na minha bela rua arborizada e olhei para um lado e para o outro. Não demorou até um carro encostar no meio-fio. Consultei meu relógio. Exatamente 7h. Parte de mim não tinha certeza de que um carro iria aparecer para me pegar. A noite anterior poderia ter sido uma piada complexa para divertir um velho moribundo. Mas lá estava o carro: comprido, elegante e brilhante. Eu recuei um passo na calçada, colocando um pouco de distância entre mim e o carro que me levaria para um destino no qual eu pensava desde que havia acordado. Não importava o quanto eu tentasse, eu não podia evitar aquele próximo passo. *Podia?*

A porta do passageiro foi aberta e eu segurei a respiração. Mr. King estaria no banco de trás? Não, isso era improvável, visto como ele estava frágil na noite anterior. Então quem seria? Vi o contorno da perna de um homem, uma coxa musculosa vestindo calça preta e pés calçando sapatos brilhantes. Eu soube no mesmo instante quem era. Não precisei ver o rosto para saber que eu desejava aquele homem. O misterioso Bonitão. Ele desceu do carro e se endireitou na minha frente. Pela primeira vez, eu o via sob a luz brilhante do dia.

Ele era de arrepiar. Engoli em seco e pisquei várias vezes, por um instante sem saber o que dizer. Eu sabia que estava apresentável e pronta para o primeiro dia do processo de seleção, mas, naquele instante, desejei ter me dedicado mais à minha aparência. Contudo, ele não pareceu reparar em nada. Seus olhos se fixaram nos meus e foi como se ele tivesse andado até mim e me tocado. Meu coração martelava como se eu tivesse acabado um treino físico de alta intensidade e eu não conseguia recuperar o fôlego. *Merda*, quem precisa de academia com esse demônio sexy por perto para fazer o coração disparar como se estivesse em uma aula de cardio?

Bem, ele estava diante de mim. Isso me deixou feliz. Naquele momento, não quis pensar no amanhã, ou mesmo se haveria um amanhã. Eu teria que passar no teste do dia para que houvesse um amanhã. Eu não sabia o que fazer, vendo-o parado ali em toda a sua masculinidade maravilhosa. Ele apoiou o punho na porta do carro e sorriu. Derreti. Ele falou e tive dificuldade para me concentrar; eu estava perdida demais nos meus devaneios sensuais para compreendê-lo. Ele não desviou o olhar e levantou as sobrancelhas.

— Desculpe. Não entendi. E-eu não... — inclinei a cabeça levemente para o lado e me perdi em seus olhos azuis. Eu não podia lhe dizer que não tinha ouvido uma palavra do que ele disse porque um homem lindo assim deveria ser contra a lei. Mas imaginei que ele tivesse me entendido quando sorriu e falou novamente.

— Bom dia, Srta. Canyon. — Sua voz continuava sedosa e sedutora como na noite anterior.

*Eu estava perdida.*

— Bom dia — foi tudo o que consegui pronunciar. Tentei não resmungar como uma velha. Meu corpo estava me traindo; meus músculos tremiam e meu sangue percorria meu corpo lenta e sensualmente. Era ridícula, minha reação a ele.

— Você está pronta? — Ele abriu mais o sorriso e meu coração falhou. Senti o corpo todo formigando, com um calor delicioso vibrando no meu baixo-ventre. Inspirei de leve e apreciei a sensação.

— Bem... — O que eu poderia dizer? Precisava parecer o mais confiante possível, e a última coisa que eu queria era lhe mostrar como ele me excitava. Precisava invocar a confiança que tinha demonstrado na noite anterior. Estava sendo mais difícil nessa manhã. Sabe como é, quando tudo parece tão diferente à luz do dia? As palavras foram saindo de qualquer jeito. — Não sei bem. Eu tive tempo de refletir sobre a situação e tenho perguntas. Os testes, o que são?

— Eu ficaria decepcionado se você não tivesse perguntas. E o Mr. King também. Mas o tempo está passando e tem o tráfego. Então, por favor, podemos ir?

Ele disse as palavras certas, reconfortando-me, ainda que não soubesse que era isso que fazia. Ajustei a alça da bolsa no meu ombro.

— Você está me apressando.

— Não estou, não. Esta foi a hora combinada. Você estava esperando e eu cheguei. Na hora. — Ele olhou para o relógio no pulso. Estiquei o pescoço para espiar; parecia um Rolex. — Sua primeira reunião é às 8h30. Se nós não começarmos a nos mexer, vamos ficar presos no trânsito.

Não gostei que ele me dissesse o que eu devia fazer. Mesmo que fosse isso que estivesse acontecendo desde que nos conhecemos, na noite anterior.

— É assim que vai ser, então? Você me dando instruções? Me dizendo o que preciso fazer e quando? Pensei que um CEO fizesse sua própria agenda... — tentei falar em tom de provocação, mas engoli em seco, nervosa, quando ele me olhou com as sobrancelhas arqueadas. Aquela maldita cicatriz não pareceu intrigante naquele momento, ela pareceu bem ameaçadora. Segurei a respiração, imaginando se não teria sido um pouco ousada demais.

— Você ainda não é CEO. Lembre-se disso — ele me avisou. Era algo de que eu estava muito ciente. — E se você completar todos os testes e se tornar CEO, vai ter uma assistente executiva que cuidará da sua agenda para você.

— Isso mesmo. Vou poder entrevistar e selecionar minha própria assistente, alguém que combine com a minha personalidade — *Alguém em quem eu possa confiar, que não seja leal a outros dentro da empresa.* — E uma coisa eu vou garantir: nada de passeios de helicóptero no meio da noite.

Ele riu alto e subiu para a calçada. Percebi que poderia ficar admirando aquele homem o dia todo. O modo como ele se movia me hipnotizava e sua risada era grave, gutural e deliciosamente picante.

— Não foi nem perto do meio da noite.

— Foi bem perto. — Coloquei a mão na cintura e levantei o queixo.

— Se você acha isso... — Ele estendeu a mão para mim. Uma buzina soou alto, penetrante e longa. Eu pulei e ele se virou com a cara fechada.

Um taxista que passava gritou pela janela:

— Saia daí, seu babaca! Isto aqui não é estacionamento.

O Bonitão se virou para mim e eu deixei que ele pegasse meu braço, gostando da sensação que os dedos dele produziam em mim. Ele se aproximou e minha respiração congelou nos pulmões.

— E, com isso, acho que devemos ir.

— Bem... acho que sim. — Ele não soltou meu cotovelo. Dessa vez o contato era pele com pele, porque eu estava vestindo uma blusa de manga curta. Os dedos dele eram firmes. Senti que ele controlava a força de seu toque e fagulhas voaram. Ele parou e o encarei. Será que ele também tinha sentido? Ele baixou o rosto para mim e foi como se tivéssemos parado no tempo, que parecia se estender enquanto nós apenas nos observávamos. Um formigamento se espalhou pelas minhas terminações nervosas e senti meus mamilos endurecerem. O olhar dele baixou e fiquei horrorizada de perceber que ele tinha reparado. Mas não consegui mexer nenhum músculo.

Os olhos dele voltaram para os meus. Ele pigarreou e me puxou de leve.

— Vamos começar logo este dia? — ele disse, e me vi parada ao lado da limusine. — Entre.

Tirei minha atenção dele e espiei dentro do interior escuro. Parecia uma sala de estar sobre rodas. Inspirei e senti o aroma maravilhoso de pão e café. Quase morri.

— Tem café? — perguntei, feito uma boba.

Ele concordou com a cabeça e levantou uma sobrancelha.

— Da Costa Rica. E *bagels* com *cream cheese* e salmão defumado.

— Tudo o que eu gosto — aquilo fez meu alarme interno soar; outro indicador da possibilidade de que eles soubessem quem eu era. Mas como? Eu tinha sido cuidadosa com minhas informações pessoais. Tinha decidido não usar o sobrenome do meu pai, adotando o de solteira da minha mãe. Procurei me tranquilizar lembrando que não era a única, na cidade de Nova York, a gostar de *bagels* com *cream cheese* e salmão defumado.

— Preciso insistir: temos que ir embora. Por favor.

Mordi o lábio e o encarei, depois olhei para o carro. Tudo era tão conveniente. Eventos cuidadosamente planejados. Eu era a pessoa que deveria ter tudo sob controle, mas não era assim que eu percebia a situação. Gemi e endireitei os ombros. Para fazer aquilo, teria que criar coragem. Pus minha mão no alto da porta e me aproximei do carro, colocando o pé dentro da limusine. Tudo o que eu precisava fazer era entrar, sentar e tomar café da manhã. Não havia nenhuma razão para não entrar, ainda mais porque na noite anterior tinha dado minha palavra de que aceitava o que viria pela frente. Oh, céus... eu também tinha *assinado* um acordo. Estava comprometida com o silêncio e minha palavra.

Entrar na limusine com o Bonitão seria seguir por um caminho do qual eu nunca mais poderia voltar. Meu plano de vingança sairia do planejamento para a execução. Não haveria volta. O fim de todos os meus anos alimentando o desejo de corrigir o mal feito para mim e minha família estava na minha frente; através da porta do carro, e depois o trajeto que me levaria a um novo mundo. Um mundo contra o qual eu tramei e me preparei durante tanto tempo, que fazia parte de mim como minha própria carne e sangue. E isso me deixou morta de medo.

## Terça-Feira

Entrei na limusine atraída pelo aroma delicioso de café. Esse tipo de carro, ainda que extravagante, é um problema para uma mulher de saia. Cobri meu traseiro com a mão enquanto me abaixava para entrar, segurando a bainha com os dedos para que não subisse, oferecendo ao Bonitão uma visão que eu ainda não estava pronta para lhe dar.

Deslizei pelo assento de couro e dei uma conferida no interior da limusine. O aroma de café e *bagels* nova-iorquinos recém assados quase me fez babar. Havia uma cesta sobre um apoio em frente ao assento e eu levantei o tecido que a cobria. Os *bagels* estavam ali dentro. Senti uma fome danada e morri de vontade de comer um, mas achei melhor esperar até o Bonitão estar dentro do carro comigo.

Eu olhei pela porta aberta. Ele continuava lá fora, com uma mão no quadril. Reparei como os dedos dele eram longos e bronzeados. Isso me fez imaginar o que ele fazia quando não estava trabalhando, depois fiquei pensando no que ele e o Mr. King tinham preparado para mim naquele dia. Que teste me aguardava? Eu não consegui nem mesmo imaginar, então parei de me preocupar. Em breve eu ficaria sabendo.

Aproveitei a oportunidade para apreciar a visão do Bonitão encostado no carro. Ele falava ao celular. A camisa branca estava enfiada com cuidado na calça e um cinto aparentemente caro rodeava seus quadris. Uma elegante fivela prateada chamou minha atenção. Ela tinha um emblema pequeno, em forma de diamante. Brinde corporativo, eu imaginei. Não consegui me segurar – olhei mais para baixo e senti meu rosto esquentar. Ele era impressionante – em todos os lugares.

Com certeza, não era desagradável ficar olhando para ele: quadris estreitos, tronco magro, ombros largos e braços musculosos, com os quais eu conseguia fantasiar me agarrando. Senti um impulso de segurar aquele cinto com meus dedos e puxá-lo para dentro da limusine. O filme que passou na minha cabeça foi tão real que precisei piscar forte algumas vezes para ter certeza de que minha fantasia não tinha de fato acontecido.

Finalmente o telefonema terminou, e ele entrou. Fiquei observando aquele belo corpo se dobrar e se acomodar ao meu lado. Estranhei que ele não estivesse de gravata; talvez tivesse uma no bolso para colocar mais tarde. O primeiro botão da camisa estava aberto e a pele que aparecia estava bronzeada. Pude ver alguns pelos escuros em seu peito, o que achei incrivelmente sexy.

Sua presença preenchia o interior da limusine e senti como se ele estivesse me tocando. Aquilo me lembrou da noite anterior, quando me ajudou a subir no helicóptero, com a palma da mão na minha coluna lombar. Aquele homem era todo másculo. Um homem de verdade, no qual uma mulher podia se perder. E se eu tivesse, ou não cuidado – dependendo do ponto de vista –, poderia mesmo me perder.

Ele se apoiou nas costas e arqueou os quadris para enfiar o celular no bolso. O movimento acentuou os peitorais poderosos e o abdome rígido debaixo da cara camisa de algodão – e também aquele lugar maravilhoso abaixo da fivela do cinto, que se projetou, nada inocente, com o movimento.

Apertei as coxas uma contra a outra, imaginando-o entre elas, eu sustentando o peso dele enquanto deslizava meus dedos pelas costas nuas, arqueando meus quadris para encontrar os dele. Pisquei e tentei voltar à realidade. Pensar nele daquela maneira fazia com que eu o quisesse do mesmo modo que queria um *bagel* e café.

Ele suspirou e imaginei que sons ele produziria na cama depois de uma noite de sexo alucinante. Pigarreei e tratei de afastar os pensamentos sedutores. Eu não podia me deixar ser enfeitiçada. Continuei a observá-lo até nos olharmos.

Os pensamentos fugiram da minha cabeça quando ele olhou para mim.

— Sirva-se — ele apontou para aquelas delícias de café da manhã sobre o apoio à nossa frente.

Reparei que o vidro que separa o motorista dos passageiros estava fechado. Estávamos fechados lá dentro. Sozinhos. Juntos. Inspirei fundo e procurei me manter calma.

— Obrigada — disse e, faminta, deslizei para frente no assento. Eu não iria bancar a tímida com a comida. — Esta é uma manhã *normal* para você? — perguntei enquanto escolhia uma elegante xícara de café para viagem.

— Normalmente, não, mas quando estou com a limusine, é.

Coloquei uma porção generosa de creme na xícara, e depois completei com o café mais aromático que eu já tinha cheirado.

— Imagino que seja fácil se acostumar com isto — olhei para ver se ele iria criticar a quantidade de creme que pus no café.

A maioria das pessoas demonstra alguma contrariedade, mas essa é uma das minhas perdições. Adoro café com creme. Mas ele só me observou beber com um sorriso misterioso, sem dizer nada, seus olhos capturando cada movimento meu. Fiquei sem fôlego sob aquele olhar.

— Acho que sim — ele não era de falar muito. Eu tinha percebido isso na noite anterior.

— Uma surpresa após a outra, com o helicóptero ontem e a limusine hoje. O que mais vai acontecer? — perguntei enquanto levantava a xícara e tomava mais um gole. — Humm, isso aqui está muito bom.

— Recém-torrado e trazido da Costa Rica esta manhã — ele me informou, depois pôs as mãos atrás da cabeça e se esticou. Quase engasguei com o café ao ver o movimento. Ele estava muito à vontade consigo mesmo, o que ajudou a me acalmar um pouco. Embora soubesse que não dava para ele ver que eu estava nervosa. Eu tremia por dentro.

— Sério? O café foi trazido da Costa Rica esta manhã? Isso parece uma extravagância e tanto.

— Se você tivesse o dinheiro que Mr. King tem, não seria nada demais trazer qualquer coisa que você quisesse, de qualquer lugar.

— Bem, com certeza o café é bom — bebi de novo e então perguntei — Posso servir uma xícara para você? — Imaginei que ele fosse responder "não".

— Sim, obrigado. Eu gostaria muito. — Um homem com bons modos. Ainda mais sexy.

Virei para a mesinha e, antes de servir o café, olhei para ele e perguntei:

— Creme? Açúcar? Uma ou duas? — Fiquei corada. Aquilo me soou muito sedutor e sugestivo... talvez eu devesse ter perguntado *Café, chá ou eu?* Sabia muito bem o que desejava que ele escolhesse. *Eu.*

Ele riu.

— Como você, eu gosto de muito creme.

Dei um grande sorriso. Afinal, eu tinha encontrado alguém com o mesmo gosto para o café. Fiquei feliz que tivéssemos algo em comum, ainda que fosse um detalhe. Isso fez com que me sentisse mais ligada a ele. Servi o creme primeiro, depois o café.

— Minha mãe sempre disse que o creme, ou o leite, deve ser colocado primeiro. Então acho que adotei o costume dela — olhei para ele e sorri.

— Isso faz diferença?

Dei de ombros.

— Acho que sim.

Eu me recostei e lhe entreguei a xícara. Os dedos dele roçaram nos meus. Nós dois tivemos a mesma reação e inspiramos, como se estivéssemos em sincronia.

Nossos olhares se cruzaram e ficaram presos. Senti a mesma empolgação da noite anterior e imaginei se ele também. Sua expressão era indecifrável, mas pude ver algo naqueles olhos. Ele também estava sentindo algo. Saber disso me deixou sem fôlego. Ele pareceu se aproximar um pouco mais de mim, o que me atraiu para ele. O silêncio se alongou entre nós, mas havia uma química ali.

O carro caiu em um buraco e quebrou nosso transe. Pisquei e me recostei. Ele fez o mesmo e levou a xícara à boca. Acompanhei com atenção aquilo e o modo como seus lábios se curvaram em torno da borda do copo. Cada movimento dele era sedutor, embora não se desse conta disso.

— Então, você tem um nome?

Ele me encarou e segurei a respiração. Depois de tomar um gole lento do café, ele sorriu e esperei, morta de vontade de saber seu nome.

— Você pode me chamar de Mr. Monday.

Revirei os olhos.

— Sério? — murmurei baixinho. — Bem... tanto faz, nada disto é normal.

— Como assim? — ele perguntou.

— Não importa. Às vezes resmungo comigo mesma. Você cresceu na cidade?

Ele olhou para mim e fiquei com a impressão que ele avaliava o que deveria me contar. Quão honesto ele poderia ser.

— Sim. Aqui, mas também fora da cidade, no campo. E você?

— No subúrbio, principalmente. Sabe como é, a infância típica, brincando de esconde-esconde na rua, andando de bicicleta com as crianças do bairro — tomando outro gole de café, esperei algum comentário.

Ele olhou pela janela da limusine, depois se voltou para mim. Juro que vi uma mistura de tristeza e raiva em seus olhos.

— Não, eu não tive uma infância típica. Crescer na cidade significou nada de brincadeiras na rua, como taco ou qualquer outra interação com as crianças. O tempo que passei fora da cidade, e no interior, também foi bem diferente — ele deu de ombros e não continuou.

— Um garoto do campo? — murmurei. Gostei dessa ideia. — Aposto que você andava a cavalo, caçava coelhos e passava os dias quentes no lago.

Ele sorriu e senti meu coração se encher.

— Não foi tão bucólico assim. Era mais jogar golfe e velejar. Mas, com certeza, a vida no campo teve seus benefícios.

— Você tinha seu próprio barco?

— Era da família e eu velejava de vez em quando.

— Nunca velejei. Você já disputou alguma regata? — Virei o rosto para ele e encontrei seu olhar, o que me deu um arrepio de excitação. — Ou foi em uma daquelas viagens longuíssimas em que se passam séculos a bordo?

Ele deu de ombros, mas não desviou o olhar.

— Eu não dei a volta no mundo nem participei da *America's Cup*, se é disso que está falando.

Depois de esperar por mais detalhes, que não vieram, apertei os olhos.

— Parece que você pertence a uma das raras espécies de homens que não gostam de contar vantagem.

— Lembra do que você falou ontem à noite? Que eu não sou de falar muito? Bem... — ele deu de ombros e sorriu de novo.

— Tudo bem, eu entendo. A conversa ultrapassou os limites — decidi deixar para lá. Era óbvio que ele não queria falar disso. Nós todos temos segredos. — Uma infância infeliz pode deixar cicatrizes feias — pensei na cicatriz no rosto dele e no que poderia tê-lo marcado de modo tão permanente.

Ele me deu um olhar que me fez pensar que eu poderia tê-lo ofendido.

— O que a faz pensar isso?

Levantei um ombro e franzi um pouco a testa antes de continuar.

— Oh, não sei... Foi só uma sensação. Tive momentos bons e outros nem tanto, então eu entendo — queria que ele pudesse ver nos meus olhos que eu compreendia mesmo. É claro que eu não podia dizer *por que* compreendia, pois isso acabaria com tudo. Mas entendia a mágoa que via nos olhos dele. — Acho que nós dois trazemos algo da infância — os olhos dele vasculharam os meus e nós ficamos assim por alguns minutos, olhando um para o outro e, talvez, conseguindo enxergar o que havia além dos muros que nos rodeavam.

Bebi um pouco mais de café e decidi mudar de assunto.

— Eu poderia me acostumar com este tipo de tratamento.

— Bem, não se acostume rápido demais — ele me alertou.

— Talvez esta seja minha Última Ceia? — Ele riu mais uma vez e eu sorri, apreciando o timbre da risada dele. — O que é tão engraçado?

— Você é dramática.

— Ops... — dei o que imaginei ser um sorriso atrevido. Deve ter funcionado, porque ele riu novamente.

O carro saiu pela lateral para uma rua de tráfego pesado e me lembrou do que me aguardava. O desconhecido. A única coisa certa era que eu teria sete testes – ou melhor, seis, pois tinha sido aprovada no da noite anterior – para fazer, e preciso admitir: aquilo me deixou ansiosa. Não saber o que esperar estava me matando. Sou uma criatura de hábitos com um desejo ardente de *precisar saber*. Isso, misturado ao clima no banco de trás da limusine, era receita para um lindo desastre.

— É complicado, sabe, entrar nisso tudo sem saber o que vai acontecer.

— Você vai dar conta — ele respondeu, mas não era o que eu esperava.

Seu celular tocou e fiquei encantada com o fato de ele ignorar o aparelho e manter a atenção em mim. Aquele homem possuía uma concentração tão intensa que me fascinava cada vez mais. Naquele instante ele parecia não ter outro interesse que não eu. Gostei disso.

— Aonde nós estamos indo?

A voz grave dele preencheu o espaço entre nós.

— Ao escritório das Empresas Diamond. Por favor, coma um pouco. Sei que você gosta dos *bagels* nova-iorquinos — outra informação pessoal que eles conheciam, o que me deixou alerta de novo.

Coloquei meu café no porta-copos de cobre e peguei a cesta, colocando-a no assento entre nós.

— Não gosto de comer sozinha — disse, enquanto espalhava um queijo cremoso com cuidado em metade de um *bagel* que coloquei sobre um guardanapo de linho. A cesta continha todo tipo de gostosura. Havia um recipiente com gelo em um compartimento inferior, de modo que as fatias delicadas de salmão defumado permanecessem frias. Usando um garfinho de prata, peguei um pedaço e coloquei sobre o queijo cremoso. Havia até alcaparras em uma tigelinha.

— Para você — estendi o *bagel* para ele.

Observá-lo comer e tomar o café da manhã pareceu algo quase doméstico, como um ritual matinal, incrivelmente íntimo. Eu me virei e preparei a outra metade para mim, tentando não deixar meus pensamentos seguirem por aquele caminho.

O *bagel* era delicioso. Eu teria comido um inteiro sem dificuldade, se não o tivesse dividido com Mr. Monday – *algo que um casal faria*. Congelei. Não deveria estar pensando nesse tipo de bobagem. Ele não parecia ser do tipo de homem que se casa, e com certeza eu não estava à procura de um marido.

Mordi um pedaço e tentei esquecer aquela ideia ridícula. Casamento e relacionamentos eram a última coisa na minha cabeça. Agora, um pouco de diversão, rolar na areia da praia, uma noite de alegria... *isso* eu podia aceitar. Eu tinha um alvo e tempo era essencial. Eu não podia complicar as coisas.

Recostei-me no assento novamente, terminei de comer minha metade do *bagel* e dei um último gole de café. Se aquele lanchinho delicioso era uma prévia do que viria, trabalhar na Diamond seria o sonho gastronômico.

— Então, você tem algo para me contar? Alguma instrução para dar? Sobre o que eu vou ter que fazer? — Esperei em silêncio pela resposta, atenta a qualquer expressão facial.

Ele parecia tranquilo. Nenhuma expressão. Fiquei decepcionada; eu esperava *alguma coisa*. Ele manteve o ar de mistério e tranquilidade, mesmo após aquele momento em que parecemos nos conectar, quando falamos de nossa infância.

Lentamente, ele negou com a cabeça.

— Nada. Não vou ser eu quem vai lhe aplicar os testes. Minha função hoje é garantir que você chegue ao escritório sem quaisquer incidentes. Sua programação já está feita.

— Programação? Sério? E você não faz ideia de como serão os testes?

Um dos cantos de sua boca se ergueu, o que fez a cicatriz se curvar de modo sedutor.

— Você vai descobrir tudo conforme as coisas forem progredindo. Desde que seja aprovada todos os dias.

Bufei, tentando imaginar o quanto Mr. Monday estaria envolvido na conspiração da empresa. Será que ele já estava lá quando meu pai foi demitido? Avaliei a idade dele: mais de vinte anos atrás, talvez trinta e poucos. Então, a não ser que tivesse começado a trabalhar na adolescência, era provável que ele não fizesse parte da Diamond na mesma época que meu pai.

Insisti em obter mais detalhes, mas ele não cedeu. Ficou claro que ele era como um túmulo e não revelaria mais nada. Fechei os olhos, deixando que meus pensamentos corressem livres por algum tempo. Eu podia ouvi-lo ao meu lado, como no helicóptero, na noite anterior. Mas lá eu estava vendada... Lembrar disso me fez estremecer de prazer, e percebi que não me importaria se ele me vendasse novamente, por um motivo muito diferente.

— Você vai me acompanhar durante o dia? — *e depois?* Eu esperava passar mais tempo com ele. Que homem intrigante! Eu queria ter a oportunidade de conhecê-lo melhor.

Ele negou com a cabeça.

— Não. Isso não está na programação.

— Você não vai ficar comigo? — Aquilo me deixou alarmada.

— Não — ele me deu um olhar demorado que me tirou do centro. Não consegui despregar meus olhos dele e minha boca secou.

Eu não sabia o que dizer. Para conseguir me dar bem no processo seletivo, eu precisava continuar forte, confiante e alerta. Nós parecíamos estar indecisos entre conversar e nos encarar. Eu me sentia hipnotizada por ele, incapaz de me concentrar em qualquer outra coisa. Talvez fosse bom ele não permanecer comigo. Eu precisava me concentrar na minha vingança, e ele seria mesmo uma doce distração.

Só depois que a limusine fez uma curva e a luz da manhã sumiu de repente, consegui recuperar a concentração. Estiquei o pescoço para olhar.

Nós entramos na sombra do edifício. Era diferente à luz do dia, não tão ameaçador. De fato, era bem claro, alegre e muito luxuoso. Tive que admitir que o prédio era realmente impressionante. Um arranha-céu nova-iorquino reformado cuja arquitetura parecia do novo milênio. Achei extraordinário o modo como eles fizeram, na reforma, uma entrada de veículos onde antes, obviamente, era a entrada de pedestres. Isso permitia que os carros entrassem para desembarcar seus passageiros numa área com manobristas. E pensar que eu poderia estar no comando disso tudo. O surto de empolgação foi demais.

O porteiro uniformizado se aproximou do carro. Não esperei que a porta da limusine fosse aberta para mim. Puxei o trinco e a empurrei, estendendo minhas pernas para fora. Fiquei em pé e olhei para o homem que esperava para nos ajudar.

Magníficas flores de verão transbordavam de imensos vasos de ferro colocados dos dois lados da entrada. Aquilo era perfeito. Os puxadores de bronze e os vidros da porta estavam imaculados. Fiquei parada ao lado do carro esperando o Mr. Monday.

— Por aqui, senhora — o porteiro estendeu a mão, indicando a porta da frente. Olhei por sobre o ombro para ver se Mr. Monday estava vindo, mas ele estava outra vez no telefone. O porteiro apontou a porta giratória com o queixo e então eu entrei no saguão e aguardei.

A área emanava riqueza, do mesmo modo que a recepção na noite anterior, só que não era tão extravagante. Um segurança, muito sério, se levantou quando eu entrei. Ele deu a volta no balcão e fiquei impressionada com seu tamanho. O homem era uma montanha, parecia ocupar todo o saguão. Atrás dele, vi uma série de monitores, cada um contendo várias telas de vídeo. O edifício inteiro era monitorado, mas eu não esperava nada diferente daquilo.

— Stanley, bom dia — Mr. Monday veio por trás de mim e cumprimentou o segurança. Eu quase soltei uma risadinha, mas me contive. Ele não se parecia nada com um Stanley. — Esta é a Srta. Canyon. Se você a vir perdida por aí, por favor, ajude-a. Este é o primeiro dia dela.

Stanley voltou os olhos escuros para mim e eu prendi a respiração. Ele era um homem interessante, provavelmente na casa dos 50 anos, mas estava em ótima forma. Impressionante.

— Srta. Canyon — ele disse —, é só ligar o número 51 de qualquer telefone do prédio para falar com a Segurança. Estamos aqui para ajudar.

— Obrigada, Stanley.

— Srta. Canyon, se puder vir até aqui, por favor, preciso que assine sua entrada.

Eu me aproximei do balcão, onde apoiei a bolsa, e aproveitei a oportunidade para examinar o sistema de segurança. Era rígido e eu soube que precisaria ser supercuidadosa quando tentasse me esgueirar pelo prédio. Quando coloquei a caneta sobre o livro de registro, derrubei minha bolsa e o cartão com o diamante caiu de dentro.

Mr. Monday se abaixou para pegá-lo.

— Não o perca, ou ficará presa dentro do prédio. Vamos?

Ele pegou meu cotovelo e – *plim* – lá estava, de novo. A *sensação* que fazia minhas pernas bambearem e meu coração acelerar. Pisquei várias vezes e inspirei lentamente, amando o que ele despertava em mim, e fazendo o meu melhor para não mostrar a reação física que ele causou.

— Ahn, não sei aonde ir. Há instruções ou algo que vá me orientar? Pensei que Mr. Kin...

— Por aqui, Srta. Canyon — os dedos dele apertaram um pouco mais e ele me conduziu para uma série de elevadores atrás do segurança.

Olhei para ele.

— O que aconteceu lá atrás? — perguntei. Ele tinha me interrompido.

Ele se virou e me encarou.

— Pensei que você tinha entendido.

— Entendido o quê? Não recebi nenhuma instrução, nenhuma lista de proibições e permissões. Como você pode esperar que eu entenda?

— Você é uma mulher inteligente. Pense nisso — a voz dele tinha uma tensão que lhe chegava aos olhos. Entendi que nosso momento de ligação na limusine já era.

Será que eu já tinha falhado? Uma sensação de pânico surgiu em mim e virei a cabeça para o lado, para que ele não pudesse ver meu rosto. Comecei a raciocinar intensamente. O que eu tinha dito?

A porta do elevador abriu e ele me fez entrar. Vi que, quando ele colocou o cartão em uma fenda, as luzes dos botões se acenderam.

Ele sorriu e me entregou o cartão. Eu o peguei e nossos dedos se roçaram novamente. Meu coração palpitou quando vi que seu rosto se suavizou. Ele era um homem complicado, fechando a cara em um instante e sorrindo em seguida. Deus, ele parecia ter controle total sobre mim.

Nossa... minhas emoções estavam uma bagunça. Eu precisava manter a calma e o equilíbrio. Me incomodava que eu o tivesse, de algum modo, irritado. Não gostei disso. Não por causa do emprego, mas por outro motivo. Ele tinha um jeito diferente que eu gostava; parecia ser um homem profundo e muito complicado. Quis saber mais a respeito dele. Será que haveria outra oportunidade de aprofundarmos a ligação que tínhamos estabelecido?

*Oh, espero que sim.*

Ele apertou o botão do vigésimo-oitavo andar.

— Um cartão, um andar.

Entendi o que ele quis dizer. Tentei me convencer de que não deveria me aborrecer com o acesso limitado, mas aquilo me incomodou. Meus movimentos pelo prédio ficariam bem restritos. Comecei a me preocupar se conseguiria encontrar a informação que procurava. Aquela restrição podia ser um problema sério, mas não *se* eu me tornasse a CEO. Eu precisava ter acesso livre.

Desanimei, sabendo que eu estava em desvantagem. Não importava quanta pesquisa eu havia feito, a empresa continuava em vantagem. E continuaria assim até conseguir me infiltrar e fazer aquele império ruir.

— Existe alguma coisa que você pode me contar sobre o que vai acontecer hoje, ou o que vou enfrentar?

Uma campainha soou quando o elevador chegou ao vigésimo-oitavo andar.

Ele hesitou antes de sair e olhou para mim.

— Apenas confie em você mesma.

Concordei com a cabeça, sem saber muito bem o que pensar. Ele estaria me alertando sobre algo?

Precisei de toda a minha determinação para controlar os nervos. Tanta coisa podia dar tão errado, e rapidamente. Meus músculos me traíram e começaram a tremer, então apertei os dentes para que não batessem, entrelaçando os dedos para manter as mãos firmes. O fabuloso desjejum com café costarriquenho e *bagel* nova-iorquino pesou como pedra no meu estômago. Precisei engolir em seco algumas vezes para dominar a náusea que começava a se formar. Precisava me controlar.

Acompanhei Mr. Monday através do saguão do andar. Olhei ao redor e, de novo, a decoração chamou minha atenção. As portas eram de madeira cor de mel, entalhadas, com puxadores e rodapés de bronze. Até a iluminação era dourada, suave, e projetava uma aura de riqueza sobre um par de poltronas.

— Por aqui, por favor — ele pegou o cartão comigo e o deslizou na fenda de uma das duas portas do saguão. A porta se abriu e ele a segurou para mim enquanto eu passava e apreciava a proximidade dele. Inspirei fundo e adorei poder sentir seu cheiro maravilhoso.

Esse andar tinha uma série de pranchetas de desenho e uma mesa grande e larga no centro, com rolos de papel sobre uma das pontas e várias gavetas largas e pouco fundas embaixo dela. Enquanto caminhávamos, vi que havia desenhos técnicos sobre as mesas. Aquilo tudo era o tipo de coisa que se poderia encontrar em um escritório de arquitetura.

— Que departamento é este? — perguntei.

— Fusões e aquisições.

— Essas parecem pranchetas de arquitetos.

— Nós as compramos e montamos neste piso. Aqui — ele me devolveu o cartão.

Eu o acompanhei, me esforçando para parecer que sabia o que estava fazendo, como se estivesse ali por um motivo e não fosse um peixe fora d'água. Enquanto passávamos por algumas escrivaninhas, consegui dar uma olhada nos papéis sobre elas, tentando ler nomes de arquivos e absorver qualquer coisa que pudesse ter alguma importância no meu plano de vingança.

Embora não esperasse encontrar nada muito relevante assim à vista, não custava me manter vigilante e alerta. Também procurei prestar atenção nas conversas entre os funcionários, tentando não ser muito óbvia, sempre me lembrando de sorrir. A maioria me cumprimentava com um movimento de cabeça. Alguns me observavam, curiosos; outros me ignoravam. Nada disso me importava, porque eu tinha meus próprios objetivos.

— Tess Canyon! — Uma voz poderosa ecoou pelo salão.

Parei onde estava, perplexa por alguém dali gritar meu nome. Olhei para Mr. Monday, depois ao redor para ver a expressão no rosto das pessoas. Ninguém parecia surpreso; eles apenas ergueram os olhos para ver quem poderia ser Tess Canyon. A voz pertencia a um homem parado na entrada de um escritório na outra extremidade do salão. Mr. Monday pareceu ficar tenso. *Haveria algum problema entre eles?*

Mr. Monday franziu a testa e pude jurar que o ouvi resmungar.

O outro homem levantou a mão e pude ver seu sorriso de onde eu estava, os dentes brancos contrastando com o rosto bastante bronzeado. O homem era enorme e pareceu ficar maior conforme me aproximava. Ele cruzou os braços sobre o peito *ridiculamente* largo enquanto observava minha aproximação. Estremeci quando o sorriso dele ficou mais largo e, por instinto, coloquei um pouco mais de gingado nos meus quadris. Ele tinha uma constituição poderosa. Era claro que a empresa gostava de homens gigantescos.

Parei diante dele e fiquei um pouco afetada pelo brilho sexy em seus olhos, mas não pude deixar de compará-los aos olhos azul-claros, acompanhados de uma cicatriz fascinante, do Mr. Monday. Prometi a mim mesma que um dia descobriria como ele a tinha conseguido. Olhei rapidamente para ele, pois estava quieto demais, além do normal, desde que tínhamos saído do elevador.

Caminhamos para o escritório de canto, onde havia janelas nas duas paredes com uma vista fantástica da cidade. O homem veio me cumprimentar. Ele possuía o corpanzil típico de um jogador de futebol americano, mas o tecido do seu terno de grife enquadrava com perfeição o tronco musculoso. Levantei o rosto e todo o meu campo de visão foi preenchido por ele.

— Olá! Prazer em conhecê-la, Tess — ele estendeu a mão e coloquei ali a minha, que desapareceu dentro daquela manzorra. A primeira coisa que pensei foi... *nenhuma fagulha*.... Olhei para Mr. Monday e inclinei a cabeça para ele.

Ali sim, havia alguma tensão. Pude senti-la.

Mr. Monday olhou para mim.

— Srta. Canyon, vou deixá-la agora. Tenha um bom dia — e com isso ele se foi. Fiquei um pouco surpresa com aquela saída abrupta e devo ter demonstrado.

— Não ligue para ele. É do tipo de sujeito intenso — o homem disse. Me virei para ele e seus olhos bem escuros me encararam. — Bem-vinda ao departamento de estratégias da Diamond. Sou Mr. Tuesday.

— Prazer em conhecê-lo, Mr. Tuesday? — Achei graça naquilo, mas tentei não sorrir.

Ele riu. Uma risada grande como ele, e contagiante, pois não consegui segurar o sorriso que curvou meus lábios. Decidi que gostava dele. O homem parecia autêntico, e seus maneirismos me fizeram relaxar. Soltei um suspiro nervoso. Ele apontou para uma cadeira.

— Por favor, fique à vontade. Hoje é terça-feira, não? Então pode me chamar de Mr. Tuesday.

Sentei e cruzei as pernas, mantendo barra da saia no lugar com os dedos. O olhar dele baixou para minhas coxas e depois subiu para meu rosto. Tentei não ficar surpresa nem demonstrar o calor sensual que me percorreu. Talvez um momento atrás eu não tivesse sentido nenhuma fagulha, mas aquele homem olhava para mim de um modo que não tinha nada de desinteressado.

Eu o observei acomodar o corpo imenso na poltrona de couro do outro lado da mesa e fiquei surpresa que o móvel não rangesse debaixo daquele físico avantajado. Inspirei silenciosamente e o encarei, esperando que o rubor nas bochechas não me denunciasse. Levantei um pouco a mãos dos joelhos, prestes a passá-las no rosto, para esfriá-lo, mas isso teria sido uma confissão.

— Bem, Mr. Tuesday, imagino que saiba o que vim fazer aqui, embora eu não possa dizer o mesmo.

Ele riu novamente e se recostou na poltrona, entrelaçando os dedos atrás da cabeça. Cada movimento que ele fazia era calmo, tranquilo, e essa sensação passou para mim: *está tudo bem*. Os olhos castanho-escuros eram expressivos e me capturaram. Sua natureza tranquila era reconfortante, e contrastava com a excitação constante que eu parecia sentir quando estava perto do Mr. Monday.

— Tudo tem sido muito surpreendente — eu disse.

— Sim, sim, eu sei. O importante é que agora você está aqui. Mas estamos perdendo tempo. Temos muito o que fazer. Você tem muito que absorver antes de partirmos.

— Partirmos? Aonde nós vamos? — perguntei, um pouco espantada que fôssemos sair quando eu havia acabado de chegar.

— Isso, nós vamos sair, oh... — ele tirou o telefone do bolso e olhou para o aparelho — ...em cerca de 25 minutos.

— Mas aonde nós vamos? — perguntei, começando a sentir que meu nervosismo voltava a crescer. Onde tinha ido parar a calma que senti alguns momentos antes?

O homem era cheio de grandes sorrisos e se balançou na cadeira um pouco. Isso me lembrou de quando era garotinha e meu pai costumava inclinar a cadeira sobre as pernas de trás quando estávamos na mesa de jantar. Aquilo deixava minha mãe maluca. Ele ria, abria um grande sorriso e deixava as duas pernas da frente bater no chão, fazendo eu e minha mãe gritarmos de susto. Então ele saltava da cadeira e começava a fazer cócegas nas duas até chorarmos de tanto rir. Como um homem desses, tão feliz e amoroso com sua família, podia se tornar uma versão tão amarga do que tinha sido? Mas Mr. Tuesday estava com um ar tão tranquilo que isso me fez relaxar novamente.

— Vamos pegar a estrada — ele disse e riu de novo antes de se levantar. — Venha comigo — reparei que ele pegou uma pasta ao passar pela escrivaninha a caminho da porta do escritório. Eu o segui, mas ele parou de repente e voltou para dentro. — Opa! Tudo bem? — ele se virou e me segurou pelo cotovelo quando cambaleei.

— Sim, estou bem. Mas da próxima vez que frear de repente, pode pelo menos me avisar?

— Tem razão. Segure isto — ele me entregou a pasta. — Encontre uma mesa que ninguém esteja usando e comece a ler este arquivo. Deve ser autoexplicativo. Sinta-se à vontade para conhecer este andar, se tiver tempo, mas duvido que tenha. Se quiser um café, é provável que consiga tomar um, bem rápido, mas lembre-se, vamos sair logo... daqui a 20 minutos.

Peguei a pasta. Ele andou na direção de um grupo de pessoas amontoadas ao redor de uma mesa. Pude ouvir sua voz alta e sorri do modo como todos riram de alguma observação que ele fez. Obviamente, ele era o chefe. E um chefe querido – exceto, talvez, pelo Mr. Monday.

Encontrei uma mesa perto da janela e me sentei, conferindo no meu relógio de quanto tempo eu dispunha. Mr. Tuesday parecia contabilizar cada minuto. Tentei me concentrar no arquivo, mas eu ficava consultando o relógio. Voltei para a primeira página, que tinha ficado presa dentro da pasta.

Era a capa do relatório. Não dizia muita coisa, mas o título tinha muita importância.

"Proposta de compra. Indústrias Northbrook."

Uau, Diamond querendo comprar a Northbrook. Eu tinha ouvido falar neles. Eram uma empresa familiar, importante no mundo da tecnologia. Intrigada, folheei o relatório. Imaginei o que eles tinham que a Diamond queria. Passei os olhos pelas páginas e então consultei o relógio mais uma vez. Eu não tinha mais tempo de ler e não havia compreendido bem a situação. Isso fez com que me sentisse em desvantagem. De repente fiquei em pânico, ao ver a rapidez com que o tempo passava. Faltavam cinco minutos para as dez. Fechei a pasta e corri ao encontro de Mr. Tuesday.

— Tess! — Tive a sensação de que aquele homem iria passar o dia gritando meu nome e suspirei. Ele me viu e então saiu pela porta, e tive que me apressar para alcançá-lo. A energia dele me deixou sem fôlego. Como eu iria sobreviver àquele dia, ao modo como ele ficava em movimento o tempo todo? Quando finalmente o alcancei no elevador, ele perguntou: — Está pronta?

— O melhor que posso depois de uma sessão de 25 minutos.

Ele irrompeu em uma gargalhada, não parecendo nem um pouco preocupado.

— Vamos embora, então. Você pode ler de novo no carro.

Minutos depois nós estávamos cruzando a cidade a bordo do Porsche Panamera dele. Era um carro fantástico. Eu nunca tinha visto algo igual. Era difícil acreditar em tudo o que estava acontecendo comigo desde que entrei nas Empresas Diamond na noite anterior. Ali estava eu, voando pela cidade em um Porsche, a caminho de um destino misterioso.

Não era normal, para mim, ser impulsiva e doida. Eu tinha perdido o controle, estava fora da minha zona de conforto. Mas precisava recuperá-lo, do contrário tudo poderia desabar. Decidi tentar aproveitar o que quer que estivesse me aguardando. Só era uma pena eu ter que estudar o arquivo, porque isso me impedia de apreciar o passeio.

— Que tal tirarmos alguns minutos para discutirmos a proposta? — sugeriu Mr. Tuesday.

— Acho que vai ser necessário mais do que alguns minutos para eu me familiarizar com isto.

— Eu confio em você, Tess — ele olhou para mim com aqueles olhos escuros como chocolate. Havia um indício de dureza neles? Talvez Mr. Tuesday não fosse só sorrisos e risadas. Desconfiei que havia algo mais nele.

— Eu também — respondi.

Ele jogou a cabeça para trás e soltou uma gargalhada estrondosa.

— Excelente! — com certeza ele gostava do que fazia. — O percurso dura cerca de uma hora e meia — *nossa! Informação nova.* — Não vou falar nada enquanto você lê a proposta — *muito obrigada.*

Ficamos em silêncio por algum tempo, enquanto saíamos da cidade. Não fazia ideia para onde estávamos indo. Eu queria me recostar no assento daquele carro de luxo e aproveitar o passeio, mas no meu colo havia um documento me chamando.

A pasta parecia um peso de chumbo nos meus joelhos. Eu sabia que deveria abri-la. Um arrepio de preocupação correu pela minha coluna. Será que aquilo estaria além da minha capacidade? Eu começava a pensar no que tinha me metido.

Olhei de relance para Mr. Tuesday. Ele estava concentrado na direção, as mãos grandes segurando o volante com leveza. Ele deve ter sentido o peso do meu olhar, porque se virou e me deu um sorriso lento, quase sedutor, e fez com que eu me perguntasse se ele estaria flertando comigo.

Definitivamente, ele era atraente, e um sinal de alerta acendeu dentro de mim. Desde a noite passada eu tinha sido colocada com dois homens atraentes, sensuais, e minha libido estava em estado de atenção. Cada momento trazia um novo estímulo, fosse mental, como os desafios desconhecidos que me esperavam, ou físicos, como a descarga de adrenalina produzida por estar dentro de um carro veloz. Eu estava vivendo no limite. Se mantivesse esse ritmo, em breve teria uma sobrecarga de estímulos.

Com toda a certeza, não parecia mais que eu estava passando por um processo seletivo. Pelo menos não naquele momento, com o vento entrando pela janela e agitando meu cabelo, que se recusava a me obedecer, não importava quantas vezes eu o tirasse do rosto.

Senti meu sorriso se abrir e minhas bochechas me incomodaram de tanto sorrir. Não, aquilo não parecia em nada com uma entrevista de emprego. Um observador diria que eu estava saindo com aquele homem muito sexy, que dirigia um carro igualmente sexy, e que me levava para um destino desconhecido onde poderíamos viver algo muito, muito excitante.

Ele logo me devolveu à realidade.

— Está nervosa? — perguntou, falando mais alto do que o vento que gritava pela janela.

Fiquei surpresa com a pergunta. Não achei que estava nervosa naquele momento, embora estivesse um pouco antes. Mas talvez ele pudesse sentir algo em mim. Talvez ele fosse esse tipo de pessoa, sintonizada em quem está à sua volta. Não estava pronta para ser completamente honesta com ele. Eu poderia ficar exposta e vulnerável se revelasse como me sentia, então fiz meu melhor para esconder qualquer evidência nesse sentido. Eu não iria fazer nada que ameaçasse minhas chances de conseguir aquele emprego.

— Eu deveria estar? — respondi com uma pergunta. — Por que eu preciso saber da Northbrook?

— Nós estamos indo encontrar com eles, e seu teste de hoje será lá. Não se preocupe, tenho certeza de que vai se dar bem. Vou estar por perto para ajudá-la, se for necessário.

Deixei minha cabeça cair para trás no encosto. Voltei o rosto para a janela, adorando o vento, e deixei que soprasse para longe meus nervos. Fechei os olhos e aproveitei o momento. Eu sentia uma expectativa muito grande e, embora não fizesse ideia do que esperar, usaria essa oportunidade para brilhar. Mr. Tuesday também estava tendo algum efeito em mim. Eu não conseguia dizer exatamente o que era, só sabia que havia algo, mas não quis tentar entender essa sensação no momento por causa da reunião que nos aguardava. Eu precisava ser objetiva. Dar o meu melhor. Muita coisa dependia disso.

Mas eu precisava admitir: toda aquela agitação era empolgante. E eu estava gostando. A expectativa crescente frente ao desconhecido, os mistérios que me aguardavam. Cada passo que eu dava me lançava para frente de um modo descuidado. Eu não era assim. Tudo o que podia fazer era acompanhar o fluxo com a esperança de não acabar me perdendo.

Será que eu estive tão envolvida no meu plano de vingança que tinha perdido de vista o mundo ao meu redor, me esquecendo de viver e me divertir? Será que aquela agitação toda era o choque que eu precisava para me sacudir e me fazer ver o que eu andava perdendo? Talvez, bem no fundo, eu quisesse viver assim, no limite. Eu nunca tinha estado naquele tipo de situação, antes. Isso me forçava a encarar a vida de muitos ângulos novos e diferentes.

Abri a pasta e comecei a estudar o documento. Era difícil manter a concentração, mas necessário. Tanta coisa dependia da minha habilidade de entender a situação e assim busquei na minha capacidade de pesquisar os recursos para encontrar mais informações.

Peguei o celular e comecei a fazer buscas sobre a Northbrook. Eu queria estar totalmente preparada, para o caso de alguém colocar alguma bomba no meu colo, mais tarde. Encontrei alguns comunicados à imprensa muito interessantes. Um, em especial, chamou minha atenção. A Northbrook tinha desenvolvido um chip de computador, ficando claro para mim que era isso o que a Diamond queria da outra empresa. A Northbrook afirmava que o chip iria revolucionar o mundo das comunicações. Quase bufei de deboche: inúmeras invenções se declaravam revolucionárias, mas poucas eram. Fui cautelosa. A Diamond não era a única empresa com interesse nessa nova tecnologia, e encontrei uma comparação com um chip semelhante de uma concorrente. A informação era bem vaga no comunicado à imprensa, e não consegui encontrar informações mais consistentes. Nem mesmo a melhor pesquisadora poderia fazer com que informações aparecessem por mágica. Armazenei o que tinha conseguido na minha mente, para o caso de precisar mais tarde. Quando levantei a cabeça, não estávamos mais na cidade.

— Você está confortável com a situação após estudar o documento? — Mr. Tuesday perguntou.

— Estou, acredito que sim — me alonguei um pouco no assento para suavizar a tensão que começava a incomodar meu pescoço. Virei o rosto e olhei para ele. Então me perguntei por que ele estava com a testa franzida. Será que era por minha causa?

— Acreditar que sim não é o suficiente. Você tem que *saber*. Ter certeza absoluta que sim. É imperativo que este negócio seja fechado, e você estar bem preparada é fundamental para que isso aconteça. Esse é o seu teste. Então, talvez seja melhor você continuar estudando o documento. Nós temos pelo menos mais 20 minutos até chegarmos lá.

Ele estava me repreendendo? Não gostei disso, pois estava fazendo meu melhor para conseguir uma compreensão concreta dos detalhes. Isso não é fácil quando se chega tarde para a festa. Suspirei e abri o documento nos meus joelhos para estudá-lo. De novo.

Eu tinha praticamente decorado a proposta cinco minutos antes de chegarmos ao nosso destino. Todas as informações me deram uma boa compreensão da Northbrook.

Os documentos de apoio demonstravam o impacto positivo que uma aquisição daquela natureza teria nas Empresas Diamond. Embora essa não fosse minha área, eu possuía um pouco de experiência em negociação. Já tinha trabalhado em um ambiente dominado por homens e aprendi a me defender, principalmente quando o assunto é orçamento. Eu não deixaria que um bando de homens e seus métodos antiquados fossem um obstáculo no meu caminho. Podia estar tirando conclusões precipitadas – talvez a equipe de executivos da Northbrook não fosse um festival de testosterona –, mas duvidava muito. O mundo corporativo continuava sendo, em essência, um mundo masculino. Fechei a pasta e olhei pela janela do carro. Nós estávamos bem longe da cidade.

Nós seguíamos por uma linda estrada no campo, montanhosa e cheia de curvas. Eu observava o cenário passando em velocidade e, quando Mr. Tuesday reduziu a marcha, me ajeitei no assento.

Devíamos estar chegando. Ele entrou em uma via arborizada. A cobertura de folhas sobre a pista projetava desenhos de luz dourada à nossa volta. Dos dois lados do caminho, a grama bem aparada conduzia à floresta. Fiquei esperando um cervo pular na nossa frente, ou um coelho passar correndo. Suspirei. E gostei quando Mr. Tuesday diminuiu um pouco mais e abriu todas as janelas. O ar fresco era revigorante. Comecei a me sentir mais confiante, embora continuasse um pouco nervosa com a expectativa do que me aguardava.

Continuamos por esse caminho em meio à floresta por mais de um quilômetro. À esquerda, uma entrada de veículos levava a um estacionamento cheio de carros, quase invisível em meio às árvores. Havia muita atividade acontecendo ao redor de uma construção linda e rústica, com golfistas aprontando seus tacos e funcionários se deslocando em carros de golfe e colocando as sacolas de tacos dentro deles.

Nosso carro contornou mais algumas curvas suaves ao redor de colinas até chegarmos a uma clareira que me fez perder o fôlego. O gramado ondulante descia a encosta até as águas claras de um lago. Golfistas começavam a jogar no ponto que passamos. Eu não conseguia assimilar tudo com rapidez suficiente. Então continuamos até uma ponte em arco, com só uma pista e uma mureta de pedra de cada lado, depois por baixo de outra cobertura de árvores, até sairmos no começo de uma trilha comprida que levava à sede do clube.

— Meu Deus! Olhe só isso! — eu disse.

— Bonito, não é mesmo? — Mr. Tuesday olhou ao redor. — Bem-vinda ao Clube de Campo de Rockwood.

— Isto é muito mais do que bonito.

— Nós decidimos fazer a reunião aqui. Todos achamos que seria melhor manter as negociações discretas, longe da Northbrook, para evitar boatos desnecessários.

Concordei.

— Faz sentido. Mas que lugar!

— É mesmo. Nós o usamos de vez em quando para nossos retiros com executivos, treinamentos de funcionários e qualquer outra coisa que acreditamos ser preciso fazer longe dos escritórios. Até mesmo construímos um heliponto aqui.

A menção casual ao heliponto trouxe de volta a lembrança da viagem da noite anterior, mas não deixei minha cabeça seguir por esse caminho.

Eu tinha caído de cabeça na vida em alto estilo, com voos de helicóptero, carros esportes e, o que me parecia mais importante, café importado sob encomenda. Uma garota pode se acostumar com tudo isso.

— É usado com frequência?

— Na verdade é. Para almoços e jantares de negócios. Também fazemos, todos os anos, um torneio de golfe de caridade, entre muitos outros eventos.

— Entendo. Então é um tipo de clube exclusivo das Empresas Diamond.

— Acho que dá para dizer isso — ele fez uma pausa. — Você entende que esta é uma aquisição muito importante para a empresa? Os acionistas da Northbrook estão divididos. Alguns estão prontos para vender, mas um número maior está hesitante quanto à nossa oferta. Acho que eles querem mais dinheiro, mas nós já chegamos ao nosso máximo. Isso significa que você terá que ser criativa.

— Bem, se é tão importante, por que *eu* estou indo fechar o negócio?

— Você é exatamente o que nós precisamos.

Acho que devo ter ficado de boca aberta. Foi a primeira vez que ele disse algo demonstrando confiar na minha capacidade. Ele tinha manifestado um apoio descontraído até então, mas ouvi-lo declarar sua confiança em mim aumentou a pressão e fiquei nervosa. Eu precisava acreditar que conseguiria, que podia reunir toda a minha coragem para invadir aquele mundo desconhecido de helicópteros, café gourmet e enfrentar uma equipe de negociação adversária.

*Mas e se eu não conseguisse?*

Uma semente de insegurança começou a brotar. Sacudi a cabeça de leve para afastar a sensação e rezei pelo melhor. Espiei

Mr. Tuesday e mordi o lábio enquanto nos aproximávamos da sede do clube.

— Espero corresponder às expectativas de nós dois — me ajeitei no assento para poder olhar para ele e cruzei os tornozelos. — Como vai ser minha responsabilidade, vou fazer meu melhor para fechar o negócio — meus verdadeiros motivos para ter sucesso não podiam ser mencionados e, maldição, cada teste era mais uma barreira que, se falhasse, impossibilitaria que eu tivesse acesso aos registros da Diamond. Se não tivesse sucesso, eu não estaria mais perto de encontrar os documentos que buscava, do que 6 meses antes. Naquele momento, ainda dispunha de mais seis chances – *oportunidades* – de encontrar o que precisava, oportunidades que não tinha tido antes. — Ajudaria se eu soubesse qual a principal objeção da Northbrook.

— Eles querem dinheiro.

— Eles deram algum motivo para não estarem satisfeitos com esta proposta? — Comecei a conjecturar se alguma informação tinha sido deixada de fora. Talvez para me sabotar. Ou para fazer eu me esforçar mais para encontrar uma solução.

— A Northbrook tem sido uma empresa familiar por muitos e muitos anos. Eles foram se tornando muito seguros e arrogantes. Mas estão sob pressão financeira, agora. Então, quando eles nos procuraram, tentamos aproveitar a oportunidade.

— Entendo. Mas isso deveria estar neste documento — tamborilei os dedos na pasta, — e não está. Como vou fazer o melhor trabalho possível com informações limitadas? Existe algo mais que eu deva saber?

— O documento informa que eles estão com problemas financeiros.

— Sim, eu vi o relatório, mas um pouco mais de informação seria útil.

— Eles sempre tiveram orgulho de produzir produtos de primeira linha, mas não vão conseguir manter esse nível de excelência nas atuais circunstâncias financeiras. Alguns dos produtos deles estão fracassando em testes de qualidade. Nós avançamos e recuamos algumas vezes nas negociações e, afinal, chegamos a um acordo — ele apontou para a pasta. — Mas precisamos que assinem para fecharmos o negócio.

Refleti a respeito.

— Deve ser angustiante, não poder fornecer o serviço que os consumidores esperam de você. Isso coloca sua reputação e a marca em risco.

— É por isso que a aquisição é boa para os dois lados. Vai nos ajudar, pois a tecnologia que desenvolveram para o novo chip é o que precisamos para fazer nossos empreendimentos avançarem. Vamos ficar à frente da concorrência, na liderança absoluta, estabelecendo a posição futura da Diamond no mercado mundial. Para a Northbrook, o negócio vai repor a fortuna da família sem diminuir sua reputação.

Fiquei imaginando se essa não seria a maior preocupação de todos, a questão da reputação. Por mais canalha que a Diamond fosse, quando encontrei Mr. King fiquei com a impressão de que ele amava sua empresa. Eu duvidava muito que ele iria querer que alguém chegasse e a tirasse de seu controle, só para dividi-la e vendê-la aos pedaços. Nada naquele documento me fazia acreditar que ele faria isso com os outros. Havia algo mais naquele caso. Então perguntei.

— No arquivo não diz, mas o que a Diamond pretende fazer com a Northbrook? A intenção é manter a tecnologia e vender o restante da empresa?

Mr. Tuesday virou a cabeça de repente para mim. Será que eu tinha acertado algum ponto sensível?

— Não é essa a intenção. O negócio é bom, viável. Só precisa de uma mãozinha, de um administrador para acompanhar as operações diárias e aumentar o foco em pesquisa e desenvolvimento. Se isso não puder ser feito, e não houver luz no fim do túnel que nos leve aos nossos objetivos, então sim, é totalmente possível que a empresa seja fechada e vendida em partes, mas só poderemos saber isso se tivermos a oportunidade de virar o jogo. Esse é o desafio e é aí que você entra.

— Desafio?

— Isso mesmo. Embora nós tenhamos desenhado o esqueleto de um acordo, eles continuam um pouco abalados com a coisa toda e nós poderemos sair daqui sem nada. Feche esse negócio. Isso é o que você precisa fazer hoje. Negocie com o coração — ele me deu aquele sorriso caloroso de novo.

— Qual a margem que eu tenho para negociar?

— Vou dizer o seguinte: nós queremos muito essa empresa, mas eles já nos levaram para perto do limite do nosso orçamento. Ainda temos algum espaço para manobrar, e eu vou estar presente para puxar o freio se a coisa subir muito.

Na minha opinião, isso era como um cheque em branco, mas eu não disse mais nada, pois decidi que era melhor manter minhas opiniões para mim, ainda que elas estivessem voando dentro da minha cabeça como morcegos tentando sair de uma caverna. Compreendi que eles estavam me atirando aos leões. Eu sobreviveria? Abri a pasta mais uma vez. Embora ainda tivéssemos essa reunião e a Diamond já tivesse feito sua oferta final, entendi o que estava em jogo.

Toquei o cheque grampeado na parte de dentro da pasta. Eu sabia por que ele estava ali. Era para mostrar nossa boa-fé. Chegar com um cheque não reembolsável de 250 mil dólares demonstrava a seriedade com que a Diamond encarava aquela aquisição.

O interior do clube era tão espantoso quanto o exterior. Parada no saguão, tentei assimilar tudo. Paredes revestidas de madeira subiam até um salão no segundo andar, todo cercado por um parapeito. Havia um restaurante convidativo e mais um salão do outro lado de uma lareira que ia do chão ao teto. Eu podia imaginar noites frias de inverno, aninhada junto ao fogo.

— Uau!

— Você gostou? — Mr. Tuesday perguntou, aproximando-se de mim e colocando a mão no meu ombro. Eu fiquei um pouco tensa, mas me obriguei a relaxar.

— Gostei. Acho que nunca estive em um lugar tão lindo.

Atrás da lareira, pilares que pareciam feitos de troncos de árvore verdadeiros subiam até o teto abobadado. Janelas altas deixavam entrar uma luz maravilhosa. Plantas ajudavam a estabelecer o ambiente tranquilo do salão rústico. Do lado de fora, uma área abrigava uma série de docas para lanchas e barcos de pesca. Havia até mesmo dois hidroaviões amarrados ali.

— As pessoas chegam mesmo voando?

— Com toda a certeza.

— Este lugar é uma mina de ouro.

— Você tem razão, mas agora precisamos ir. Fiz reservas para almoçarmos depois da nossa reunião.

Ele pareceu satisfeito consigo mesmo depois de divulgar aquela informação. Eu também fiquei feliz. Queria mais do que tudo passar algumas horas ali.

— Bem, como você conhece o lugar, vá na frente, por favor. Que tal deixarmos logo essa reunião para trás? — Meu nervosismo cresceu enquanto o acompanhava até a sala de reunião. Ela tinha a mesma decoração que o saguão e o restaurante. Eu estava amando aquele lugar.

Cinco homens aguardavam junto à mesa do café que tinha sido arrumada perto da janela na sala reservada para a nossa reunião. Eles pareciam muito preocupados e senti um tipo de pavor tomar conta de mim. Quando me viram, alguns deles pareceram surpresos. Imaginei se seria levada a sério. Eu precisava demonstrar competência assim que entrasse na sala. Era importante que aqueles homens me respeitassem, e me considerassem igual a eles. Então rodeei a mesa e puxei da memória as fotografias que acompanhavam o documento que eu tinha estudado, ligando os nomes aos rostos.

— Bom dia, senhores. Como já devem saber, meu nome é Tess Canyon — caminhei até o primeiro homem e estendi a mão, que eu sabia ser o patriarca da família. — Mr. North, é um prazer conhecê-lo — ele pegou minha mão e a apertou com firmeza. — Obrigada por vir se encontrar conosco — cumprimentei os outros da mesma forma e percebi, no mesmo instante, que havia conquistado pelo menos um pouco de respeito. Era um começo.

Decidi me sentar de costas para a janela. Mr. Tuesday sentou-se ao meu lado. Os cinco homens se sentaram de frente para nós. Essa posição me permitia ver com clareza o rosto deles. A luz de fora, que entrava pela janela, deixava a mim e Mr. Tuesday na sombra, dando-nos a ligeira vantagem de podermos ver as expressões faciais deles melhor do que eles poderiam ver as nossas. Coloquei a pasta sobre a mesa, mas não a abri.

— Vejo que estamos muito perto de um acordo e estou confiante de que conseguiremos fechar o negócio hoje — decidi fazer uma abordagem direta e não lhes permitir que recuassem. Eu precisava falar com eles de forma pessoal, sem ser agressiva, que eu achava que era como se comportava a maioria dos homens.

Cruzei os dedos para que isso desse certo.

— Eu quero lhes garantir que a Diamond está muito empolgada com essa aquisição.

Então, Mr. Tuesday me surpreendeu ao entrar na conversa.

— Senhores — ele começou.

Pensei que iria deixar a negociação comigo. Olhei para ele, que fez um movimento de cabeça quase imperceptível. Então, me recostei na cadeira e esperei para ver o que aconteceria. Eu tinha feito algo de errado? Eu mal tinha começado.

Fiquei surpresa com a atitude profissional dele. Contrastava completamente com os modos do homem alegre e despreocupado que ele demonstrou ser mais cedo.

— Está na hora de chegarmos a um entendimento final. Já fomos demais para frente e para trás nesta questão. O acordo tem que ser assinado hoje.

Fiquei um pouco chocada com aquelas palavras agressivas dele. Dei uma olhada rápida para os homens do outro lado da mesa e vi que ficaram tensos. Torci para que ele soubesse o que estava fazendo. A expressão no rosto dos homens me disse tudo o que eu precisava saber. Eles não estavam felizes. Olhei para Mr. Tuesday para ver se ele também tinha percebido. Contudo, ele não dava nenhum sinal.

— Não sei se gosto do seu tom — Mr. North se empertigou na cadeira, mostrando-se pronto para enfrentar Mr. Tuesday.

— Sinto muito, Mr. North, mas já passamos por isso antes. Esta é a última vez. Nós dois sabemos que vocês precisam deste acordo.

Entendi a ameaça velada que Mr. Tuesday estava fazendo: ele se referia à instabilidade financeira da Northbrook.

Mr. North se levantou. Ele segurava numa bengala, que bateu no chão. Por um momento ele me lembrou Mr. King em sua cadeira de rodas. Cerrei os dentes e olhei para Mr. Tuesday. Os lábios dele estavam se movendo, mas eu não ouvia as palavras. O fluxo do sangue nas minhas orelhas abafava todo o resto. Como ele podia ser tão insensível? E por que estava usando essa tática? Aquele podia ser um erro enorme, irreversível. E era eu que devia estar conduzindo a negociação.

Olhei para os homens. Eles estavam ficando agitados. Senti que estavam a ponto de ir embora. Eu precisava fazer algo e, quando todos começaram a se levantar, eu soube que era naquele instante ou nunca mais.

Segurei no antebraço do Mr. Tuesday, apertei e, sem ninguém perceber, mandei que ficasse quieto.

— Por favor, Mr. North — falei alto. — Sente-se — mantive a voz firme, deixando claro que não havia espaço para discussão. — Dê-me uma oportunidade de conversar com o senhor — o homem olhou para mim. Acho que ele ficou espantado com o tom da minha voz, e isso me deu a confiança que eu precisava. *Ele agora era meu.* Quando indiquei a cadeira com a mão, ele se sentou.

— Obrigada — eu disse. — Não sei bem por que o senhor está hesitando quanto a este acordo. Afinal, vocês nos procuraram... Estamos oferecendo um bom valor pela sua empresa, e é um dinheiro que vocês precisam, todos nós sabemos — segui adiante, sem dar espaço para quaisquer interrupções. — Quero que compreenda que é muito importante que o senhor assine o contrato hoje.

Os homens ficaram em silêncio, me observando, com os rostos carregados de ceticismo.

— Precisamos que o acordo seja fechado hoje. *Todos* nós precisamos — continuei — A Northbrook vai se tornar uma subsidiária das Empresas Diamond. E a Diamond será conhecida como a nova proprietária da Northbrook. Nós temos um prazo até a meia-noite de hoje para que os documentos sejam registrados. Se o senhor não assinar até esse horário, vamos ter que retirar a oferta substancial que fizemos. Está preparado para explicar isso para o seu conselho?

Os homens se entreolharam, depois se agruparam, sussurrando. Mr. North inclinou ligeiramente a cabeça, o movimento me fez sorrir para mim mesma. Achei que tinha acertado na mosca.

Tirei o cheque da pasta e o coloquei sobre a mesa.

— Isto é para adoçar o acordo e demonstrar que as Empresas Diamond estão agindo de boa-fé. Nós estamos prontos para seguir em frente com o negócio — deslizei o cheque pela mesa e ele chamou a atenção dos homens. 250 mil dólares não é dinheiro para se desprezar.

— Se a qualquer momento as Empresas Diamond decidirem voltar atrás, vocês podem ficar com o dinheiro — eu disse. Os homens olharam para Mr. Tuesday e eu o senti ficar tenso do meu lado. Ele tinha ficado quieto assim que comecei a falar. Olhei para ver o que ele iria fazer. Ele assumiria o controle? Esperei.

Ele se inclinou para frente e colocou as mãos sobre a mesa. Fiquei entusiasmada e tremi por dentro. Tive a sensação de que, se ele concordasse comigo, o negócio estaria fechado. Eu precisava admitir, Mr. Tuesday transpirava poder, e percebi naquele momento como o poder era atraente. Eu o observei, com minha respiração curta, enquanto ficava excitada com seus maneirismos e aparência. Prendi a respiração, esperando para ver o que ele diria. Ele espalmou as mãos sobre a mesa.

— Apoio totalmente a Srta. Canyon — Mr. Tuesday disse. Os homens do outro lado da mesa pareceram exalar ao mesmo tempo.

Soltei a respiração. Mr. Tuesday olhou para mim e vi um brilho malicioso em seus olhos castanhos. Pisquei e franzi a testa, pois não esperava ver aquela expressão. Ele tinha aprontado aquilo para ver como eu iria me virar?

Voltei minha atenção para os homens do outro lado da mesa.

— Temos um acordo?

— Srta. Canyon — Mr. North falou —, nós apreciamos a sua sinceridade.

— Mr. North — olhei para ele. — O senhor é o fundador da empresa, e com certeza entendo as preocupações que pode ter quanto à sua marca. Dessa forma, ficaríamos encantados em ter um membro da família no conselho. Mas preciso insistir: nós temos um acordo?

A sala ficou em silêncio, todos esperando que Mr. North desse a sua resposta.

— Não, Srta. Canyon, não temos.

Pense rápido.

— Me desculpe, Mr. North, mas não estou entendendo — mantive minha voz no mesmo tom.

O filho do Mr. North se inclinou sobre a mesa, segurou o cheque com o dedo e o deslizou em sua direção. Quase pulei sobre a mesa para recuperar o cheque. O homem me fez uma careta de escárnio. Foi então que percebi ter julgado mal aquele grupo. Eles estavam ávidos por dinheiro.

— É simples, Srta. Canyon. Nós acreditamos que nossa empresa vale mais do que a oferta que vocês fizeram.

Senti que começava a ficar com raiva. Eles estavam fazendo um joguinho. De repente me ocorreu o que eles estavam querendo. Sorri para mim mesma.

— Mr. North, as negociações transcorreram de forma bem tranquila. Nós concordamos em um valor justo de mercado e isso está especificado no contrato — toquei a pasta que estava diante de mim. — Isso para não falarmos do bônus que seu filho não hesitou em pegar.

— Nós sabemos qual é o valor da empresa. Empregamos cientistas de primeira linha que são muito requisitados em todo o mundo, criando tecnologia de ponta. O conhecimento deles é um ativo muito valioso. *Nosso* ativo.

— Se vocês são tão requisitados em todo o mundo, por que estão sentados conosco? — perguntei. — E barganhando o preço? Se houvesse outros interessados, nós estaríamos disputando um leilão.

Pensei ter ouvido Mr. Tuesday emitir um som. Talvez de surpresa. Para o inferno com ele, pensei. Ele tinha decidido não me informar da base daquele contrato. Tive que descobrir sozinha – e por sorte descobri.

Levantei e apoiei as mãos na mesa, debruçando-me, esperando conseguir intimidá-los um pouco.

— Isto é inaceitável. Temos total conhecimento da tecnologia que a Northbrook tem a oferecer. Em particular, de um produto — eu ainda não iria mencionar o chip. Os homens do outro lado da mesa ficaram pálidos. *Bingo.*

Eu não deixaria que eles me intimidassem. Então endireitei o corpo e dei a volta na mesa. Meus joelhos estavam moles, mas ignorei isso e fui até o filho do Mr. North, de quem tomei o cheque.

— Nós lhe demos isto aqui em sinal de boa-fé. Sei muito bem que essa tecnologia que vocês afirmam ser revolucionária ainda não foi comprovada. Também sei que sua concorrente, a EGL Comunicações, possui tecnologia semelhante. Talvez as Empresas Diamond devessem ver se eles estão mais dispostos a cooperar.

— Você não pode pegar isso! — o filho do Mr. North exclamou.

Mostrei o cheque e lhe dei o sorriso mais gelado que consegui.

— Acabei de pegar.

Voltei para o meu lado da mesa, guardei o cheque na pasta e a fechei. Permaneci em pé. Que eles engolissem aquilo!

Os homens se entreolharam e pensei ter visto expressões de preocupação no rosto deles. Deixei que se preocupassem um pouco antes de dizer qualquer outra coisa.

— Agora, nós tínhamos chegado a um acordo justo — apontei para a pasta. — Saibam que a oferta do cheque continua válida, desde que o contrato seja assinado hoje. Mas antes que vocês digam qualquer coisa, existe uma condição — eu estava entrando em território desconhecido.

— Qual é? — Mr. North perguntou.

— Nós queremos que seu pesquisador-chefe e a equipe executiva permaneçam conosco durante a transição — eu sabia que pessoas são o principal ativo de qualquer organização, e que ter esses elementos chave seria essencial. Eu tinha consciência de que não era comum comprar empregados junto com a tecnologia, mas se eu conseguisse aquilo seria algo fantástico.

— Então, para ser franco, Srta. Canyon, você precisa aumentar o valor desse cheque. Se fizer isso, nós fechamos o negócio agora mesmo.

— Também vou ser franca, Mr. North. Não. Não vamos aumentar nada. O valor que fechamos é o final. O senhor já está conseguindo algo acima do mercado por sua empresa e nós vamos assumir sua dívida. Vocês não têm outras propostas na mesa. A nossa continua como está, ou cancelamos tudo e vamos conversar com a EGL.

— Um instante — Mr. North Jr. pediu.

Os homens se levantaram e foram até a extremidade da sala para conversar. Segurei a respiração, sem olhar para Mr. Tuesday. Eu não precisava ver a desaprovação no rosto dele. Minha missão era fechar o acordo e era isso que eu estava tentando fazer.

Eles voltaram e Mr. North deu um passo à frente.

— Você é dura na queda, Srta. Canyon, mas temos um acordo. Mostre-me onde assinar... que eu vou pegar aquele cheque de volta.

Eu flutuei de alegria. A equipe da Northbrook assinou o contrato, nós trocamos a papelada necessária e eles foram embora. Peguei uma troca de olhares entre eles, mas decidi ignorá-la e me concentrei na minha sensação de triunfo. Eu tinha conseguido!

Quase pulei da cadeira quando Mr. Tuesday trovejou:

— Isso foi impressionante.

— Obrigada. Fico aliviada que tenha dado certo. Por um instante, pensei que eles iriam embora e nos deixariam falando sozinhos.

— Eu também pensei. Mas você controlou muito bem a situação.

— Controlei? — Olhei firme para ele. — Eu aproveitei sua deixa, de que você me apoiava, e decidi arriscar.

— Foi um grande risco. E você conseguiu mais do que esperávamos: o pesquisador e a equipe executiva. Estou impressionado. Nem liguei que você pôs a mão no meu braço e me fez ficar quieto — ele deu aquele sorriso grande e caloroso que aprendi a esperar dele e senti ir embora toda aquela ansiedade que tinha se acumulado em mim nas últimas horas.

— Fico feliz que não tenha ligado. Senti que a coisa toda estava desandando e tive que seguir meus instintos.

— Fico feliz que tenha seguido — ele disse, e depois acrescentou — Agora nós precisamos voltar para a cidade, para levar estes documentos para o Jurídico antes que o relógio bata meia-noite. Não quero que esses malucos continuem com seus joguinhos. Então receio que nós vamos ter que cancelar a reserva do almoço.

Concordei.

— É frustrante, mas eu entendo. Talvez outro dia. Estou tão aliviada que as coisas deram certo — eu sentia orgulho de mim mesma e de como tinha controlado uma situação que estava indo pelo buraco.

Eu o segui, saindo da sala de reuniões e atravessando o edifício. Fiquei triste de não poder continuar ali um pouco mais, mas compreendi a necessidade de voltar com os documentos. Eu queria ter certeza de que eles seriam registrados antes do fim do dia – dane-se a meia-noite – e a melhor forma de fazer isso era que eu mesma os levasse. Depois que fossem entregues ao Jurídico, teríamos a garantia de que a Northbrook não voltaria atrás. Eu estava preocupada que, se houvesse mesmo outra empresa interessada, como eles sugeriram, poderiam haver complicações.

Eu já tinha visto um negócio fechado dar errado uma vez, quando uma empresa de exploração havia feito um acordo verbal com um dos engenheiros da empresa em que eu trabalhava. Quando a empresa de exploração voltou atrás, o engenheiro quase perdeu o emprego. A empresa foi atrás de uma concorrente nossa e nós perdemos centenas de milhares – se não milhões – de dólares nesse fiasco. Eu não iria deixar nada parecido com isso acontecer sob minha responsabilidade.

Nós descemos por um caminho privado, longe de olhos curiosos. Imaginei que era para impedir o surgimento de boatos. Alguém poderia nos ver e os homens da Northbrook e chegar a alguma conclusão.

Inspirei fundo o aroma delicioso da floresta.

— Eu acho que posso conduzir as coisas de agora em diante — disse uma voz familiar atrás de nós. Quase tropecei e um arrepio percorreu meu corpo. Olhei por sobre o ombro. Era Mr. Monday. Meu coração bateu mais rápido.

Mr. Tuesday olhou para mim, depois para trás.

— Olá! Eu não tinha certeza se nós iríamos ver você hoje. Me disseram que talvez não conseguisse chegar.

— Pois é... Mesmo assim, aqui estou eu — disse Mr. Monday, os olhos azul-gelo em mim. Busquei neles qualquer tipo de expressão. Desaprovação foi a primeira coisa que procurei, mas não vi nem sinal disso. Fiquei aliviada. Ele sabia do negócio que eu tinha acabado de fechar? Estaria satisfeito ou contrariado?

Ele consultou o telefone.

— Você está sempre olhando para esse telefone — eu disse, e me assustei um pouco com a aspereza com que a palavra "telefone" saiu. Maldito Mr. Monday por aparecer e bagunçar ainda mais o meu mundo.

— Desta vez estou vendo se estamos muito atrasados e se conseguimos recuperar algum tempo. Existe um prazo para registrar os documentos, não?

— Faltam horas, ainda — hesitei um pouco; toda emoção daquele dia, para então vê-lo assim, de modo tão inesperado, me abalou e procurei me controlar.

Mr. Monday esticou o braço e o passou ao redor da minha cintura. Mr. Tuesday também quis se aproximar no mesmo instante, mas hesitou quando viu que eu já estava em boas mãos. Levantei meus dedos e toquei meu rosto.

Mr. Monday me ajudou a chegar ao estacionamento.

— Eu posso andar — eu lhe disse.

— Eu sei que pode, mas está demorando demais — ele retrucou, eu bufei e parei de resistir.

Eu meio que gostei do braço dele ao meu redor. Aquilo era o mais perto que eu já tinha ficado dele, e gostei de sentir sua dureza muscular. Levantei o rosto e vi que ele olhava para Mr. Tuesday, que aguardava o manobrista trazer o carro. Em seguida, ele caminhou até nós.

— Então, qual é o plano agora?

Mr. Monday olhou para mim.

— Você tem duas opções.

— Tenho?

— Sim, você tem. Pode voltar com ele ou vir comigo.

— Por quê?

— Você sabe quanto tempo vai demorar de carro. Mas tenho outro meio de transporte que é muito mais rápido. O dia de trabalho ainda não acabou. E, como você sabe, tempo é essencial.

Fiquei confusa por um instante.

— Sei disso. Mas como nós vamos chegar à cidade com maior rapidez? Só se surgirem asas em você — ri do meu senso de humor. Eu também me sentia um pouco inebriada pela vitória.

— Isso mesmo. Eu tenho asas — ele apontou o polegar na direção ao Mr. Tuesday. — Ele só tem rodas.

Senti um peso no peito.

— Tenho que fazer outra viagem de helicóptero?

— Isso é você quem decide. Mas tem que decidir agora.

Olhei para um, depois para o outro. Um tinha um carro fabuloso, o outro um helicóptero assustador que eu odiava de verdade.

Apertei os lábios e olhei um homem, depois o outro. Eu sabia muito bem com quem iria voltar.

O tempo voou, literalmente, no helicóptero. Eu não podia acreditar que tinha escolhido aquilo em vez do carro. Eu não tinha perdido meu medo de mergulhar para a morte de um dia para o outro. Depois de fazermos uma parada rápida para entregar os papéis, estávamos de volta na limusine.

— Parece que você teve uma manhã interessante — ele disse. Eu adorava ouvir sua voz.

— Foi interessante, mesmo — relaxei um pouco no assento e inspirei fundo. Depois, suspirei.

— Você se saiu bem — ele estendeu a mão e a colocou sobre a minha, que descansava no banco entre nós dois. O toque dele me incendiou e eu quis me queimar toda nele. Por completo. Eu não sabia muito bem por que, mas alguma coisa dentro de mim queria muito mais do Mr. Monday. Olhei para ele e precisei de todas as minhas forças para não rastejar pelo banco e sentar em seu colo.

Entrelacei meus dedos aos seus. Ele também apertou minha mão e aquilo me animou. Olhamos um nos olhos do outro e não tive certeza do que enxerguei ali. Naquele momento, me contentei com a expressão de admiração.

Ele olhou pela janela quando o carro parou.

— Chegamos. Seu apartamento. Sei que estamos só no meio da tarde, mas você completou seu teste em pouco tempo e assim está livre pelo resto do dia — ele enfiou a outra mão no bolso e retirou um cartão.

Eu o peguei.

— Para amanhã — ele disse.

O cartão na minha mão era a segunda chave que eu recebia.

— Passei no teste?

— Com louvor — ele disse. — Sua autoconfiança ganhou o dia.

Dois completados e mais cinco pela frente.

## Quarta-Feira

Aquela foi a segunda manhã seguida em que Mr. Monday me buscou em casa. Eu conseguiria me acostumar com essa rotina: viagens de limusine, excelente café da manhã e uma cesta de *bagels* nova-iorquinos. Isso sem contar a parte em que fico fechada no banco de trás com o homem mais atraente e sexy que já vi. Ele tinha se aberto um pouco no dia anterior, quando falamos de nossa infância. Ele hesitou, com receio de falar demais, o que fez com que eu imaginasse o motivo disso. Eu queria saber mais a respeito dele.

Assim como no dia anterior, ele saiu da limusine e segurou a porta aberta para mim. Nossos olhos se encontraram, eu sorri, ele também, e passei por ele mais perto do que precisava. Todos os meus sonhos na noite anterior foram sobre ele. Sonhos tórridos e intensos, cheios de paixão e gemidos ofegantes, com nossos corpos cobertos de suor enquanto nos movíamos juntos. Ele sobre mim, dentro de mim, me levando a alturas em que nunca estive. Acordei exausta, como se tivesse de fato passado a noite fazendo amor. Nessa manhã olhei para ele com mais desejo ainda.

Não havia como negar que me sentia atraída por ele. E agora, Mr. Monday também tinha se infiltrado nos meus sonhos, fazendo com que meu interesse por ele atingisse um novo patamar. Senti o impulso de me aproximar, pôr meus braços ao seu redor e puxar sua cabeça para baixo, para que pudesse passar minha língua naquela cicatriz, antes de encontrar sua boca e fazê-lo me beijar. Reprimi um gemido quando aquele desejo, tão poderoso, quase me fez tropeçar. Devo ter cambaleado, porque ele me segurou pela cintura, do mesmo modo que no dia anterior, no clube. Não resisti e dei meia-volta, ainda em seus braços, e nós ficamos frente a frente.

— E aqui estamos nós — eu disse em voz baixa, na esperança de transmitir uma vibração sedutora.

— Aqui estamos — ele respondeu, a voz grave e baixa e, oh... tão sexy que um arrepio delicioso passou ondulando por mim. Ele nem se moveu. Na verdade, acho que me segurou um pouco mais apertado, até ficarmos corados. O ar entre nós pareceu expandir e ficar mais quente. Senti isso do mesmo modo que sentia o braço dele ao meu redor. O tempo começou a passar mais devagar, até só restarmos eu e ele. O mundo passava à nossa volta em um borrão ofuscante, e a única coisa que eu via com clareza era ele.

Seu olhar intenso me disse tudo o que eu precisava saber. Ele me queria. Inspirei profundamente, satisfeita e sorridente. Eu adorava o modo como a energia e a presença dele me envolviam, parecendo um cobertor de paixão. Para entrar na limusine eu precisaria me soltar dos braços dele e ainda não estava pronta para isso, mas não poderíamos ficar daquele jeito o dia todo. Relutante, me movi, apoiando minhas mãos na superfície musculosa e dura de seu peito que o tecido do terno não conseguia esconder. Foi difícil abandonar aquela energia que nos envolvia, mas me forcei a isso. Quando ele me soltou, deixei que meus dedos deslizassem pelo seu braço enquanto entrava na limusine.

Tudo se resumia em tocá-lo, estar perto dele, lembrar de como foi bom meu sonho e como queria torná-lo realidade. A ligação que nós, de algum modo, conseguimos estabelecer, me fazia desejar intensamente aquilo, mesmo que fosse um terrível erro.

Segurei as pernas largas da minha calça da década de 1940 para que a bainha não enganchasse no salto das minhas sandálias. Me sentei e alisei o tecido laranja-queimado e preto com bolinhas sobre minhas coxas. Eu adorava aquela calça quase tanto amava a blusa de seda sem mangas com um toque de renda nas extremidades que tinha escolhido para vestir nesse dia. A blusa era bem justa e meus seios pareciam mais cheios, como se estivessem cientes da proximidade dele e quisessem sua atenção. Meu corpo estava desenvolvendo uma vontade própria e uma certa dependência em relação ao Mr. Monday. Meu coração estava disparado e, não importava o quanto eu tentasse, não conseguia acalmá-lo. Meu sangue parecia correr lento e espesso através das minhas veias, acumulando-se dolorosa e deliciosamente entre minhas coxas.

A facilidade que aquele homem tinha para me distrair do meu objetivo, a rapidez com que eu reagia à sua presença... olhei para ele sentindo-me mais próxima nesse dia do que no anterior, após compartilhar aqueles recortes de nossa infância.

— É muita gentileza sua me acompanhar até o escritório. Não precisa, você sabe. Eu poderia ir sozinha.

Mr. Monday olhou para mim e meu queixo quase caiu quando ele estendeu a mão e tocou a minha, como tinha feito antes, só que não a segurou.

— Não tem problema.

Sorri ao ouvi-lo. Estava ficando acostumada com seu jeito reservado.

— Fico feliz — respondi.

Ficamos nos observando e senti uma mudança. Nós fizemos algo que elevou nossa relação para um patamar diferente? O que foi? Talvez fosse o simples fato de termos percebido um ao outro como homem e mulher, e não mais apenas como entrevistador e entrevistada. Chegava a doer o quanto ele era atraente, para não falar misterioso, o que fazia nossa química transbordar. Será que algum dia iríamos além disso? Mesmo que ele não falasse muito, estava intrigada pelas ideias que eu tinha sobre quem ele era. Soltei um suspiro e me acomodei no assento, cruzando os tornozelos.

Mr. Monday se acomodou ao meu lado, ficando mais perto do que no dia anterior. Gostei disso. Então, também me movi um pouco, diminuindo a distância entre nós. O impulso de me aconchegar junto a ele foi quase irresistível e precisei de toda a minha força de vontade para permanecer onde estava.

— Café? — Sua voz grave me lembrou de como ele falou comigo no meu sonho: sexy, suspirando palavras picantes no meu ouvido.

— É claro — minha voz pareceu ofegante. — Também foi trazido esta manhã, como ontem?

— É possível. Mas lembre-se de que algo deixa de ser especial se acontecer o tempo todo. Mas os *bagels* são frescos — ele se virou e me deu o maior sorriso que eu já tinha recebido antes. Os cantos de seus olhos se enrugaram de alegria e vi que ele tinha covinhas lindas. Ele era simplesmente perfeito. Eu poderia ficar olhando para ele o dia todo. Percebi que eu não sabia o que falar e estava quase desmaiando de emoção.

— Ah... sim, bem, ora, eu espero mesmo que os *bagels* de cada dia sejam frescos — arregalei os olhos ao perceber que tinha parecido uma tonta, e me xinguei em pensamento. Ele pareceu não reparar e começou a preparar nossos cafés como se fosse algo que fizesse todos os dias. Peguei a xícara que ele me estendeu e nossos dedos se roçaram. Não recuei, e ele também não. Ficamos paralisados, olhando fundo nos olhos um do outro. Queria que ele soubesse o que eu estava pensando; se isso acontecesse, talvez nós não conseguíssemos chegar ao escritório.

Meu rubor me esquentou e tirei minha xícara de café dele, segurando-a com as duas mãos enquanto olhava pela janela. Eu precisava respirar, organizar meus pensamentos e não deixar que meu rosto revelasse minhas emoções. Ele estava me conquistando de uma forma deliciosa. Eu não podia negar, mas também tinha que lembrar das complicações que isso, sem dúvida, traria. Eu não podia me deixar atrair por ele. Precisava continuar firme. Era imperativo que eu passasse por todos aqueles testes para obter as informações que me permitiriam continuar com meu plano de vingança.

Por que eu tive que conhecer alguém como Mr. Monday? Por que isso não podia ter acontecido depois que todo esse drama tivesse passado? Ele era tão único, tão atraente... Eu nunca quis me comprometer em um relacionamento sério antes, mas depois que Mr. Monday entrou na minha vida, de modo tão inesperado, percebi que não queria apenas transar, mas também ter um compromisso com ele. Queria tirar todas aquelas camadas de mistério e ver o homem verdadeiro debaixo daquela superfície sexy. Me virei para ele e percebei que queria conhecê-lo melhor. Ele parecia tão atencioso comigo, diferente de qualquer outro homem que conhecia. Eu gostava disso, ainda que estivéssemos em uma situação muito estranha.

De repente, me senti desanimada. Será que conseguiria fazer isso? Os últimos dois dias, desde que conheci Mr. King e Mr. Monday, tinham sido surreais e, de certa forma, penosos. Mas nada disso se comparava à morte do meu pai e à decisão da minha mãe de voltar para a Inglaterra. Mas, eu não podia negar que tudo aquilo também estava sendo eletrizante. Tomei um gole e apreciei o sabor do creme no meu café. Então me virei para olhar Mr. Monday. Não sei bem o que meus olhos refletiram, mas eu estava pensando: *Sim, eu posso fazer isto.* Ele levantou as sobrancelhas e se recostou no banco do carro. Ele estaria me avaliando? Me perguntei se ele teria visto algo na minha expressão.

No meu antigo emprego nós costumávamos jogar pôquer na sala do arquivo. Meus colegas me diziam que meu rosto era um livro aberto, que era muito fácil ver tudo o que eu pensava. Perdi todas as partidas sem parar até aprender a fazer minha "cara de pôquer". Toda a minha vida social naquela época eram aquelas noites de carteado, salgadinhos e cerveja, e eu sentia muita falta disso. Mas sacrifícios precisam ser feitos. Inspirei fundo e logo percebi que minha máscara imperturbável devia ter caído.

— O que há de errado? — ele perguntou.

Meneei a cabeça. Eu não podia demonstrar fraqueza. A sensibilidade dele me surpreendeu. Como eu poderia responder sem entregar tudo?

— Ah, nada. Só estava me lembrando de algo.

— O quê? Alguma lembrança da sua infância, talvez?

Virei a cabeça para encará-lo, com meu corpo tenso como uma mola recolhida. Como ele poderia saber? Ele estava perto demais de conseguir ler meus pensamentos. Vasculhei seu rosto em busca de algum indício de que conhecesse a verdade. Se ele soubesse por que motivo eu realmente estava ali... mas não consegui detectar nada, então fui relaxando aos poucos.

— Eu estava pensando no meu pai — então, prendi a respiração para ver o que ele diria. Tinha certeza de que eles me investigaram, e isso me mostraria o quão fundo eles foram.

Mas ele não pôde me fazer nenhuma outra pergunta, porque seu celular tocou. Estiquei meu braço para colocar *cream cheese* e salmão defumado no meu *bagel* enquanto ele atendia a ligação. Até o momento, naquela manhã, minhas emoções eram um completo caos. O ritmo e toda a incerteza daqueles testes estavam começando a me afetar.

O que o dia iria me trazer? Ontem tinha sido muito estressante, mas também empolgante. Ser capaz de falar de igual para igual com os homens ao redor da mesa de reuniões e depois fechar o negócio tinha sido ótimo para o meu ego. Talvez eu possuísse o que era necessário para ser uma CEO. Eu era inteligente, sabia ser durona, mas me perguntava o quão impiedosa eu conseguiria ser. Meu lado sensível ainda não tinha sido provocado. O que aconteceria quando fosse?

A viagem na limusine terminou rápido demais. Eu poderia ter ficado ao lado do Mr. Monday passeando pelo resto do dia. Dessa vez o porteiro chegou logo para abrir a porta do carro. Saí e esperei Mr. Monday dar a volta no veículo e chegar ao meu lado. Ele colocou a mão sobre a minha lombar. Não contive um arrepio delicado e olhei para ele com um sorriso no rosto. Ele baixou os olhos para mim e adorei a expressão em seu rosto. Suas feições se suavizaram tanto, que ele ficou parecendo outro homem. *É assim que ele deve ficar depois de fazer amor*, pensei. Quase conseguia me imaginar deitada do lado dele, envolta em seus braços poderosos, observando-o enquanto passava meus dedos em seu peito nu, provocando seus mamilos até endurecerem, para então deslizar pelo que eu imaginava ser um caminho tentador de pelos escuros que descia por sua barriga e desaparecia debaixo do lençol jogado despreocupadamente sobre seus quadris, para então explorar o prêmio que havia lá embaixo. Quase gemi. Quanto mais tempo eu passava com aquele homem, mais o queria.

Droga, eu tinha ficado excitada com minha própria imaginação. Me aproximei um pouco mais, esperando que ele não se afastasse. Isso significaria que havia alguma possibilidade. Mas se ele se afastasse... bem, então eu teria que me contentar com minhas fantasias.

Ele não se afastou e soltei um suspiro suave. Sim, havia uma chance ali. Nós nos entreolhamos, como se esperássemos que algo acontecesse. Dei um pulo quando o porteiro bateu a porta da limusine, acordando-me dos meus sonhos. Mr. Monday piscou e o que pareceu ser um lampejo de decepção obscureceu seus olhos. Nesse instante, perdemos o que quer que estivesse acontecendo, mas tive esperança de que ainda poderíamos retomar aquilo... em algum momento.

Dentro do saguão, o segurança aguardava em seu posto.

— Stanley, bom dia — cumprimentei e assinei o registro.

Ele me deu um sorriso amplo, parecendo satisfeito por eu ter lembrado seu nome.

— Srta. Canyon, bom dia — ele olhou para Mr. Monday e o cumprimentou.

— Quais são os planos para hoje? — perguntei para Mr. Monday, depois que nos afastamos de Stanley, ao nos encaminharmos para os elevadores.

Ele olhou para mim.

— Hoje nós vamos ao vigésimo-quinto andar.

— Só isso? Nenhuma outra instrução... só que vamos para o vigésimo-quinto andar?

— Isso mesmo — ele sorriu e eu quase derreti debaixo do calor de seu olhar. — Você aprende rápido, certo? Mr. King quer ver o quão rápido.

— Bem, então imagino que é melhor começar logo — hesitei à frente dele por um instante, sem me sentir pronta para deixá-lo. Tive que me obrigar a me afastar dele e a me aproximar dos elevadores. Virei e perguntei: — Vou ver você ainda hoje? — Minha voz falhou e pareci ofegante de novo, quase sedutora, mas não era assim que queria parecer. *Ou era?* Ele ergueu as sobrancelhas de forma quase imperceptível. Sim, ele também tinha percebido a flutuação da minha voz.

— Vamos ver, Srta. Canyon. Um passo de cada vez. E não se esqueça de escutar.

— Uma declaração misteriosa. Esperava algo assim — então, entrei no elevador e fiz uma pausa, para ver se ele continuava parado ali. Sim... e uma emoção me sacudiu. Eu o peguei olhando para mim e tive vontade de correr de volta para ele, mas não fiz isso. Ele baixou o rosto e me observou por baixo de suas sobrancelhas escuras. Eu podia sentir a intensidade de seu olhar. Então as portas do elevador se fecharam, interrompendo nossa conexão. Soltei um suspiro abalado e tentei acalmar meus batimentos cardíacos. Precisava recuperar meu estado Zen. Aquele homem me abalava muito e – surpresa – eu gostava disso. Ele me frustrava e intrigava. Eu ainda não sabia qual era o papel que ele interpretava no joguinho que estava em curso, mas senti que era importante.

Quase me esqueci de apertar o botão do andar. Nada aconteceu quando fiz isso. Suspirei.

Retirei o novo cartão da bolsa e olhei para ele. Não parecia nada diferente do outro. Coloquei-o na fenda sob o sensor, apertei o botão 25 novamente e, aí sim, ele se acendeu. Senti o elevador subir numa rapidez silenciosa e olhei para o painel que mostrava os números dos andares. Não conseguia tirar Mr. Monday da cabeça. O que ele fazia durante o dia todo? Qual *era* a função dele na Diamond? O que aconteceria quando tudo isso acabasse? Uma dor aguda me atingiu o coração quando pensei que, se não conseguisse o emprego, nós talvez nunca mais nos víssemos. Claro que eu o veria se tivesse sucesso. Meu estômago se contraiu quando percebi que, na verdade, eu não sabia nada a respeito dele. Mr. Monday era um mistério tão grande quanto tudo o mais que estava acontecendo comigo.

A porta do elevador se abriu e não havia nenhuma recepcionista me esperando. Caminhei até a porta mais próxima e passei meu cartão no leitor. Então empurrei a porta e entrei. O lado de dentro era o típico escritório corporativo, com muitos funcionários fazendo suas atividades – quaisquer que fossem. Era uma ampla sala aberta, como o andar do dia anterior, só que ali a iluminação não era suave. Esse lugar estava fervilhando.

Os escritórios estavam alinhados ao longo das janelas do lado oposto de onde eu estava, e o mais incrível neles eram as paredes internas de vidro. Isso permitia que a vista de fora fosse apreciada por quem trabalhava nas baias apertadas e nos escritórios. Eu não fazia ideia de qual era o setor do andar, mas imaginei que descobriria em breve.

A primeira coisa a fazer era encontrar o gerente. Caminhei entre as baias até os escritórios na parede mais distante. Com certeza devia haver alguém no comando. Enquanto passava entre as mesas, sempre que alguma pessoa levantava o rosto eu sorria. Alguns me cumprimentavam com um movimento de cabeça, outros não, concentrados no trabalho. Caminhei lentamente pelos escritórios – parecia que só os gerentes tinham direito a uma porta –, examinando o interior de cada um até que vi algo, no escritório do canto, que me fez parar de repente. Um homem estava sentado, de costas para mim, em uma poltrona de couro. Ele segurava um telefone junto à orelha, com o cotovelo alto. O que me assustou foi a cor do seu cabelo: vermelho-fogo como o meu, antes de ser tingido. Era um cabelo revolto, como a juba de um leão, algo completamente inesperado para alguém em um cargo de chefia. A poltrona estava inclinada para trás e ele descansava os pés calçados na borda de um parapeito baixo ao longo das janelas. Seus ombros largos se elevavam acima do encosto da poltrona.

Oh, céus, ele era, com toda a certeza, um pedaço de homem. Minha boca ficou seca e umedeci os lábios. Eu quase podia sentir a presença dele irradiando através da parede de vidro. Não conseguia tirar os olhos. Não queria fazê-lo. Ele baixou os pés para o chão e virou a cadeira, olhando diretamente para mim. Prendi a respiração. *Será que ele tinha me ouvido? Percebido a minha presença?* Não tinha como saber; tudo o que eu sabia era que ele me pegou enquanto o encarava.

— Com licença — desgrudei os olhos dele e me virei para uma moça sentada junto ao escritório ao lado. — Você é a Srta. Canyon?

— Sou sim. Espero estar no lugar certo.

— Está sim — ela respondeu sorrindo. — Ele logo vai poder falar com você — com a ponta da caneta, ela indicou umas cadeiras, em um cantinho acolhedor, que rodeavam uma mesa de café. — Sente-se.

Eu ia fazer isso, mas antes dei outra olhada para o homem através da parede de vidro. Ele continuava me observando e fiquei grudada onde estava. Ele me manteve presa com aqueles olhos intensos. Meu coração não sabia o que fazer, a não ser martelar meus seios, e eles de repente se sentiram carentes, como se estivessem desesperados por um pouco de carinho masculino. *Ainda deve ser efeito dos meus sonhos na noite passada e do passeio sexy de limusine.*

As cores do homem eram uma das combinações mais raras: cabelo vermelho e olhos azuis. De novo, igual a mim antes de eu tingir o cabelo. Fiquei olhando para ele, tentando digerir os sentimentos que aquele homem despertava. Ele acenou para que eu entrasse, então se virou para o outro lado. Senti algo parecido com uma perda imensa, quase como se ele tivesse me dispensado. Eu não queria que aquele homem me ignorasse.

— Acho que ele quer que eu entre — disse para a mulher ao lado. Ela levantou o rosto por um breve instante, sorriu, então se voltou para o que estava fazendo. Abri a porta e hesitei por uma fração de segundo. Ele olhou por sobre o ombro e nossos olhares se encontraram de novo. Meu coração parou e não consegui respirar. Aquele homem era *fan-tás-ti-co*. Achei até a barba ruiva atraente.

— Feche a porta — ele sussurrou para mim e me deu um sorriso lento. Ele me avaliou com um olhar que – juro – arrancou minhas roupas. Arfei de leve ao sentir – sim... a *fagulha*. Uma fagulha bem grande que fez tremer cada músculo e nervo meu. Ele era atrevido, inacreditavelmente sexy e me lembrou um guerreiro escocês musculoso, parecido com o personagem Jamie Fraser. Eu não ficaria nem um pouco surpresa se, quando ele se levantasse, estivesse vestindo um *kilt*. Eu era uma grande fã da série *Outlander*: tinha lido todos os livros, assistido a todos os episódios e desejava Jamie Fraser de paixão. E ali estava ele, sentado na poltrona à minha frente. Bem... pelo menos, o gêmeo idêntico dele.

O homem indicou uma cadeira com a cabeça e o movimento fez com que seu cabelo caísse sobre a testa. Ele passou os dedos grossos pelos fios, recolocando-os no lugar, mas o cabelo desobedeceu, voltando a cair sobre seu rosto. *Hum, mãos grandes, corpo musculoso...* meus pensamentos seguiam por um caminho que não deveriam.

Ele ergueu um dedo e entendi que precisava de mais um minuto, então se virou para a janela. Eu não conseguia tirar os olhos dele, então fui tateando até encontrar a cadeira, e caí nela de modo bem deselegante. Graças a Deus ele estava olhando para o outro lado e assim não testemunhou minha falta de jeito. Tentei me acomodar rapidamente, e estava arrumando a alça do meu sutiã Victoria Secret, que tinha saído um pouquinho do lugar, quando ele de repente virou a cadeira e me pegou no meio do movimento. Ele olhou para a minha mão, com os dedos curvados ao redor da tira do sutiã laranja-queimado – sim, eu o tinha combinado com a calça –, e então de novo para o meu rosto.

— Problemas? — A voz dele era mágica. Não havia nenhum sinal de sotaque escocês, mas ainda assim, despertou algumas partes minhas que não viam nenhum tipo de mágica sexual há muito tempo.

— Perdão? Ah, sim. Bem, não — sacudi a cabeça para afastar a excitação sensual que ele foi responsável por criar. — Estou bem.

Fiquei sentada ali como uma tonta, incapaz de me concentrar em qualquer coisa que não fosse ele. Cruzei as pernas e apoiei as mãos sobre o joelho, fazendo meu melhor para não deixar os dedos tremerem. Seu telefone tocou novamente e fiquei aliviada porque isso adiaria um exame meticuloso em mim por parte dele. Fiz o possível para não prestar atenção no que ele falava e fixei o olhar na paisagem urbana além da janela. Eu tinha aprendido a ser paciente, mas era difícil me conter diante daquela sensação que parecia ocupar todo o escritório. Me concentrei em diminuir o ritmo da minha respiração, esperando que isso tivesse o mesmo efeito no meu coração disparado.

— Isso... pode me chamar para a próxima teleconferência — ele jogou o telefone na mesa e se virou de novo para mim. — Tess! Eu estava esperando você. Bem-vinda às Empresas Diamond.

Eu já ia me levantar para apertar sua mão, mas como ele permaneceu sentado, fiz o mesmo. Fiquei contente por não ter que depender das minhas pernas, que de repente não eram mais confiáveis.

— Fico feliz por encontrá-lo — eu disse. — Embora não tenha nenhuma instrução...

— Está tudo bem — o telefone tocou, ele suspirou e atendeu. Enquanto escutava a pessoa do outro lado, ele juntou as sobrancelhas. Então, franziu o rosto e se levantou. — Vou estar lá.

Como ele tinha levantado, fiz o mesmo. Ele não era tão alto como Mr. Monday ou Mr. Tuesday, mas era compacto: cerca de um metro e oitenta, calculei, e muito musculoso. Dava para ver por baixo do terno. Meu coração resolveu não me obedecer e começou a dançar dentro do meu peito. O homem era extremamente atraente. Sua aura rebelde, indomável e imprevisível me envolveu como uma névoa escocesa. Eu estava perdida. *Sério!* Então, a visão de outro homem surgiu na minha mente. Um homem moreno, sexy demais, que me visitava pelas manhãs.

Qual era a de todos aqueles homens? Um para cada dia da semana. No dia anterior, Mr. Tuesday. E no meio da semana, aquele ruivo lindo de morrer, Mr. Wednesday, que por acaso, devo acrescentar, era muito *pegável*. E o primeiro de todos era o meu sexy Mr. Monday. Eu estava perdida, correndo o risco de me tornar uma tola babona. Me recusava a ser vítima de um rosto bonito e alguns músculos definidos. Não deixaria que esses *Srs. Dias da Semana* me afastassem do meu objetivo. *Vingança!* A voz de Mr. Wednesday me tirou dos meus devaneios.

— Sinto muito. Apareceu uma emergência — ele apontou para o telefone. — Tenho que ir, agora. Por favor, fique à vontade aqui, que eu vou voltar o mais rápido que puder.

Observei-o sair do escritório, as pernas poderosas carregando-o com passadas firmes e objetivas. Ele se foi antes mesmo que eu pudesse piscar. Fiquei parada na porta e olhei ao redor. *Que diabo tinha acabado de acontecer?* Olhei para a secretária. Ela me observava. Ergui as sobrancelhas e os ombros.

— Ele tem uma atitude que deixa a gente alerta. É como se quando ele está por perto o ar ficasse energizado, turbulento, revolto... e então, tudo se acalma quando ele sai — ela disse, como se pudesse ler meus pensamentos. Ela meneou a cabeça e me deu um sorriso compreensivo antes de voltar a atenção para o computador. Virei para o escritório e me sentei em uma cadeira, onde fiquei tamborilando os dedos no apoio de braço, pensando em Mr. Wednesday e em sua secretária. Olhei pela parede de vidro, para a porta em que ele tinha desaparecido. Eu nem conhecia aquele homem, mas estava com uma sensação estranha de perda – a perda de algo que eu nem mesmo queria.

Dez minutos se passaram e a frustração cresceu dentro de mim. Ficar sentada ali era uma perda de tempo colossal. Mas hesitei em ir embora dali para procurar algo para fazer. E se ele voltasse para aplicar meu teste e eu estivesse em outro lugar? Então me forcei a ser paciente de novo. Olhei para trás e vi algumas revistas sobre uma mesa. Peguei uma e comecei a folheá-la sem ver de fato o que havia nas páginas.

— Sinto muito por isso — ele entrou no escritório, preenchendo-o com sua energia e me dando um megassusto. Dessa vez ele se sentou em uma cadeira ao meu lado.

— Está tudo bem? — perguntei. Não que eu tivesse o direito de perguntar, mas ele parecia um pouco agitado.

Ele fez um gesto com a mão, dando a entender que não era nada importante.

— Tudo bem. Tudo vai ficar bem — por algum motivo, não me convenci. A expressão preocupada nos olhos dele era completamente diferente da que eu tinha visto apenas alguns minutos atrás. Ele estava preocupado com algo, e isso fez com que *eu* me preocupasse.

— Muito bem, onde estávamos? — Ele olhou para sua mesa, como se para ativar a memória. — Isso mesmo! Papelada.

Inclinei a cabeça para o lado e olhei para ele.

— Papelada?

— Isso. Informações gerais do funcionário, nada muito detalhado. Nome, endereço, contato de emergência...

— Não tenho um contato de emergência — uma sensação de raiva ardeu no meu peito, porque a culpa disso era toda da Diamond. Se eles não tivessem demitido meu pai, era provável que ele não tivesse morrido tão jovem e minha mãe continuaria nos Estados Unidos. Senti uma pontada de ressentimento por minha mãe ter me deixado sozinha, mas logo me controlei.

— Ah, tudo bem. Não tem pressa — ele disse, levantou e se debruçou sobre a mesa enquanto remexia em uma pilha de pastas. Não consegui desviar os olhos – não mesmo – quando suas roupas se esticaram sobre o corpo, marcando as costas e seu traseiro bem formado. Lambi os lábios e pisquei várias vezes, incapaz de acreditar que ele estava sendo inocente ao dar um show daqueles.

— Aqui está — ele pegou uma pasta e a deixou sobre a borda da mesa antes de voltar a se sentar na cadeira ao meu lado e soltar um grande suspiro. Ele apontou para a pasta. — Está tudo aí. O formulário. Pode preencher e deixar com a Wendy quando terminar.

— Obrigada — estendi a mão e puxei a pasta na minha direção, devolvendo-a na borda da mesa. Ele devia ser o diretor de recursos humanos, ou pelo menos um alto executivo. Talvez tivesse sido chamado, momentos antes, para alguma crise envolvendo funcionários.

Fazia tempo que eu tinha aprendido a não julgar um livro pela capa, mas eu parecia ter feito exatamente isso em relação a ele. Até aquele momento não tinha me passado pela cabeça que ele fosse um alto funcionário de RH. Ele seria do tipo bondoso e compassivo com os empregados ou defenderia apenas a empresa? Peguei a pasta para me distrair.

Seu telefone tocou de novo, mas ele passou o dedo pela tela, mandando a ligação para o correio de voz. Ele era um homem ocupado, então me ocorreu que celulares tocando eram algo comum com esses homens da Diamond. Mesmo assim, Mr. Wednesday parecia ter um milhão de coisas acontecendo ao mesmo tempo. Isso fez com que eu imaginasse como ele conseguia dar conta de tudo sem cometer nenhum erro. Ele seria um tirano? Olhei para a equipe que trabalhava além da parede de vidro. Tudo parecia muito tranquilo; ninguém andava pelo escritório nem conversava. Todos pareciam muito eficientes. Mas eu não tinha como saber qual era a verdadeira situação, a não ser conversando com os empregados. Tudo isso seria parte do teste? Ou eu estava ali apenas para assinar os papéis?

— Ok. Pronto, está tudo certo.

— Problemas? — Por que não perguntar diretamente e ver o que ele respondia? Eu precisava saber para meu próprio bem e pela minha vingança. E eu ainda tinha que descobrir como encontrar os registros financeiros da empresa. Aquela reunião inesperada com Mr. Wednesday, contudo, me fez pensar que os registros dos empregados também poderiam ser importantes. Olhei-o e meu coração deu uma sacudida quando ele me encarou, inclinando a cabeça para o lado.

— Bem, na verdade... hum, talvez... sim — ele estava pensando em voz alta, falando consigo mesmo. Era tão parecido com a maneira como eu lidava com as coisas, que fiquei assustada. — Sim, isso tem a ver com... ok. Eu tinha um trabalho para você, e isto se encaixa com perfeição.

Me inclinei para frente.

— Sim? — Eu sabia que os testes anteriores tinham a ver com coragem e autoconfiança, e estava ansiosa para saber qual seria a exigência do dia.

— Eu gostaria que você elaborasse um plano para motivar os funcionários.

— Oh? — Isso foi uma surpresa. Parecia tão... simples, depois dos desafios dos últimos dois dias.

— Não é segredo que o país passou por alguns anos difíceis, e percebi que a moral baixou aqui na Diamond. Não é culpa nossa. É só o ambiente em que estamos vivendo. Existe tanta negatividade no mundo que isso não tem como não afetar o bem-estar mental das pessoas.

— E o que isso tem a ver com o motivo pelo qual você foi chamado agora há pouco? — Eu estava curiosa. Aquilo era muito interessante, embora estivesse fora da minha área de conhecimento. Contudo, um CEO precisava mesmo ter consciência do estado mental de seus empregados.

— Nós notamos um aumento no número de licenças médicas e pedidos de dispensa. É óbvio que isso tem um impacto direto na nossa produtividade. Você pode usar o escritório ao lado do meu — ele indicou o lugar com o polegar. — Tem computador com acesso ao arquivo compartilhado de RH.

— Perfeito — tentei conter minha empolgação. Imaginei a quantidade de dados que eu conseguiria acessando esse arquivo compartilhado. Imaginei que, por enquanto, haveria áreas restritas, mas se me tornasse CEO teria acesso a tudo, certo? Talvez eu ainda não tivesse acesso aos registros financeiros, mas poderia ser o próximo teste.

— Os empregados parecem bem ocupados neste andar — fiz um gesto com a mão indicando as baias atrás de mim.

Ele se recostou no assento, parecendo inteiramente confiante enquanto a cadeira rangia debaixo dele. Até então, todos os homens que eu tinha conhecido nessa empresa eram lindos de morrer. Fiquei ansiosa para ver como eram os outros *Srs. Dias da Semana*. Se eu não tivesse um objetivo – e testes para fazer –, poderia me sentir mais à vontade para experimentar aquele bufê de homens. Mas eu precisava parar de pensar neles e me concentrar no meu alvo. Já era o meu segundo dia *dentro* da Diamond e até então não tinha conseguido tirar nenhuma vantagem.

Baixei a cabeça e a franja do meu cabelo curto escorregou para a testa, permitindo que o observasse por entre os fios.

O celular do Mr. Wednesday tocou novamente. Suspirei quando ele o pegou, passou o polegar na tela e o aproximou da orelha. *Essa coisa vai fazer o favor de ficar quieta?* Evidentemente, eu não era tão importante quanto o que acontecia do outro lado da ligação. De certo modo, isso me aliviou. Eu precisava encarar o teste que tinha acabado de receber.

— Sim? — Ele atendeu o telefone.

Fiquei observando-o e escutando. Aprendi que ser uma boa ouvinte era tão valioso quanto ser paciente. Você nunca sabe que tipo de informação importante pode colher para usar mais tarde. Peguei a revista para me manter ocupada enquanto ele falava.

— Sim, ela está aqui — ele disse, levantando os olhos para mim. Fiquei paralisada e o olhei, permanecendo em silêncio. Ele também ficou quieto; parecia que só o interlocutor falava. Tentei ficar sentada o mais quieta possível, para conseguir ouvir um pouco do que o outro falava. Afinal, eles falavam de mim. — Hum. Hum-hum. Isso. Está bem — então ele enfiou o telefone no bolso.

— Algo sobre mim? — Inclinei a cabeça para o lado.

Ele sorriu e quase desmaiei. *Que sorriso lindo!*

— Sim. Tem a ver com você.

— Algo que eu deva saber? Algum problema?

Ele meneou a cabeça e apertou os lábios, franzindo a testa.

— Não, nenhum problema.

Isso me deixou com raiva e tive que me controlar para não dizer algo de que depois me arrependeria. Ele se levantou e organizou rapidamente a mesa, empilhando os poucos papéis espalhados e alinhando as canetas ao lado do notebook. Quando terminou, passou a palma da mão pela superfície da mesa. Percebi que ele era obcecado por organização. — Outra chamada para reunião. Então, fique à vontade no escritório ao lado — ele indicou novamente a sala com o polegar.

— Obrigada. Alguma sugestão ou dica? — Levantei e peguei a pasta, esperando alguma orientação adicional. Ele me deu um olhar que não entendi. Franzi a testa.

— Não. Você já tem suas instruções — ele hesitou enquanto me olhava de alto a baixo, o que me provocou arrepios ao mesmo tempo que me desanimou. — Bela roupa — ele disse. Fiquei chocada e desorientada com o comentário. — Parece *vintage*.

Um golpe com uma pena teria me derrubado.

— E é mesmo — eu não fazia ideia do que mais poderia responder. Um homem reparando em roupas *vintage* era uma raridade. — Fico surpresa que você tenha reconhecido uma roupa *vintage*.

— Minha irmã. Ela é maluca por esse tipo de coisa.

Aquele homem podia ficar mais atraente? Ele tinha uma irmã com o mesmo gosto por moda que eu. Mas o mais interessante era que ele soubesse reconhecer o que é uma roupa *vintage*.

— Estou realmente pasma. Não é comum um homem reparar.

Ele sacudiu a cabeça, o que deixou seu cabelo revolto ainda mais bagunçado.

— O que eu posso fazer? Ela só falava disso na adolescência. Ela me fazia levá-la para todas as lojas e ajudá-la a levar sacolas e mais sacolas de compras para casa.

Ri.

— Sou igualzinha. Eu adorava filmes antigos; eles foram minha válvula de escape durante um... ahn... bem, eu me apaixonei pelas roupas, pelo estilo, e comecei a colecionar. Adoraria conhecer sua irmã algum dia.

— Quem sabe... — ele piscou e meus braços ficaram arrepiados.

— Que mundo pequeno. Mas ela não é maluca, sabe. Isso é um pouco exagerado — ralhei de brincadeira com ele. Eu não gostaria que alguém me achasse louca por causa disso — Existe algo de romântico e clássico em roupas e móveis *vintage*. Eu adoro.

— É o que a minha irmã diz. Ela gosta tanto que abriu uma loja. Está sempre procurando coisas, indo a vendas de garagem e leilões, em qualquer lugar.

Inspirei fundo. Eu precisava conhecer aquela mulher.

— Ela tem uma loja? Preciso conhecer. É em Nova York?

Ele negou com a cabeça e desanimei.

— Não, não é — ele disse. — Bem que ela queria abrir uma aqui. Mas eu já disse para ela que seria desperdício de dinheiro e tempo.

*Nããão, não seria.*

— É difícil encontrar lojas boas. Qual o nome da loja dela?

Ele inspirou fundo e olhou para o teto.

— Não acredito que você não sabe o nome da loja da sua irmã! — Ralhei de novo.

— Me dê um minuto. Acho... isso, acho que o nome é Estrela D'alva.

— Eu conheço essa loja, é incrível! E não a desencoraje de abrir uma loja em Nova York. Com certeza tem mercado para isso, sabia?

Ele fixou o olhar em mim e sorriu.

— Aposto que você também gosta de antiguidades.

— Eu gosto. Elas são a chave para compreendermos o passado, nossa história. E sim, eu adoro — gostei da nossa conversa. Fluiu com facilidade. Ele era divertido e tranquilo.

Mr. Wednesday riu e levantou a mão.

— Tudo bem, tudo bem, eu desisto. Ouço as mesmas coisas da Shari.

Ele era fofo, tive que admitir. E o carinho evidente que tinha pela irmã o tornava, de algum modo, mais cativante, mais humano. Não era só um homem muito sexy que dirigia um departamento importante das Empresas Diamond. Vi como o rosto dele se suavizou quando falou da irmã. Sendo filha única, eu invejava a ligação entre irmãos. Podia apostar que Shari era o contato de emergência dele.

— Ótimo, pelo menos chegamos a um acordo — eu disse e saí do escritório. Ele veio atrás. — Está tudo bem... Eu me viro. Não precisa me levar pela mão.

— Ótimo, eu sabia que você seria autossuficiente. Vou ficar fora por algumas horas. Enquanto isso, você pode começar a trabalhar no que nós conversamos.

Ele me acompanhou até a porta da outra sala e a abriu. Hum... havia um cavalheiro escondido debaixo de todos aqueles músculos.

— Fique à vontade — ele disse.

Passei por ele, que segurava a porta para mim, e ergui o rosto. Ele me observava e hesitei no meio do passo, sem querer que nosso encontro acabasse. Mas então, me vi dentro da sala e ele se afastou. Continuei a observá-lo, gostando do modo como seu corpo se movia. O terno lhe caía tão bem que eu quase babei. Suspirei e dei meia-volta para examinar o escritório. Era bem austero e deduzi que se tratava de um espaço pouco usado.

Deixei a porta aberta e rodeei a mesa para me sentar na cadeira. Abrindo uma gaveta, encontrei materiais de escritório. Havia uma boa variedade. Peguei uma caneta preta e rabisquei em um bloco até a tinta começar a aparecer. Eu não adorava apenas coisas *vintage*. Também era louca por itens de papelaria. Aquela gaveta era um tesouro.

Mexi no mouse para acessar o computador. A tela abriu, mas uma janela de log-in me deteve. Ninguém tinha me dado qualquer informação para entrar no sistema, como eu iria acessar alguma coisa? Peguei a pasta que o Mr. Wednesday tinha me dado e a abri, passando os olhos rapidamente pelas perguntas. Decidi ignorar a papelada. Eu não estava com muita vontade de dar à Diamond qualquer informação pessoal que eles pudessem usar para me desmascarar. Fechei a pasta e a coloquei de lado. Não havia nada ali que me ajudasse a entrar no sistema. Recostei-me na cadeira e mordi o lábio. O que poderia ser? Cliquei na tela para ver se aparecia algo.

*Por favor, digite sua senha numérica.*

Que senha numérica? Cliquei no ícone de ajuda da senha, esperando receber mais instruções. Uma nova janela apareceu.

*Este é seu primeiro* log-in. *Digite os quatro números que lhe foram fornecidos. Você terá que informar uma nova senha, necessária para os próximos acessos.*

— Que quatro números? — murmurei ao me recostar no assento. Relembrei rapidamente de tudo o que tinha acontecido desde a minha entrevista. Eu não tinha recebido nenhum número. Fechei os olhos e tentei relaxar a mente, esperando que isso me acalmasse e ajudasse a me concentrar. O que poderia conter números?

— Rá! — exclamei. *Talvez*... procurei na minha bolsa o cartão de acesso que Mr. Monday tinha me dado no dia anterior. Isso fazia sentido. Os cartões funcionavam como chaves de portais, cada um permitindo que eu fosse mais além na minha jornada até a cadeira de CEO – e até minha vingança. Examinei o cartão de perto e sorri. Ali, na parte de baixo, havia quatro tênues números prateados.

Eu os digitei e – *bum* – a tela piscou e a área de trabalho apareceu na minha frente, com uma série de ícones alinhados à esquerda. Muitos me eram familiares, mas eu não conhecia alguns, que deviam ser de programas internos.

Procurei me familiarizar o máximo possível com o sistema daquele computador antes de me dedicar à tarefa de "motivação dos funcionários". Eu não tinha a menor ideia de quanto tempo poderia dispor ali, então precisava fazer cada segundo contar. Cliquei no *portal do empregado*. Era muito bem organizado e fiquei impressionada. Minha primeira visita foi ao quadro de avisos. Uma série de itens estava à venda. Também havia uma lista de eventos futuros, incluindo um piquenique da empresa planejado para dali a algumas semanas. Após investigar isso, acessei o Google e comecei a pesquisa.

Concentrei-me na tarefa que Mr. Wednesday tinha me passado. Quanto antes eu terminasse, mais rápido poderia começar a investigar. Minha experiência de pesquisadora na biblioteca do meu antigo emprego me ajudou muito e, em menos de uma hora, eu dispunha de informação suficiente para preparar um relatório. Encontrei a impressora e mandei imprimir o que era mais relevante. Peguei as anotações que havia feito no bloco e comecei a organizá-las. Não demorou para que eu categorizasse os detalhes e esboçasse um rascunho. Meia hora depois a impressora soltava o relatório. Encontrei pastas no almoxarifado e usei uma para encaderná-lo, preparando-o para a apresentação.

— Pronto! Se eu mesma pudesse me elogiar, fiz um bom trabalho! — Então, tinha tempo para investigar o resto do andar.

Eu estava para atravessar o corredor quando um segurança apareceu. Procurei algum lugar para me esconder e me enfiei no banheiro. Logicamente, eles iriam ficar de olho em mim, mas eu não gostava da ideia de jogar conversa fora com um segurança enquanto xeretava. Fiquei surpresa com o requinte do banheiro feminino. Não era como todos os que já tinha visto. Ali, a iluminação era indireta, possuía uma penteadeira com luzes, uma área com poltronas iguais às que eu tinha visto no saguão do elevador, e ainda dispunha de uma série de loções, sabonetes e produtos femininos sobre um longo balcão. *Hum, que beleza!* Tudo na Diamond parecia exagerado, mas esses pequenos toques eram encantadores. Isso devia fazer bem para a moral das funcionárias e me perguntei se elas davam valor àqueles extras. Se não davam, deveriam dar.

Ouvi vozes se aproximando, então entrei rapidamente em uma das cabines. As vozes pareciam agitadas, então decidi esperar alguns minutos antes de sair. Senti um pouco de culpa por escutar a conversa, mas talvez eu pudesse aprender alguma coisa. Uma das mulheres parecia chorar. Virei a cabeça de lado para ouvir melhor.

— Não sei se posso fazer isso — ela fungou e assoou o nariz.

A outra mulher parecia ser um pouco mais velha.

— Todas nós podemos, querida. Mães têm uma grande cruz para carregar.

Aquilo era interessante. Empregadas insatisfeitas. Então, me senti um pouco melhor por estar ouvindo e quase esfreguei as mãos de satisfação. Qualquer *sujeira* que eu pudesse descobrir iria me ajudar a preparar a vingança.

— Só faz uma semana — falou a mulher que parecia mais velha. — Você precisa dar um tempo. Seu bebê vai ficar bem.

— Você não ouviu falar de todas as coisas horríveis que acontecem em creches? Abuso sexual, crianças deixadas sozinhas, maus tratos. Isso está me consumindo!

Ela parecia muito infeliz e me senti mal. Eu não conseguia imaginar como seria deixar os filhos em algum lugar para ir trabalhar. Apertei os lábios, irritada com a situação das mães com filhos pequenos quando têm que voltar ao trabalho. Eu não fazia ideia de como devia ser difícil deixar um bebê chorando na creche. Imaginei uma criança histérica agarrada na minha perna, implorando com sua vozinha para que eu não fosse embora. Acho que eu morreria.

— Ora, Jenny. Você não pode deixar sua imaginação ir muito longe. Você está tirando conclusões precipitadas. E sei que você pesquisou muito bem suas opções de creche. Saberia dizer qual delas é um bom lugar... você estudou psicologia infantil, não foi?

— Estudei, mas trabalhar com isso não paga tão bem quanto aqui. Meu marido também está me criando problemas. Ele quer que eu trabalhe, porque nós precisamos do dinheiro, mas não aguenta o quanto eu fico chateada por deixar Jason na creche, e depois, o bebê chora a noite toda. Ele está começando a ficar doente.

A voz da mulher mais velha era calma, e eu a admirei por apoiar a colega.

— Ele só está lá há uma semana. Como já pode estar doente?

— Bem, você sabe o que quero dizer. Se houvesse uma creche boa perto do trabalho não seria tão ruim, mas tenho que acordar o bebê às 5h da manhã. Isso não está certo. Não é normal acordar tão cedo, muito menos um bebê que está dormindo feliz.

— Tem certeza de que não existe nada mais perto do trabalho?

— Eu procurei. Os lugares próximos só são possíveis se eu estiver disposta a pagar mais pela creche do que ganho de salário. Mas então de que adianta trabalhar fora?

Senti que já tinha ouvido o bastante. Então, mexi os pés e comecei a fazer ruídos para que elas soubessem que eu estava no banheiro. Não queria aparecer no meio da conversa, sem lhes dar uma chance de parar de falar. Elas estavam na área do outro lado da parede com a pia e o balcão e continuaram conversando, o que me fez ver que não se importavam de que alguém as ouvisse.

Depois de lavar as mãos, dei a volta no balcão e hesitei um instante, mas então fui falar com as mulheres.

— Eu não pretendia ouvir a conversa, mas tenho que lhe cumprimentar. Trabalhar com filho pequeno não é fácil. Que ótimo que você está tentando.

Jenny, a mulher mais nova, concordou com a cabeça, pegou lenços de papel na caixa sobre o balcão e assoou o nariz.

— Não sei se vou conseguir continuar. Não sinto que estou sendo produtiva. Fico o tempo todo preocupada com meu bebê.

— Entendo — disse para ela. Mas como poderia entender? Eu não vivia a mesma situação, não tinha filhos e, de repente, me senti envergonhada. Meu objetivo era destruir, ou, no mínimo, humilhar essa empresa. Se eu fizesse isso, o emprego dela – *de todos* – estaria em perigo. Suspirei, sentindo o conflito. Eu estava ali para me vingar do que fizeram com meu pai, mas não tinha pensado muito bem nas implicações. Olhando para aquela jovem mãe e sua colega, pensei em seus empregos, pensões e benefícios. Eu ainda não tinha levado em conta o fator humano.

Ouvir os problemas dela me fez pensar melhor e perceber que havia mais gente sofrendo do mesmo modo que eu tinha sofrido. Algumas pessoas deviam sofrer ainda mais. Será que eu poderia encarar minha vingança de outra forma? Teria que pensar nisso. Uma coisa era planejar uma vingança friamente no papel, e outra muito diferente é executar o plano. Ver as pessoas que eu prejudicaria me fez pensar melhor.

— Existe algo que eu possa fazer para ajudá-la? — perguntei. Não que eu tivesse a menor ideia de como fazer isso.

Ela olhou para mim e enxugou os olhos inchados.

— É muita gentileza sua perguntar. Mas não sei como, a menos que possa fazer um milagre e criar uma creche aqui na empresa — ela disse e eu sorri. *É engraçado que você diga isso*, pensei comigo mesma enquanto uma ideia se formava.

— Ainda não tinha visto você por aqui — a outra mulher disse. — Meu nome é Carol.

— Estou no meu segundo dia — era óbvio que eu precisava manter fora da conversa o que tinha feito no meu primeiro dia. Olhei para o relógio para ganhar um minuto para pensar.

— Oh, meu Deus, seu relógio é lindo! — Carol exclamou. — Não é sempre que se vê alguém com uma joia tão extraordinária. E suas unhas. Que lindo tom de esmalte.

— Obrigada. A cor é mais discreta do que costumo usar. Gosto de me divertir com as unhas e o esmalte, mas estou sendo mais conservadora esta semana. O relógio era da minha mãe. Meu pai deu para ela no dia em que se casaram, e ela deu para mim antes de voltar para a Inglaterra — toquei o mostrador, adorando sentir o vidro e os diamantes na ponta dos meus dedos.

Jenny se inclinou para olhar e suspirou.

— É tão lindo. Oh, você vem da Inglaterra. Por que ela voltou? Ah, me desculpe — ela disse. — Não é da minha conta. Desculpe-me por perguntar.

— Não, está tudo bem. Minha mãe nunca se adaptou à vida nos Estados Unidos. Ela é inglesa até na alma e estava sempre reclamando de morar aqui. Fazia sentido que ela voltasse. Está muito mais feliz assim — eu não iria dizer por que ela tinha voltado, ou que a razão para o casamento dos meus pais ter acabado era que ela não queria lidar com lembranças ruins. Minha mãe acreditou que ele era culpado, enquanto eu estava convicta de que era inocente. Cerrei os dentes e procurei afastar os pensamentos raivosos.

— Deve ser difícil para você. Costuma visitá-la?

Neguei com a cabeça e me senti triste. Sentia falta da minha mãe, mas ela estava muito ocupada com a própria vida lá. Eu não me encaixava mais na vida dela. E meu medo de voar também não ajudava.

— Não tanto quanto eu gostaria. Faz alguns anos que estive com ela.

— Que triste. Sinto muito — Carol disse com uma voz tão emocionada que me apertou o coração.

— Obrigada — não queria mais falar da minha mãe, então me voltei para Jenny. — Isso é o mais perto que consigo chegar de compreender como é ficar longe de alguém que se ama — ela franziu a testa e vi as lágrimas se juntando de novo. — Me desculpe. Por favor, não chore.

— Talvez eu tenha que me demitir.

— Não faça isso! — Carol e eu falamos ao mesmo tempo. Então nós nos entreolhamos e começamos a rir. Ainda bem que Jenny também riu.

— Grandes cabeças pensam igual — Carol disse.

— Ou "tolos raramente discordam" — respondi e nós duas rimos de novo, assim como Jenny, e fiquei feliz pelo clima mais ameno. — Esse é um dos ditados favoritos da minha mãe. Jenny, você está livre para tomar um café? E você, Carol? Gostaria de conhecer vocês melhor. Eu estava indo tomar um.

— Sim, eu tenho mais alguns minutos de intervalo — Jenny respondeu.

— Eu também — Carol disse. — Vou lhe mostrar onde é a copa. É do outro lado da parede — ela apontou na direção das poltronas e abriu a porta do banheiro, segurando-a para que Jenny e eu pudéssemos passar. — Podemos nos sentar nos lugares perto da janela. Você já esteve lá?

— Não... estou começando a conhecer o prédio. Vou para um lugar diferente a cada dia.

— Então você não está trabalhando no RH? — Carol perguntou.

— Não. Eles estão vendo onde me encaixo melhor.

Jenny apontou para as cadeiras junto à janela. Havia árvores de hibisco bem em frente ao vidro. Era agradável, embora eu preferisse não ficar tão perto da beirada, pois isso me lembrava de quão alto nós estávamos. Então, fiquei de costas para o vidro e me espantei com a quantidade de máquinas de café, cestos e armários de vidro exibindo um monte de delícias. Aquilo estava melhor abastecido do que o meu apartamento.

— Tem mais na geladeira. Frutas, queijo, ovos cozidos, homus. O que você quiser, aqui tem — Jenny se adiantou e abriu a porta.

— Uau, eles cuidam bem da gente aqui — eu estava impressionada. Virei para Carol e Jenny. — Posso preparar algo para vocês?

— Na verdade, acho melhor eu voltar ao trabalho — Jenny disse, olhando para o relógio na parede. — Não quero me atrasar — ela se virou para Carol. — Obrigada por me ouvir.

— Não foi nada, querida. Vamos continuar conversando depois.

Eu não queria que ela já fosse embora.

— Jenny, faz tempo que você trabalha aqui?

Ela meneou a cabeça.

— Não, só alguns anos antes de eu sair de licença-maternidade. Desculpe, mas preciso mesmo ir. Foi bom conhecer você.

— Tchau, Jenny, também gostei de conhecê-la.

Eu a observei se afastar e me voltei para Carol. Ela falou antes que eu perguntasse:

— Estou aqui há 25 anos. Já vi muita coisa — ela me disse.

Ela poderia ser um contato valioso se eu ficasse na Diamond. Ela podia ter ouvido falar do meu pai e do que aconteceu naquela época.

— Nossa, é bastante tempo.

— É sim. Não havia um departamento de recursos humanos de verdade naquela época, então as coisas não eram tão bem administradas como hoje. Houve uma transição no RH em torno de dezesseis, dezessete anos.

Exatamente quando meu pai foi demitido.

— Mesmo? Que interessante. Como vocês controlavam todo mundo? Sem um departamento de RH devia ser difícil.

— Bem, nós não estávamos na Idade das Trevas. As coisas eram computadorizadas, embora não com a mesma eficiência de hoje.

Concordei com a cabeça.

— Fico imaginando toda a papelada daquela época.

— É verdade. Alguns dos nossos arquivos foram digitalizados. No começo, digitalizar tudo era um trabalho de autômato, para estagiários, mas então vieram as novas leis de privacidade e os advogados acabaram com isso. Então, nós ainda temos muitos arquivos e caixas empilhadas no depósito.

— No meu emprego anterior, soube que existem algumas empresas de arquivo que são bem seguras e confiáveis. A Diamond usa alguma? — Torci para que ela não me julgasse xereta demais, fazendo todas essas perguntas do nada. Queria saber onde estavam localizados os arquivos antigos e, talvez, assim encontrar o do meu pai.

— Não, não usamos. Existe um depósito seguro neste prédio.

— É mesmo? Este edifício deve ter espaço de sobra. É enorme.

A empolgação cresceu dentro de mim. Se conseguisse acesso aos arquivos de pessoal que estavam guardados em algum lugar naquele prédio...

Carol e eu nos entreolhamos e senti que ela estava a ponto de ir embora. Eu queria que ela ficasse um pouco mais, para que continuássemos conversando.

— Estou morrendo de vontade de um cappuccino — eu disse —, e já fui uma barista extraordinária. Tem certeza que não quer um?

— Oh, claro, já que é assim. Vou dizer que estava ajudando a garota nova — Carol riu e apoiou o quadril no balcão enquanto eu pegava o que precisava. Queria descobrir mais, mas fiquei preocupada em não ser óbvia demais. Eu não tinha muito tempo para encontrar a informação de que precisava. Também queria lhe fazer mais perguntas antes de ela voltar ao trabalho.

— Diga, alguém já levantou a ideia de fazer uma creche no prédio?

— Não — Carol negou com a cabeça. — Não me lembro de alguém sugerir isso.

— Há funcionários suficientes para viabilizar uma creche?

Ela pensou por um instante.

— Sim... é possível — ela abriu um pequeno sorriso. — No que você está pensando?

— Sempre pensei que funcionários felizes são funcionários produtivos. E quando não são bem tratados, isso pode ter um efeito devastador e duradouro — franzi a testa ao me lembrar de como meu pai ficou arrasado quando foi despedido. Tentei manter minha determinação para conseguir obter a informação que precisava para ter minha vingança, mas começava a sentir que aquela empresa possuía dois lados. Conhecer aquelas duas mulheres e conversar com elas tinha me feito parar para pensar. Eu precisava começar a vasculhar no sistema do computador, mas queria conversar com a Carol. Inspirei fundo e terminei o cappuccino, fazendo a quantidade certa de espuma. Até fiz uma decoração em cima. — Aqui está.

Entreguei a xícara e ela sorriu, encantada. Uma emoção diferente me tomou, me pegando desprevenida. Em seguida, fiz um para mim.

— Você é boa nisto — Carol disse.

— Foi assim que paguei a faculdade. Trabalhos típicos de estudante. Também consegui algumas bolsas. — Procurei açúcar demerara nos armários, imaginando que deveria ter ali, pois havia de tudo. — Ah, aqui está. Já tentou tomar com um pouco disto na espuma? — Abri o pacote e salpiquei um pouco por cima do meu. — Esta é a melhor parte. Deixa a espuma crocante.

— Sim... vou experimentar — ela estendeu a mão e eu esvaziei o pacotinho sobre o dela.

Nós bebemos em silêncio durante alguns momentos e Carol balançou a cabeça em sinal de aprovação. Me perguntei qual seria seu cargo.

Ela foi até as cadeiras perto da janela e se sentou na mais próxima do vidro. Escolhi o sofá mais distante, de frente para o interior do prédio.

— Não gosta de altura? — Carol perguntou.

— Não — neguei com a cabeça —, nem um pouco.

— Cada pessoa tem seu problema. Sofro toda vez que pego o elevador. Claustrofobia — ela olhou para mim e arregalou os olhos até eu pensar que iriam saltar das órbitas. Eu ri.

— São curiosos, esses nossos medos, mas não têm nada de engraçados quando temos que viver com eles — disse e dei de ombros.

— Nem um pouco... fico com os olhos grudados nos pés quando estou no elevador.

Tomando mais um gole do meu cappuccino, decidi voltar ao assunto da creche. Embora eu já tivesse perguntado, esperava que Carol pudesse ter mais informações.

— Eu não tinha ideia das complicações que envolvem ter uma criança, mas ver como Jenny está preocupada me fez perceber que o problema é muito importante. É engraçado que a Diamond nunca tenha considerado a possibilidade.

— Acho que, como a maioria das grandes empresas, eles não se preocupam com isso. Não é problema deles, é dos funcionários.

Eu meneei a cabeça.

— As empresas precisam ampliar mais a visão.

Me perguntei se a Carol tinha lido meu pensamento, porque suas palavras seguintes atingiram o alvo:

— Ora, se você pensar bem, seria um grande benefício para os funcionários.

— Seria mesmo — concordei. — Ainda que a empresa subsidiasse apenas parte do custo da creche como benefício, diminuiria as despesas para os empregados.

— Exatamente. As empresas são burras se não pensam em coisas como essa — Carol disse. — Só imagine como os pais ficariam felizes. Oh, céus! Eu preciso mesmo ir. O tempo voou! — Carol pôs sua xícara na lava-louça. — Fico feliz de tê-la encontrado. Espero que arrumem um bom lugar para você na Diamond.

— Obrigada. Também gostei de conversar com você. Espero reencontrá-la.

Fiquei circulando um pouco pela área de descanso, bebendo meu café que começava a esfriar. Minha mente corria como uma galinha de cabeça cortada. Eu ponderava se deveria descartar minha primeira pesquisa sobre motivação de empregados, que tinha feito naquela manhã, para investir nessa nova ideia.

Mas quando decidi que iria assumir aquela batalha, percebi onde estava. O choque subiu pela minha coluna e oscilei, grata pela grossa vidraça à minha frente. Apoiei a ponta dos dedos na janela para me equilibrar e fiz o meu melhor para combater o pânico que crescia dentro de mim por estar tão perto da janela. Maldito medo de altura. Eu precisava superar aquilo. Tinha que pelo menos tentar, então me obriguei a olhar para a rua lá embaixo.

Quando não aguentei mais, me afastei e inspirei fundo algumas vezes para acalmar o coração disparado. Eu não sabia se algum dia conseguiria superar esse medo, mas aquele foi o tempo mais longo que consegui encarar um precipício daqueles. Recuei alguns passos e me virei com um suspiro de alívio. Fui em direção ao meu escritório temporário. Eu tinha trabalho a fazer. Precisava planejar uma creche.

Fiquei incrivelmente empolgada com a ideia de pesquisar tudo a respeito de uma creche. Acreditava que aquilo iria ajudar as pessoas e, pelo que a Carol tinha dito, era algo em que a Diamond ainda não tinha pensado. Meneei a cabeça. Sim, aquilo era muito mais importante do que um mero relatório sobre motivação de empregados.

Algumas horas mais tarde eu tinha compilado uma boa quantidade de informações, que encadernei na forma de um relatório bem feito.

Não percebi o tempo passar. Consultei o relógio e vi que passava de 5 horas da tarde. Olhei para a sala. Não tinha percebido nem a saída dos funcionários, de tão absorta que estava no trabalho. Levantei, peguei os dois relatórios sobre a mesa e fui ver se Mr. Wednesday tinha voltado. Estiquei a cabeça ao redor da parede e espiei seu escritório. Lá estava ele, sentado à mesa, ocupado com seu notebook. Eu o observei por alguns segundos.

Ele olhou para cima, depois de novo para o teclado.

— Tess, você apareceu.

— Apareci. Não sabia que você tinha voltado.

— Voltei, algumas horas atrás. Mas você parecia muito concentrada no seu trabalho.

Levantei as sobrancelhas e concordei.

— Sim, eu estava mesmo.

— Como foi?

Coloquei o projeto sobre a mesa dele.

— Aqui está o relatório.

— Obrigado — ele agradeceu. — Espero que seja o vencedor.

— Estou confiante de que está bem elaborado e que dará algo para a diretoria considerar.

— Vejo que você tem mais alguma coisa em mãos — ele levantou as sobrancelhas e ergueu o queixo, indicando o outro relatório, que eu continuava segurando.

Pigarreei.

— Sim, bem, é um acréscimo ao relatório de motivação dos empregados. Reparei em algo mais cedo, e senti que valia a pena fazer uma pesquisa. Descobri coisas muito interessantes.

Ele se recostou na cadeira e entrelaçou os dedos sobre o peito musculoso. Até aquele movimento simples era atraente.

— Conte-me a respeito — ele pediu.

Puxei a cadeira até a borda da mesa dele e me sentei, colocando o relatório encadernado à minha frente.

Ele se inclinou para frente, interessado.

Empurrei o relatório em sua direção, e o girei para que ele não precisasse ler de cabeça para baixo.

— Proposta para uma creche no local de trabalho.

Ele olhou para mim e arqueou as sobrancelhas.

— Uma creche? — ele repetiu.

Sorri, feliz comigo mesma.

— Hum, sim, uma creche. Acho que existe uma grande demanda aqui, nas Empresas Diamond.

— É mesmo? De onde você tirou essa ideia? — Ele pegou o relatório e o folheou.

— Mais cedo, ouvi funcionárias conversando. Fiz algumas perguntas, um pouco de pesquisa, e aqui está — observei, nervosa, enquanto ele virava as páginas da minha proposta. Até aquele momento, não tinha percebido como estava envolvida com a proposta. Conversar com Jenny me abriu os olhos para a importância daquele problema.

Mr. Wednesday se demorou um instante em um gráfico em formato de pizza antes de me encarar com uma expressão satisfeita.

— Devo dizer que estou um pouco surpreso. Imaginei que você estaria ocupada demais com o relatório de motivação dos funcionários.

— Nunca se sabe de onde pode vir a inspiração. Eu tinha terminado a tarefa inicial quando me emocionei com a história de uma jovem mãe.

Ele jogou o relatório sobre a mesa e bateu com o dedo na capa.

— Em vez de me fazer ler a proposta inteira, faça-me um resumo de um parágrafo.

Joguei a cabeça para trás e ri.

— Você quer que eu diga em um parágrafo o que me tomou a tarde inteira para colocar neste relatório? — Apontei para o documento.

Os olhos azuis dele cintilaram, enrugando um pouco nos cantos quando sorriu.

— Claro que sim.

— Sua mãe trabalhava? — perguntei.

— Trabalhava — ele confirmou e cruzou os braços sobre o peito, esperando para ver aonde eu iria com aquilo.

— Você ia para uma creche?

Ele negou com a cabeça.

— Não, mas minha mãe trabalhava dois dias durante a semana e duas noites quando meu pai estava em casa para cuidar de nós.

— Você já imaginou como teria sido?

Ele franziu a testa e pensou por alguns segundos.

— Não, não imaginei. Mas minha tia era mãe solteira e eu me lembro que meus primos tinham que ir para uma creche. Acho que eles não gostavam muito.

— Como sua tia reagia, você se lembra? — Achei que ele começava a compreender o impacto que uma creche podia ter em uma família. Talvez, na experiência dele, fosse negativa.

Ele inclinou a cabeça para o lado e refletiu a respeito.

— Ela parecia estressada quase o tempo todo.

— Se você se lembra disso, e de como sua tia se sentia, pense nos empregados daqui. Imagine o alívio que eles sentiriam sabendo que seus filhos estão perto e em segurança, em um lugar que conseguem pagar. Imagine como seriam leais à Diamond. Não existe um motivo pelo qual a creche não possa ser uma experiência positiva para a família. Só é necessário um pouco de reflexão e dedicação de todos para a criação de uma instalação acolhedora e educativa.

Ele fazia um movimento positivo com a cabeça e pude ver que pensava a respeito. Talvez algo saísse dali. Fiquei espantada com o entusiasmo que senti com o projeto. Aquilo não estava entre meus interesses antes desse dia, e agora era um sonho que eu desejava ver se tornando realidade.

— Então, o que você acha? Isso é algo que as Empresas Diamond fariam? — Continuei, sem querer que ele me interrompesse com um sonoro "não". — Você percebe como isso seria bem recebido por todas as mães e pais que trabalham aqui? Seria uma ótima forma de mostrar compaixão pelos empregados. Estabelecer lealdade... e motivar os funcionários.

Ele riu e levantou a mão. Parei de falar e me recostei na cadeira, segurando a respiração, ansiosa para ver o que ele iria responder.

— Você me convenceu. Muito bem. Vou ter uma reunião de diretoria em breve e vou apresentar sua proposta.

Bati palmas, inacreditavelmente empolgada com o fato de ele gostar da minha ideia.

— Isso é maravilhoso! — eu disse.

— Você gostaria de supervisionar o projeto?

— Claro!

— Muito bem. Não vamos pôr o carro à frente dos bois. A proposta ainda tem que ser aprovada.

Meus pensamentos brotavam em alta velocidade, enquanto eu imaginava o que poderia fazer para que aquilo se concretizasse. Eu começava a acreditar que tinha capacidade para tornar realidade. Se uma garota como eu, uma bibliotecária não muito dócil, podia se levantar e ganhar o respeito de engenheiros, pessoas com doutorado e metalúrgicos na indústria de mineração, dominada por homens, podia fazer aquilo também! Tudo o que precisava garantir, agora, era ser contratada, porque como CEO eu poderia implementar a creche imediatamente.

Então, voltei para a Terra bem depressa. A empolgação com a ideia da creche desapareceu quando me lembrei por que estava ali. Eu pensava em melhorar o ambiente de trabalho para as famílias, mas iria destruir o meio de vida delas se continuasse com meu plano de vingança. Talvez eu precisasse encarar aquilo por um novo ângulo. Como CEO, poderia fazer mudanças dentro da organização, estabelecendo novas políticas e trazendo à luz práticas financeiras questionáveis, tornando a empresa muito melhor. Pensando bem, não conseguia acreditar que não tinha nem me lembrado de vingar meu pai durante aquela tarde toda. A ideia de criar uma creche tinha consumido todos os meus pensamentos, sem me deixar espaço para pensar em mais nada. Odiei admitir isso para mim mesma, mas aquilo foi revigorante. Eu tinha passado toda minha vida adulta remoendo a ideia de destruir a Diamond, deixando de lado a vida social e outros interesses, para me concentrar naquele objetivo.

De repente, Mr. Monday surgiu em meus pensamentos, fazendo com que eu pensasse que estava pronta para compensar o tempo perdido.

— Está com fome? — Mr. Wednesday me perguntou.

— Na verdade, estou — eu não tinha comido nada desde aquele *bagel* na limusine, de manhã com Mr. Monday, fora um lanche rápido que peguei em uma máquina. Pensar no Mr. Monday fez meu coração se atrapalhar um pouco. Eu precisava controlar meus sentimentos, porque sempre que ele aparecia na minha mente, meu corpo se recusava a se comportar. Minha respiração ficava alterada e um calor passava por mim, instalando-se em um lugar gostoso entre as minhas coxas, implorando para ser liberado. Para meu pavor, senti meus mamilos endurecerem, então cruzei os braços à frente do peito, esperando que a excitação que sentia pelo homem que eu estava pensando não fosse percebida pelo Mr. Wednesday. Estar rodeada por homens sensuais dificulta a vida de uma garota. Nunca estive perto de tanta perfeição masculina.

No dia anterior, Mr. Monday apareceu para me pegar com Mr. Tuesday. Imaginei se ele apareceria nesse dia também. Olhei para o pedaço de mau caminho ruivo à minha frente e tentei entender o que eu estava sentindo. Será que ele só era bom de se admirar ou haveria algo mais nele? O que eu faria se Mr. Monday entrasse naquele instante?

— Que tal se nós fôssemos comer alguma coisa, então? — ele sugeriu.

— Só nós? O que eu quero dizer é, você e eu sozinhos? — Droga, isso também não soou bem. — O que quero dizer é...

— Sei o que você quer dizer — a voz dele estava baixa e soou terrivelmente sexy. — Só nós dois. Se estiver tudo bem para você, claro.

*Se estava tudo bem? Havia algo mais acontecendo ali?* Eu não sabia o que fazer. Ser corajosa, imagino. Me arriscar.

— Claro que está. Adoraria sair para comer.

— Eu compreenderia, sem problema nenhum, se você não se sentir à vontade com a ideia. Não se sinta obrigada, por favor, mas seria bom tirar você daqui e levá-la para longe do estresse do trabalho.

Isso me fez sentir um pouco melhor e eu relaxei.

— Além do mais, eu gostaria de conhecer você melhor — ele sorriu e minha ansiedade diminuiu ainda mais.

— Você tem algum lugar em mente?

— Bem, tem um lugar tranquilo que conheço aqui perto...

A ideia de passar algum tempo sozinha com ele fez meu coração bater mais rápido.

— Estou gostando dessa ideia — eu estava percebendo uma certa tensão sexual vindo dele e estremeci.

— Ótimo. Então vamos cair fora daqui?

— Vamos nessa.

Meus nervos estavam à flor da pele. Eu percebia claramente os sinais dele, e tinha certeza que eu também estava transmitindo alguma coisa. Até então, Mr. Monday não tinha dado notícia e já estávamos no fim do dia. Se ele fosse me buscar, já deveria ter aparecido. Isso me deixava livre para explorar o relacionamento que poderia ter com Mr.

Wednesday. Expectativa se misturava a receio dentro de mim. Quando o rosto do Mr. Monday aparecia nos meus pensamentos, eu não tinha tanta certeza de que queria mesmo explorar aquele relacionamento.

No elevador, Mr. Wednesday ficou um passo atrás. Peguei meu cartão de acesso na bolsa, coloquei-o na fenda e o painel de botões se iluminou. Me virei para ele, que estava olhando para o telefone. Aproximando-se, ele se inclinou na minha direção. Meu coração disparou.

— Veja o que minha irmã me mandou — Ele estendeu o telefone para que eu pudesse ver.

Olhei para a tela, mas não consegui me concentrar, pois senti-lo tão perto me tirava do eixo. A energia dele vinha em ondas que me envolviam. Inspirei devagar na esperança de que ele não notasse o quanto estava me afetando. Levantei os olhos e vi que ele estava sorrindo para o telefone. Isso me deu a oportunidade de observá-lo mais de perto. Senti um impulso de estender a mão e tocar sua barba, subir os dedos e enfiá-los naquele cabelo revolto. Então, ele se virou e nossos olhos se encontraram. Minha mão estava a meio caminho de tocá-lo e curvei os dedos, apertando o punho fechado contra meu próprio peito. Ele baixou a cabeça um pouco. *Ele iria me beijar?* Minha respiração ficou curta. Me aproximei, precisando saber que emoções ele despertaria em mim.

— Você é uma mulher intrigante — as palavras saíram suaves e baixas, carinhosas, e os olhos dele brilharam com uma nova emoção. Paixão.

Tremi, sem a preocupação de disfarçar. Ele passou o braço pela minha cintura, puxando-me para perto, fazendo meu ombro pressionar seu peito. Logo comparei o abraço dele ao do Mr. Monday, tentando perceber se havia diferença entre o que eu sentia naquele instante e o que senti quando tropecei, no dia anterior, e ele me segurou. Era diferente? Havia fagulhas?

Examinei meus sentimentos, avaliando se minhas reações eram diferentes. Não consegui respostas. Meu corpo reagia aos dois da mesma forma poderosa. Como meu cérebro não estava cooperando, decidi desligá-lo, pelo menos por algum tempo. Eu precisava viver o momento, pois não sabia o que estava sentindo ou como reagir. Em apenas dois dias, tinha conhecido três homens sensuais e estado nos braços de dois.

— Eu não deveria fazer isso com você. Sei que não... E você também sabe — ele murmurou e baixou a cabeça na minha direção.

Eu não estava conseguindo formar palavras, então nem tentei. O elevador diminuiu de velocidade ao se aproximar do térreo. Ele se afastou de mim, mas eu não queria que ele me soltasse, o que me surpreendeu. Então, ele me puxou novamente e me apertou contra o peito, baixando a cabeça. Ergui o rosto e nossos lábios se encontraram. Foi hesitante, a princípio, até ele aprofundar o beijo. Correspondi, precisando saber o que eu sentia, se havia algo, uma fagulha... mas não aconteceu nada. Nós tínhamos passado a maior parte do dia separados, mas neste caso, a distância não aumentou o sentimento. Fiquei, ao mesmo tempo, decepcionada e aliviada. As coisas ficavam mais claras...

A porta do elevador se abriu e eu hesitei só um instante, com as mãos apoiadas nos ombros dele, mantendo os olhos fechados e correspondendo ao beijo, só para ter certeza.

Ouvi a porta do elevador se fechando. Então, ela fez um barulho estranho, como se tivesse batido em alguma coisa. Abri os olhos e soltei um ganido, pulando para longe dos braços do Mr. Wednesday, como se ele estivesse pegando fogo. Meu estômago deu uma cambalhota quando encontrei o olhar gelado do Mr. Monday.

Rapidamente seu rosto ficou sombrio, mas consegui perceber uma expressão de emoção, que logo foi substituída por uma máscara impassível. Ele voltou sua atenção para Mr. Wednesday, que parecia totalmente calmo, apesar da situação constrangedora.

Eu estava apavorada.

Mr. Wednesday me pegou pelo cotovelo e começou a me tirar do elevador. Eu o acompanhei, sem saber o que fazer, e quando chegamos ao saguão, Mr. Monday falou.

— Obrigado por acompanhar a Srta. Canyon. Eu assumo, agora.

Mr. Wednesday parou e virou devagar para Mr. Monday. Fiquei olhando de um homem para outro, sem fôlego. O silêncio angustiante se estendeu, e eu estava para explodir quando Mr. Wednesday me soltou.

— Tess, foi um prazer. Boa sorte em sua empreitada — Seu olhar me deixou triste, mas tudo ficou claro para mim no momento em que vi Mr. Monday. Se eu iria ficar com alguém, tinha que ser ele.

— Obrigada. Adorei o meu dia.

— Não se preocupe. Isto não muda nada em relação à sua proposta. Espero mesmo que a ideia de fazermos uma creche seja aprovada — ele olhou para Mr. Monday, depois para mim. — Seu projeto demonstra compaixão e essa é uma qualidade importante que, às vezes, faz muita falta aqui. Nós precisamos de um pouco de compaixão nesta empresa — então ele deu meia-volta e se afastou.

Eu não poderia ter ficado mais chocada com essa revelação, e com o fato de ele ter apontado um dedo para Mr. Monday. O que estava acontecendo? Ele tinha acabado de me contar algo sobre o funcionamento da Diamond? Falta de compaixão? As pessoas não valiam nada para eles? Fiquei ansiosa para ter um tempo sozinha para poder avaliar tudo o que tinha aprendido nesse dia.

Olhei para Mr. Monday, esperando que ele estivesse observando o outro homem se afastar, mas estava me encarando. Ele estendeu a mão, olhei para baixo e havia outro cartão de acesso. Concluí que eu tinha sido aprovada, apesar de seu rosto exibir uma expressão de raiva. Eu não sabia o que dizer, mas peguei o cartão e o enfiei na bolsa.

— Vamos. Você não comeu nada o dia todo.

Franzi a testa.

— Você está me espionando? Como você sabe que eu não comi?

— Você acha mesmo que não estaríamos de olho em cada movimento seu? — As palavras dele foram cortantes e me atingiram. Ele estava furioso comigo. O que isso significava? Ele me pegou beijando Mr. Wednesday e então iria bancar o cretino. Ele estava com ciúme? Eu o observei para ver se era isso, mas não consegui decifrá-lo. Bem, se ele tivesse tomado a iniciativa, eu não teria beijado outro homem.

Eu não queria ficar brava com ele, mas era assim que me sentia. Também não queria que ele pensasse ser meu dono. Mais do que isso... eu precisava saber se estava mais frustrada porque meu desejo por ele talvez não fosse mais ser realizado, pois ele me pegou beijando outro homem, ou se pelo fato de saber que todos os meus movimentos eram monitorados. Ele me encarou e estremeci sob seu olhar ameaçador. Eu não sabia o que dizer. De repente, me senti muito desconfortável. Como fui burra de pensar que eles não ficariam de olho em mim! Isso significava que eu precisava ter muito mais cuidado. Mas será que eu ainda sabia o que queria fazer? Era evidente qual homem eu desejava, mas a direção que meu futuro se encaminhava parecia muito menos clara.

# Quinta-Feira

Eu aguardava no saguão do meu prédio, observando a chuva torrencial lá fora, enquanto esperava Mr. Monday. Era evidente que eu tinha me acostumado à nossa rotina matinal. Franzi o rosto, preocupada. Àquela altura, ele já deveria ter chegado. Consultei o relógio. Passavam cinco minutos das sete horas e era a primeira vez que ele se atrasava. Isso não combinava com alguém que chegava a ser irritante de tão pontual.

O tempo *estava* de fato pavoroso, parecia um furacão, e o trânsito devia estar infernal. Mas e se algo tivesse acontecido com ele? Senti meu estômago se contrair. Não gostei nem um pouco da ideia. *Por quê?* Refleti sobre aquilo por alguns minutos observando a enxurrada lavar a rua. Eu não sabia se estava pronta para o *porquê*. Isso abriria um abismo emocional totalmente novo.

Eu estaria me apaixonando por ele? Seria possível, depois de tão pouco tempo? Nós só tínhamos nos encontrado algumas vezes pela manhã e à noite, demos as mãos uma vez, trocamos olhares sensuais e conversamos um pouco... situações que, em outras circunstâncias, poderiam levar a algo mais, depois de um tempo. Esse "algo mais" seria possível?

Suspirei quando meu corpo reagiu mais uma vez ao pensar nele. Sim, eu aguardava ansiosa por nossas manhãs. Sim, me tornava cada vez mais receptiva à ideia de "algo mais" com ele. Sim, me sentia atraída por ele, mais do que por qualquer outro homem que já tivesse conhecido, mas nem chegamos perto de um beijo. Como aquela sensação podia ser tão poderosa, quando, na realidade, nada tinha de fato acontecido?

Será que eu tinha estragado tudo ao ser impulsiva beijando Mr. Wednesday no elevador, deixando que Mr. Monday nos flagrasse? Seria por isso que ele estava atrasado? Talvez nem estivesse atrasado e simplesmente não fosse aparecer.

— Oh, Deus — gemi quando me lembrei da expressão em seu rosto, na noite anterior. — Por que fui tão burra? — Será que ele contaria para Mr. King que eu "estava" com um funcionário? Que tinha sido pouco profissional e me comportado de modo impróprio para uma CEO em potencial? E se eu tivesse ferrado tudo por causa de um beijo?

Meu estômago se contraiu e me senti nauseada. Esperei, roendo as unhas, aflita, mais 10 minutos, até que, enfim, aceitei que ele não iria aparecer. Isso doeu mais do que eu estava disposta a admitir e, droga, lágrimas arderam nos meus olhos. Merda, merda, merda. Não gostei do quanto eu estava preocupada e começando a me sentir mal naquele momento. Precisava me controlar. Esfreguei os olhos e olhei pela janela para a rua lavada pela chuva.

Achei melhor pegar um táxi. Qualquer que fosse o motivo para a ausência de Mr. Monday, eu ainda tinha que ir às Empresas Diamond. Até ter certeza de que tinha fracassado, eu precisava seguir em frente. Muita coisa estava em jogo para eu ser desqualificada acidentalmente.

Uma das minhas vizinhas veio pela escada e parou junto à porta.

— Está mesmo um dilúvio — ela disse.

— Nem me diga. Estou reunindo coragem para sair e pegar um táxi — Torci para que ela não tivesse me ouvido choramingar, momentos antes.

— Você está indo para o centro? — ela perguntou. — Nós podemos dividir um táxi, se você quiser.

— Estou, sim — Seria bom ter companhia.

Ficamos observando através porta de vidro à espera de um táxi. Eu não conseguia me livrar daquela sensação incômoda e me senti ainda mais aborrecida. Afinal, um táxi desceu a nossa rua.

— Lá está — eu disse, cobrindo a cabeça com o capuz do meu casaco de chuva amarelo – um achado dos anos sessenta –, saindo para a rua com minha vizinha logo atrás. Por sorte o táxi parou e nós entramos, nos protegendo logo da chuva.

Eu teria me molhado muito mais se não estivesse com meu casaco "hippie" e minhas botas Wellington, que era como minha mãe as chamava. Nós duas estávamos fazendo compras quando eu as encontrei, pouco antes de ela voltar para Eastbourne, na Inglaterra, a cidade em que cresceu. De repente, senti uma pontada de saudade da minha mãe. Ela tinha permanecido nos Estados Unidos até eu ir para a universidade. Então, ela disse que não fazia mais sentido ficar, que eu já era uma adulta e que ela queria voltar para casa. A melancolia foi se instalando com o dia chuvoso, que reforçava meu estado de espírito sombrio.

— Gostei do seu casaco — minha vizinha disse. — Oh, meu nome é Mia. Nós já nos vimos no prédio, mas nunca nos apresentamos.

— Oi, Mia. Meu nome é Tess. Que bom conhecer você, finalmente.

— Espero que nós possamos nos ver de novo.

— Seria ótimo! — Fui sincera. Encontrá-la me fez perceber que eu não tinha amigos, o que atribuí à minha obsessão de me vingar da Diamond.

Nós conversamos durante o trajeto, e fiquei contente com a distração.

— Nós devíamos combinar de sair para jantar ou algo assim. Estou no 101. É só aparecer e me chamar.

— Vou sim. Minha vida está meio maluca no momento — eu disse. — Que tal nós batermos um papo quando a poeira baixar?

— Ótimo! Vou ficar esperando. Pegue — Mia me entregou dinheiro e abriu a porta do táxi quando chegou ao seu destino. — Obrigada por dividir o táxi.

Então ela se foi e a solidão me envolveu de novo. Enquanto completava o percurso até o escritório, vendo o mundo borrado pelas janelas do carro, pensei em como meu futuro era nebuloso. Então refleti sobre como minha breve conversa com Mia só serviu para me fazer ver o quanto eu tinha me sacrificado em nome da vingança. Amizades, minha vida, o mundo à minha volta... E a ausência de Mr. Monday tornou tudo pior. Embora ele nunca me dissesse muita coisa sobre o que esperar de cada dia, os fragmentos de informação que ele soltava costumavam me colocar na direção certa. Senti falta dele. Nada de flerte durante o "bom-dia", nada de café costa-riquenho com *bagels* nova-iorquinos, nada de eventuais toques. E, o mais importante: nada dele.

O táxi chegou às Empresas Diamond e o porteiro aguardou, pacientemente, enquanto eu pagava o motorista. Senti-me grata pela entrada coberta. Um trovão ecoou, parecendo abalar as fundações do edifício. O borrifo de água do dilúvio se elevava ao meu redor como uma neblina, enquanto eu corria para a porta de entrada. Torci para que aquela tempestade não fosse um presságio de como seria o meu dia.

Bati os pés para tirar o excesso de água de chuva das minhas botas, pois não queria escorregar e talvez até cair – provavelmente de forma nada graciosa – no chão de mármore encerado enquanto me dirigia ao balcão da recepção. Sorri quando Stanley se levantou.

— Bom dia, Stanley. Como você está?

— Muito bem, Srta. Canyon. Bem-vinda para mais um dia.

— Obrigada. Eu continuo aqui. É um milagre — Apontei para a entrada de carros. — Você viu Mr.…? — Parei de falar, porque ainda não sabia seu nome verdadeiro e me pareceu ridículo me referir a ele como "Mr. Monday". Mas o segurança meneou a cabeça.

— Me desculpe. Não posso lhe dizer onde ele está — Stanley olhou para baixo, como se verificasse algo, e meneou a cabeça novamente.

— Não tem problema. Tenha um ótimo dia.

Ficou óbvio que ele não acreditou na minha alegria forçada, mas foi gentil o bastante para me deixar manter as aparências. Virei em direção aos elevadores e senti o coração apertar. Mexi no cartão de acesso dentro do meu bolso, passando o polegar no canto. Mr. Monday me dizia em qual andar seria o teste do dia. Sem ele eu teria que inserir o cartão e apertar todos os botões até descobrir qual seria o daquele dia. Que maravilha!

— Espere, Srta. Canyon. Tenho uma carta para você.

Stanley me estendeu um envelope. Era de um papel refinado e tinha um selo pequeno no canto superior esquerdo. Era a letra K em uma fonte elegante. Meu coração deu um salto. Essa seria a primeira mensagem de Mr. King desde a noite de segunda-feira.

— Obrigada — eu disse, erguendo os olhos para Stanley e pegando o envelope.

Virei o envelope na minha mão, passando o dedo com cuidado por baixo da aba para descolá-la, sem querer estragá-lo. Então, segui até os elevadores. Com o envelope aberto, hesitei antes de tirar de dentro uma solitária folha de papel. Chamei o elevador. Uma vez lá dentro, inseri o cartão de acesso e brinquei de "adivinhe o andar" até que, finalmente, o botão do septuagésimo acendeu.

— Pelo jeito, estou subindo na vida— murmurei para o elevador vazio.

Tirei a carta do envelope e a desdobrei, morrendo de vontade de ler, mas também com medo de seu conteúdo. E se tivesse escrito que eu havia fracassado no último teste, que eu estava acabada e era hora de ir embora? Mas nesse caso Stanley teria me dado alguma orientação e não me deixaria entrar. Pensando nisso, deduzi que ainda não estava na rua.

Desdobrei com cuidado a folha de papel macia, com a logomarca em baixo relevo, e li a mensagem.

*Srta. Canyon, este é seu quarto teste. Isso significa que está se saindo bem. É claro que isso não me surpreende. Você não teria sido chamada para a entrevista se não fosse capaz.*

*Parabéns.*

*Presumindo que você continuará com bom desempenho, irei vê-la dentro de alguns dias.*

*Atenciosamente, King.*

*Bem, isso foi um monte de nada*, pensei, mas pelo menos havia uma perspectiva para os próximos dias. Saí do elevador no septuagésimo andar e no mesmo instante fui surpreendida pela beleza da decoração. Era semelhante ao andar em que tive minha entrevista inicial, mas muito mais requintado.

Ao contrário do dia anterior, havia uma recepcionista, e era evidente que ela estava à minha espera.

— Bom dia, Srta. Canyon.

Sorri e tive que me segurar para não revirar os olhos. Já tinha me acostumando ao fato de que todos ali me conheciam antes mesmo que eu tivesse uma chance de saber seus nomes.

— Bom dia — Eu já sabia que não adiantava perguntar o que havia nesse andar ou o que era esperado que eu fizesse nesse dia. Mesmo que a recepcionista tivesse acesso aos detalhes daquele processo de seleção maluco, ainda assim não me diria nada.

Com um sorriso cortês, a mulher apontou para a porta à direita.

— Aqui, por favor — ouvi um estalo e imaginei que ela tivesse destravado a porta de sua própria escrivaninha. Não fiquei surpresa. A segurança naquele prédio era mais rigorosa do que no Fort Knox. Agradeci antes de passar pela porta.

Fiquei espantada com os escritórios que se estendiam dos dois lados do corredor. Eram movimentados, caóticos, com muita gente andando de um lado para o outro. Um escritório estava uma bagunça inacreditável, com caixas de papelão e arquivos soltos amontoados em uma pilha impossível de tão alta. O único espaço desocupado era um caminho para o ocupante daquele local caminhar de sua mesa, abarrotada por uma bagunça de papéis, até a porta. Fiquei horrorizada. Como alguém conseguia trabalhar daquele jeito? Demorei um pouco no meu estado de choque e o sujeito olhou para mim. Sorri e o cumprimentei com a cabeça, mas ele me ignorou e voltou ao trabalho. *Hum... grosseiro, não? Mas quem pode culpá-lo, trabalhando naquela zona?*

Segui em frente e ficou claro que eu tinha ido parar no setor das abelhas-operárias. Nenhum outro escritório era tão ruim quanto o primeiro, mas dava uma impressão de desleixo e abandono em todo o andar. Aquilo não combinava com a aparência refinada das recepções da Diamond.

Continuei a andar pelo corredor, espiando os escritórios no caminho. Não havia nada que pudesse sugerir o que eles faziam naquele andar, mas tive a impressão de que logo descobriria. Imaginei que alguém viria me encontrar e me levar para onde eu precisava ir, ou então eu mesma encontraria. Era assim que as coisas pareciam funcionar ali.

O corredor fazia uma curva acentuada. De um lado, uma sala de reuniões se estendia ao longo das janelas; do outro, mais escritórios. Notei que, na sala de reuniões, algumas pessoas se amontoavam em volta de uma mesa coberta de notebooks e pastas de documentos. Um homem à cabeceira da mesa levantou o rosto. Ele tinha boa aparência e uma constituição física impressionante. Soube no mesmo instante que ali era onde eu deveria estar. Entrei na sala, com absoluta certeza de que o homem era Mr. Thursday.

— Bom dia — cumprimentei todos os presentes. Quatro pares de olhos se ergueram para mim. Foi difícil não me sentir intimidada, mas fiz meu melhor para manter a calma.

Fechei a porta, tirei o casaco de chuva e o pendurei no mancebo. Então inspirei devagar enquanto tirava as botas e calçava meus sapatos sociais; um par de lindas sapatilhas que combinavam muito bem com a calça preta e justa que eu vestia, cujas barras ficavam logo acima dos meus tornozelos. Alisei as mangas três-quartos da minha blusa vermelha, satisfeita que meu esmalte de unha combinava com a blusa. Me virei e sentei à mesa.

Todos estavam me observando, mas ninguém parecia surpreso por eu ter entrado, o que confirmava que estava no lugar certo.

Mr. Thursday cruzou os braços, recostando-se em sua cadeira e me observando com uma expressão que fez minha barriga gelar. Ele era atraente, tive que admitir. Seu terno cinza lhe caía com perfeição e complementava seus olhos, que tinham múltiplos tons de cinza. A única coisa um pouco desconcertante era que não transmitiam nenhuma emoção. Passei os olhos pela mesa, avaliando rapidamente os outros dois homens e a mulher que também me encaravam, todos com a idêntica expressão fechada e me julgando.

— Srta. Canyon, que gentileza a sua de se juntar a nós — disse Mr. Thursday. A voz dele ecoou suave como seda e um arrepio subiu pelos meus braços, embora seu tom sugerisse que eu estava atrasada. Pelo menos foi o que senti.

Olhei para o relógio esperando que ele percebesse que eu não estava assim tão atrasada. Mr. Monday e eu costumávamos chegar ao escritório às 8 horas, e não passava muito disso. Tive o cuidado de manter meu rosto impassível ao me lembrar dele, então me concentrei no Mr. Thursday.

— Estou feliz por estar aqui. Em que vocês estão trabalhando? — Aproximei minha cadeira e apoiei as mãos na mesa, olhando para cada um dos presentes e então fixando os olhos em Mr. Thursday.

Ele me encarou e pensei ter visto um lampejo de respeito – ou de *algo*, não tive muita certeza – em sua expressão. Eu precisava me concentrar em não deixar minhas mãos tremerem e respirar com calma, então apertei os dedos. Até saber qual era o teste do dia e poder me concentrar nele, o nervosismo não passaria. Eu tinha aprendido isso nos últimos dias. Depois que ficava sabendo qual era a tarefa, me dedicava incansavelmente até completá-la.

Era difícil não estar no controle da situação e fiquei surpresa por estar me saindo tão bem naqueles testes para os quais eu não tinha tempo de me preparar. Não esperava ter que encarar o fator humano de uma corporação. Isso me abriu os olhos e, embora ainda quisesse vingar meu pai, começava a me perguntar se valia a pena destruir tantas vidas por causa dessa vingança. Olhei para os outros ao redor da mesa e procurei, paciente, esperar para ver qual era o drama do dia.

— Cathy, por favor, entregue o arquivo para a Srta. Canyon.

A mulher morena sentada à minha frente selecionou uma pasta e a deslizou na minha direção. Eu a abri e meus olhos quase saltaram das órbitas. Aquela era a papelada legal do acordo com a Northbrook. Olhei para Mr. Thursday.

— Algum problema?

— Para que esta reunião seja breve e mantenhamos o foco, vou fazer um resumo rápido para você — Mr. Thursday se levantou e não pude deixar de conferir o material quando se virou para a janela.

Ele colocou as mãos nos quadris, levantando a parte de trás do paletó, o que me proporcionou uma bela vista de seu traseiro bem formado e musculoso. O cabelo loiro estava bem aparado na nuca e ao redor das orelhas, curto no topo e muito bem cuidado. Apostei que até as unhas eram feitas por manicure. Inspirei fundo. Esses últimos dias tinham sido extraordinários no "departamento" visual masculino.

Quando ele se virou novamente para nós, conferi suas mãos. Isso mesmo. Ou ele era muito bom em fazer as próprias unhas ou alguém as fazia para ele. Elas até possuíam um brilho discreto. Observando as suas mãos, admirei os dedos longos, abertos sobre os quadris e chamando minha atenção para a frente da calça, no lugar onde eu não deveria olhar. Ainda bem que não havia nenhum volume significativo para me entusiasmar ainda mais. Baixei os olhos. Embora ele fosse um magnífico espécime masculino, só serviu para me lembrar de Mr. Monday, o que me fez sentir outra pontada no coração quando me perguntei por que ele não tinha aparecido.

— Fiquei impressionado com a negociação que você conduziu com a Northbrook, na terça-feira — ele disse, voltando para sua cadeira à mesa. — Nós registramos os documentos e incluí uma cláusula a respeito do funcionamento do microchip.

— Algum problema? — perguntei. — Nós entramos na negociação sabendo que a eficiência do chip ainda não estava comprovada. — Uma sensação nauseante de que eu pudesse ter pisado na bola começou a crescer em mim.

Ele fez um gesto de pouco caso, afastando minha preocupação.

— Não, nada relacionado à Northbrook. Veja o documento seguinte.

Virei as páginas grampeadas da Northbrook. Eu não fazia ideia do que esperar. Havia descrições de duas organizações distintas. Curiosa, li os documentos rapidamente. Parecia que se tratava de uma opção para comprar uma de duas empresas. Verifiquei os nomes. Encontrar ali o Clube de Campo de Rockwood me espantou. Sorri.

— O que está achando engraçado, Srta. Canyon? — Mr. Thursday perguntou e olhei para ele. O sorriso sumiu do meu rosto diante da expressão séria dele.

— O Clube de Campo de Rockwood é um local fabuloso. Adorei o lugar, e ver que a Diamond quer, finalmente, comprá-lo, é ótimo.

— O que você quer dizer com “finalmente”?

— Bem, me disseram na terça-feira que, algum tempo atrás, o clube tinha sido colocado na lista da Diamond de aquisições potenciais de empreendimentos e terrenos. Só que nunca aconteceu — encolhi os ombros. — Talvez agora aconteça.

— De fato — ele apontou para a pasta. — Agora veja o outro documento.

Virei as folhas e franzi a testa. Era uma empresa da qual nunca tinha ouvido falar.

— Quem são? — passei os olhos pelas páginas, procurando uma descrição da atuação dela.

— Uma fornecedora de fibra óptica.

— Mesmo? E qual é o motivo para considerar a aquisição?

Um homem à esquerda de Cathy falou, e olhei para ele.

— Com a compra da Northbrook, ter nosso próprio fornecedor de fibra óptica irá reduzir, de modo significativo, nossos custos de materiais e mão de obra.

— Faz sentido — concordei. — E imagino que você tenha uma missão para mim. — Olhei para Mr. Thursday.

Ele sorriu pela primeira vez e fiquei encantada. Cheguei muito perto de lhe dizer que deveria rir com mais frequência.

— Tenho, sim. Você conquistou certa reputação por saber encontrar informações. Nós precisamos saber tudo o que existe a respeito destas duas empresas para que possamos tomar a decisão certa.

— É a minha especialidade. Mas o que quer dizer com "conquistou certa reputação"?

— Isso mesmo — ele levantou um ombro. — Você impressionou a empresa nos últimos dias e nós precisamos das suas habilidades.

— Mas você tem um exército — apontei para trás com o polegar.

— Pode ser... mas este trabalho combina melhor com você — ele colocou os dedos sobre seu telefone celular, que descansava sobre a mesa, então o puxou para si e consultou a hora. — Você tem até o fim do dia, quando vamos nos reunir novamente.

*Um dia!* Para fazer uma pesquisa detalhada sobre duas organizações diferentes? Era impossível! Mas eu não iria dizer isso.

— Muito bem, então. Você tem um escritório com computador que eu possa usar?

Mr. Thursday pegou o telefone, algumas pastas e se levantou.

— Venha comigo.

Eu o segui e nós saímos da sala de reuniões, voltando para aquele ninho de agitação, e seguimos pelo corredor, parando diante do escritório do homem com um milhão de caixas.

Mr. Thursday parou na entrada e me aproximei dele, para poder espiar pela porta. O homem ergueu o rosto. Ele pareceu não gostar da interrupção.

— George, gostaria que você conhecesse Tess Canyon. Ela vai trabalhar conosco hoje, no escritório à frente do seu. Tess, se você tiver alguma dúvida, George está aqui para isso.

Eu o encarei e procurei não me sentir intimidada com sua expressão irritada.

— Oi, George. É um prazer conhecê-lo.

Ele empurrou para trás o cabelo revolto, estilo Einstein, e apertou os olhos, como se pudesse enxergar dentro de mim. Engoli em seco e fiquei firme, ainda que aquele homem quase me fizesse tremer. Ele parecia ser muito severo.

— Tess, é um prazer conhecer você. Se precisar de algo, ou tiver alguma dúvida, é só aparecer — sua voz era agradável, o oposto de seus modos.

Fiquei surpresa. Não esperava que ele fosse tão cordial. Estava imaginando que sua disposição fosse tão bruta quanto sua aparência sugeria, mas aquela personalidade ranzinza parecia desaparecer quando ele falava. Relaxei e soltei um suspiro suave.

— Obrigada, George. Agradeço a oferta, mas vou tentar não incomodar.

— Não tem nenhum problema. Como eu disse, é só aparecer quando precisar. Tenho uma ótima memória — ele sorriu, franzindo a ponte do nariz.

George voltou a atenção para o trabalho e recuei quando Mr. Thursday deu meia-volta e indicou o escritório em frente. Entrei e não fiquei surpresa quando constatei que o espaço era tão árido quanto o escritório onde tinha trabalhado no dia anterior.

— Muito bem — disse Mr. Thursday. — Você está acomodada. Depois venho ver como está.

Senti a pressão do tempo desabar sobre meu peito como o peso de um elefante.

— Ótimo! Vejo você mais tarde — peguei os arquivos que ele tinha deixado sobre a mesa à minha frente e abri o primeiro enquanto girava a cadeira para ligar o computador. Entrei no sistema, já me sentindo à vontade.

Meu cérebro estava a mil por hora enquanto eu abria algumas janelas. Gostei dos dois monitores naquele escritório. Mergulhei na minha rotina habitual de pesquisa, encontrando bocados de informações úteis em meio ao lixo da internet, e então minha cabeça começou a viajar enquanto pensava em Mr. Thursday. Ele era claramente um dos principais advogados da Diamond, se não o diretor jurídico, então pensei em extrair algumas informações dele.

Todos aqueles homens me atraíram de alguma forma, e havia certa química com Mr. Thursday, embora ele não fosse nenhum Mr. Monday. Sua boa aparência era ofuscada pelo seu jeito brusco.

Era o tipo de sujeito que não perdia tempo para fazer o trabalho. Achei que ele era um pouco parecido com o ator Benedict Cumberbatch, de um modo sexy, desgrenhado. Lembrei de um GIF que vi no Facebook, que o ator postou no Dia Internacional do Beijo. Foi um dos GIFs mais sensuais que já vi e pensar naquilo me excitou. Assisti àquele vídeo inúmeras vezes, desejando ser a garota que ele beijava deliciosamente. Imaginei o rosto de Mr. Thursday no lugar do de Benedict, mas ele logo se transformou no Mr. Monday. Suspirei, apoiando o queixo na mão e repassei a cena na minha cabeça outra vez. Fui despertada do meu devaneio por um grupo de pessoas que passou à porta do meu escritório, discutindo alto.

*De volta ao trabalho.*

Depois que consegui um esboço dos pontos iniciais da minha pesquisa, reli os arquivos com mais atenção. Queria compreendê-los por completo. Linguagem jurídica não era meu forte, mas fui capaz de entender a maior parte daquilo. Fiz algumas anotações em um bloco de papel, concentrando-me mais na empresa de fibra óptica do que no clube de campo. Mr. Tuesday não me falou nada a respeito quando fomos até o clube, então eu não fazia ideia se o lugar já tinha sido pesquisado, mas de qualquer modo, cumpriria o meu dever.

Havia uma questão na KevOptics que me saltou aos olhos. Poderia ter passado despercebido, mas eu notei. O nome do proprietário parecia astuciosamente muito bem escondido, e foi apenas por sorte em uma pesquisa que o encontrei. Quando pesquisei o nome Kevin Lyle, não apareceu muita coisa. Mas o interessante foi que o site da Diamond apareceu no alto da lista de resultados. Será que existia alguma ligação entre Kevin e a Diamond? Seria ele um ex-funcionário?

Aquilo me intrigou. Fiquei imaginando os motivos de sua saída, o modo como saiu, e se haveria algum motivo maior por trás daquela transação. Será que Kevin Lyle estava tentando armar alguma coisa? Minha curiosidade natural precisava ser saciada, e eu sabia muito bem com quem precisava falar. Recolhi meus papéis, colocando-os de volta em uma das pastas, fechei-a e coloquei-a na minha cadeira, para que ninguém mexesse na ordem das páginas. Verifiquei se ainda estava com o cartão de acesso do dia anterior, porque precisava ir falar com Carol.

Dentro do elevador, inseri o cartão e apertei o botão do andar de Recursos Humanos. Soltei um suspiro de alívio. Eu estava certa em pensar que o cartão anterior ainda funcionaria. Desci até o RH, sem me sentir deslocada dessa vez. Depois que passei pela porta, corri os olhos pelo lugar, procurando pela Carol. Caminhei em meio às mesas até encontrá-la. Ela tinha seu próprio escritório – um dos bons, com uma vista maravilhosa. Percebi então que ela devia ter um cargo de gerência.

— Com licença — eu disse, tamborilando os dedos no batente da porta. Ela ergueu os olhos e pareceu feliz de verdade por me ver.

— Tess! Que surpresa boa.

— Oi, Carol. Espero que você não se incomode por eu aparecer assim?

— É claro que não. O que você está fazendo aqui? — ela sinalizou para eu me aproximar e entrei no escritório.

— Eu preciso de um instante do seu tempo, se você puder?

Olhei ao redor para ver se havia alguém por perto que pudesse nos escutar. O que eu estava para pedir que Carol fizesse violaria as normas da empresa. Fechando a porta com um estalido firme, sentei-me na cadeira à frente de sua mesa.

— Oh, parece que você está em uma missão — ela disse, arregalando os olhos.

— Mais ou menos. Preciso de um favor.

Carol se recostou na cadeira, brincando, distraída, com uma caneta.

— Como eu posso lhe ajudar?

— Bem... passaram uma tarefa para mim e, durante minha pesquisa, topei com algo estranho, e pensei que você talvez pudesse me ajudar a esclarecer — me inclinei na direção dela. — Você tem acesso aos registros de ex-funcionários, não tem?

— É claro — ela indicou o computador com a ponta da caneta.

— Ótimo! Estou procurando informações sobre um antigo empregado chamado Kevin Lyle. O nome lhe diz alguma coisa? Você pode me ajudar?

Carol ficou me olhando, pensativa, tamborilando a caneta na mesa, antes de largá-la e alongar os dedos.

— Kevin Lyle — ela repetiu o nome. — Não me lembro do nome, mas ainda assim, meu cérebro parece estar tentando me dizer algo. Só me dê um minuto — ela se voltou para o computador e seus dedos começaram a voar sobre o teclado. Depois de alguns minutos, ela disse: — Curioso.

Se eu me inclinasse mais para frente, acabaria deitada sobre a mesa dela.

— O que foi?

— Não existe nenhum Kevin Lyle relacionado como empregado. Mas um *Robert* Lyle trabalhou para nós.

— Você tem mais algum detalhe? Qual era o cargo dele? Por que saiu? Foi demitido?

— Opa! Opa! — Carol exclamou, rindo. — Você está fazendo mais perguntas do que consigo responder. Segure a onda e espere um instante — ela ficou séria e me deu um olhar muito firme. — Você sabe que isso que está me pedindo é uma violação de confidencialidade. Se eu for pega, posso perder o emprego por causa disso.

Me mexi na cadeira. Carol estava arriscando tudo por mim, uma estranha, mas eu precisava acreditar que poderia protegê-la se fosse necessário. De qualquer forma, como CEO eu teria acesso a essas informações.

— Eu sei. Não lhe pediria se não fosse importante, para mim e para a Diamond. Seu nome nunca vai aparecer.

— Sabe, é difícil não confiar em você. Talvez seja tolice minha, mas você foi tão simpática com a Jenny, ontem, que acredito nas suas boas intenções.

Senti o coração crescer. Fazia muito tempo que ninguém dizia algo de bom para mim.

— Oh, obrigada. Você não sabe o quanto isso significa para mim.

Carol concordou com a cabeça e sorriu. Foi quase um sorriso materno, o que me deixou com saudade da minha mãe.

Ela se voltou para o computador e navegou no sistema.

— Tudo bem, parece que ele saiu há cerca de 10 anos. Era funcionário de Pesquisa e Desenvolvimento. Hum, não tem muita informação aqui. Vamos ver se consigo puxar a análise de desempenho.

Tentei não ficar ansiosa com o que ela estava para descobrir. Tudo na Diamond parecia estar debaixo de camadas e mais camadas. As coisas nunca eram diretas, mas pareciam um novelo de segredos e disfarces. Eu estava sendo puxada para essa confusão porque meu pai tinha sido acusado falsamente, e agora havia outro ex-empregado tentando esconder algo da empresa. Embora aquele processo seletivo me mantivesse ocupada demais para que eu pudesse encontrar os documentos de que precisava para minha vingança, sentia como se estivesse diante de um abismo, e apenas um passo à frente pudesse mudar tudo.

— Aqui está. A última avalição dele foi brilhante. O único ponto negativo foi que ele ultrapassou limites — Carol olhou para mim e levantou as sobrancelhas. — Algumas empresas considerariam isso algo positivo, inovador, dinâmico, além do que se espera. Mas não aqui na Diamond. Ou você se adequa, ou está fora. Meu palpite é que ele não se adequou e resolveu sair.

— Mas por quê? — pensei em voz alta. — Você acha que ele é o próprio Kevin Lyle, usando um nome diferente?

— Não sei. Não há nada que indique que se trate do mesmo homem — Carolyn se inclinou para frente e ficou concentrada enquanto teclava algo, a testa franzida. — Espere um pouco!

— O que foi? — Me endireitei, esperando alguma informação valiosa.

— Veja só isto — Carol disse. — Ele tinha um irmão como contato de emergência no cadastro da empresa. Um certo K. Lyle.

— Sério? — Me recostei e refleti a respeito. Carol ficou em silêncio, também. Então, olhei para ela. — Quais as chances de Kevin Lyle e K. Lyle serem a mesma pessoa?

— Bem, eu não sei o que a fez pensar que Kevin Lyle tivesse trabalhado para nós, mas parece razoável acreditar que ele e Robert tenham alguma ligação.

— Também acho. Você pode imprimir a ficha dele?

Carol suspirou, recostou-se de novo na cadeira e negou com a cabeça.

— Não. Não vou arriscar. Você sabe que eles podem rastrear impressões e e-mails. O sistema registra tudo. Aqui, pegue — ela me ofereceu um bloco de papel e uma caneta. — Vou ler a informação e você pode tomar nota.

— Tudo bem — peguei o bloco e o apoiei no joelho. — Pronto.

Durante os minutos seguintes, anotei freneticamente o que a Carol me dizia. A maior parte eram detalhes sem importância, mas havia algumas informações que eu poderia usar para fuçar mais fundo na internet. Muitas pessoas ficariam surpresas com o que se pode descobrir quando se dispõe do e-mail pessoal e da cidade de residência do seu alvo. Alguns minutos depois, arranquei as páginas com minhas anotações do bloco, recoloquei-o sobre a mesa dela, deixando a caneta por cima.

Com os dedos ágeis, ela saiu do programa e nós duas nos recostamos nas cadeiras, soltando um suspiro ao mesmo tempo. Eu me sentia uma conspiradora, e imaginei se ela compartilhava da mesma sensação. Eu esperava que ninguém descobrisse aquela pesquisa ilícita.

— Obrigada — eu disse.

— Não tem de quê. Fazia tempo que eu não me divertia assim. Mas lembre-se do que eu lhe disse — ela continuava sorrindo.

— Com certeza! Vou te proteger.

Ouvi um ruído e quase engoli minha língua quando vi Mr. Wednesday parado à porta do escritório.

— Tess, o que você está fazendo aqui?

Carol e eu demos um pulo, como se tivéssemos cometido o pecado mais vil, e olhei para ele. Torci para que o calor que sentia no rosto não se traduzisse em um rubor muito evidente. Meu coração disparou e fiquei preocupada que, se tentasse falar, começasse a gaguejar, parecendo uma boba. Eu continuava um pouco constrangida por causa do nosso beijo no elevador.

— Oh... oi! — Escondi as folhas dobradas debaixo da minha coxa. — Só vim visitar a Carol. Nós nos conhecemos ontem e, como eu tive um tempinho, resolvi descer para dizer um "olá". Como você está?

Ele ficou quieto e eu sabia muito bem o que se passava na cabeça dele. Nosso beijo, testemunhado por Mr. Monday, a observação sarcástica dele... Eu me senti desconfortável com a situação e me perguntei se teria lhe dado alguma esperança de termos algo mais. Eu esperava que não.

— Entendo — Ele estava sério e bastante formal. O comportamento sexy do dia anterior havia sumido, restando em seu lugar uma certa frieza. Eu o tinha magoado e me sentia péssima. — Pensei que não a encontraria neste andar hoje.

Então todos aqueles homens sabiam o que eu fazia a cada dia. Olhei para Carol e sorri.

— Foi bom conversar com você. Acho que agora é melhor voltar para o escritório em que estou alocada hoje — Me levantei e amassei os papéis na mão.

Ela pareceu compreender que eu estava lhe passando uma mensagem. Seu rosto permaneceu impassível e ela parecia tão profissional quanto Mr. Wednesday.

— Obrigada por vir me visitar. Precisamos nos reencontrar para tomar um desses cappuccinos que você faz tão bem.

— Combinado. Quando quiser — Me levantei e fui até a porta.

Mr. Wednesday bloqueava a passagem, não sei se intencionalmente ou não, mas a proximidade dele me excitou um pouco. Levantei a mão e toquei meus lábios – os mesmos lábios que ele tinha beijado há menos de vinte e quatro horas. Na verdade, não era o seu beijo que eu queria. Me sentia incomodada perto dele, mas esperava que o beijo não repercutisse por muito tempo. Enquanto passava por ele, olhei-o com um sorriso vago.

— Acho que vou ver você depois.

Ele olhou para mim e concordou.

— Sim, provavelmente.

Andei rápido até o elevador. Pensei no que ele disse enquanto voltava para o departamento jurídico. Ele quis dizer algo com aquele comentário? Um arrepio desceu pela minha coluna. Havia algo que ele sabia e eu não? Era bem provável, e não chegava a ser uma surpresa, porque todo mundo sabia mais do que eu.

Todos os pensamentos que rodopiavam na minha cabeça abafaram o restante das minhas emoções. Eu estava no nível mais alto de alerta para qualquer coisa que pudesse dar errado. Já estava quase achando que tudo aquilo era uma conspiração. Precisava me controlar e parar de enxergar significados em palavras que, provavelmente, não deveriam me preocupar. É claro que ele me veria depois. Mr. Wednesday era o diretor de RH e eu participava de um processo que duraria a semana toda.

Quando a porta do elevador se abriu, afastei todos os pensamentos confusos. Eu tinha um trabalho a fazer e precisava me concentrar nele. Todos os meus planos dependiam disso. De volta ao meu escritório temporário, fechei a porta e abri as páginas com minhas anotações. Alisei o papel com cuidado enquanto me concentrava em organizar as informações.

Estava convencida de que existia uma relação entre Robert e Kevin Lyle. Como dispunha de mais informações sobre Robert, fiz outra busca e encontrei seu obituário. A notícia não indicava a causa da morte, mas pedia que, em vez de enviar flores, as pessoas fizessem doações a uma instituição relacionada ao tratamento de câncer. Alguns cliques depois, encontrei uma página dedicada a ele.

Robert foi um engenheiro elétrico, formado pelo MIT. Pelo que pude descobrir, antes de falecer, ele desenvolveu um tipo de fibra para comunicação. Fiquei impressionada. Aquele homem não tinha nada de negligente. Será que ele saiu da Diamond por escolha própria quando descobriu que estava doente, ou a empresa o teria forçado a sair?

Decidi pesquisar a formação do Kevin, para ver se era parecida com a do Robert, mas descobri que ele tinha feito faculdade de artes. Não havia nada em sua história que sugerisse familiaridade com tecnologia ou administração. Então como ele estava à frente da KevOptics? Como ele podia comandar a empresa e vender fibra óptica se não sabia nada a respeito do produto? Talvez Kevin tivesse sido treinado pelo irmão antes que este morresse, mas isso parecia um pouco forçado.

Então procurei informações sobre relações da companhia com investidores. Não encontrei nada importante, porque a empresa era de capital fechado. Tudo o que consegui foram informações limitadas, disponíveis no site da KevOptics, confirmando que Kevin era o CEO, e havia um parágrafo curto sobre a história da empresa que não dizia nada; nenhuma menção a Robert. Meu instinto me dizia que havia algo ali.

Onde estavam as informações de vendas? Os depoimentos de clientes satisfeitos? Por que não havia entrevistas com Kevin, nem matérias sobre a empresa em revistas de negócios? Eu precisava de algo para verificar se a KevOptics era uma empresa legítima – ou não. Estava na hora de ultrapassar alguns limites da minha pesquisa.

Depois de algum tempo, me recostei e exalei, convicta de que a KevOptics não existia de verdade. Seguindo um palpite, fiz uma busca nos registros jurídicos, imaginando que se Robert tivesse sido dispensado por causa do câncer, a empresa teria primeiro consultado o departamento jurídico. Descobri que ele não tinha sido demitido, mas colocado em uma licença estendida, com salário reduzido, depois de esgotar sua licença por doença. Se ele tivesse se recuperado, poderia ter voltado ao trabalho, mas na verdade ficou desempregado, pagando do bolso boa parte do custo de seu seguro saúde. Com isso e as contas médicas, Robert esgotou suas economias. A única coisa de valor que ele tinha para deixar para o irmão era a patente de um novo tipo de cabo de fibra óptica.

Kevin tinha basicamente construído uma empresa de fachada ao redor da patente, apostando que a Diamond investigaria a tecnologia sem se importar muito com a empresa. Concluí que ele deve ter pensado que conseguiria mais dinheiro por uma empresa do que apenas pela patente. A transação era uma farsa. Kevin queria dinheiro e se vingar pelo irmão. Fiquei em pé num pulo, alarmada, o que projetou a cadeira contra a parede, e o barulho trouxe George até minha porta.

— O que aconteceu? — Ele parecia preocupado e olhei-o sem saber o quanto poderia lhe contar. Então decidi amenizar a situação.

— Ah, nada. Só tropecei na cadeira quando me levantei — Fiz um gesto de pouco caso com a mão e soltei uma risadinha, esperando que não parecesse muito falsa.

— Tem certeza? — ele insistiu, e respondi com um grande sorriso. Eu não podia dizer para ele que tinha descoberto alguém tramando um plano de vingança contra a Diamond. George ficou me encarando, como se tentasse ler meus pensamentos. Me concentrei em ajeitar a cadeira enquanto tentava organizar meus pensamentos.

— Sim, com certeza. Está tudo bem. Obrigada por se preocupar comigo — consultei o relógio e me sentei de novo. — Desculpe, mas preciso mesmo terminar isto.

Ele concordou com a cabeça e atravessou o corredor de volta ao seu escritório caótico. Voltei minha atenção para aquele dilema. O que eu deveria fazer? Poderia dizer ao Mr. Thursday que a única coisa de valor na KevOptics era a patente e que a Diamond devia retirar ou reformular sua oferta inicial. Poderia não dizer nada e recomendar o clube de campo como melhor opção. Ou... poderia não dizer nada e recomendar a KevOptics, deixando que Kevin conseguisse sua vingança, pois também queria muito me vingar.

Mas quais seriam as consequências? O que aconteceria depois que a aquisição se concretizasse e a Diamond descobrisse ter pago um preço exorbitante por uma patente? Demoraria anos para a empresa recuperar o dinheiro, isso *se* recuperasse. Ainda assim, a Diamond era uma empresa tão imensa que aquela quantia seria uma gota no oceano deles. E quanto ao Mr. Thursday? Ele teria problemas por não ter descoberto que a transação era fraudulenta?

Uma parte de mim – uma grande parte – queria ajudar Kevin. A Diamond tinha abandonado Robert no momento em que ele mais precisava, do mesmo modo que traiu meu pai. Minha outra parte, contudo, sabia que isso era errado. Meu plano de divulgar na imprensa os relatórios de gastos dos executivos poderia ser considerado roubo de informações privadas, mas eu não estaria me beneficiando pessoalmente. Kevin levaria milhões de dólares com sua vingança.

Eu continuava me debatendo com meu dilema moral quando uma voz me assustou.

— Então, como está indo? — Mr. Thursday estava parado na entrada do escritório, uma mão no batente, o corpo projetado ligeiramente para dentro.

— Muito bem — Senti uma urgência de soltar tudo que eu sabia e mal consegui me controlar.

Consultei o relógio. Nossa, não fazia ideia de que o tempo tinha voado daquela forma.

— Sim, estamos quase no fim do dia. Você quer saber o que eu descobri?

— No devido tempo. Você está com fome? — ele perguntou.

Dei um sorriso e inclinei a cabeça para o lado, sedutora. Tudo para não deixar que ele percebesse o fato de eu não saber o que iria fazer com as informações que tinha descoberto.

— Você está me convidando para um almoço atrasado?

Ele deu um sorriso contido.

— Estou. Se você quiser encarar dessa forma. Estou convidando você para almoçar.

Eu me levantei e alisei a parte de cima da minha calça. Nada como almoçar com um cara gostoso para evitar que a cabeça exploda por causa de um dilema ético. Fiquei feliz por ter conseguido não dizer nada, porque minhas palavras não teriam soado bem. Ele era um homem do tipo determinado.

— Onde? Continua chovendo? — perguntei.

— Vamos lá. Eu gosto de sair do escritório para almoçar.

Isso me surpreendeu. Ele parecia ser um homem dedicado à empresa, e eu pensei que ele ficasse enfiado no escritório o dia inteiro.

— Oh, tudo bem. Vou pegar meu casaco e as botas. O mundo estava desabando da última vez que eu vi.

— O sol apareceu, mas a previsão do tempo diz que vamos ter mais chuva. Ajudou a diminuir o calor, então se sairmos agora, vamos voltar antes que chova de novo.

— Minha mãe sempre ficava de olho no tempo. Ela sempre nos alertava, para que estivéssemos preparados.

— Não é ruim saber o que a Mãe Natureza está aprontando. Acredite em mim — ele me encarou e eu fiquei curiosa, porque parecia haver alguma história por trás daquelas palavras.

— Por que? Você já pegou alguma tempestade muito ruim?

Eu vi uma certa tensão em seu maxilar.

— Podemos dizer que sim — Mas ele não disse mais nada e me fez sair do escritório.

— O que aconteceu? — perguntei quando estávamos no elevador.

— Cresci na Flórida. Furacões gostam de aparecer por lá.

— Ah, sim — Olhei para ele com o canto do olho. Eu estava morrendo de vontade de fazer mais perguntas, mas achei melhor não.

— O que há com o George? O escritório dele é uma loucura. Isso não pode ser seguro, nem saudável. E se acontecer um incêndio? Aquilo é um ninho de ratos.

Ele olhou para mim, despreocupado, e percebi que embora fosse bonito, Mr. Thursday não era meu tipo. Mr. Monday nunca fez com que me sentisse mal por fazer perguntas.

— Ele é o advogado mais antigo da nossa equipe. Está na empresa desde que inventaram a terra — Sorri com o comentário; não pensei que ele tivesse senso de humor. — Ele adora uma teoria da conspiração e *não confia em ninguém*. Então não aceita colocar nada no arquivo da empresa. Todos os documentos antigos dele continuam em seu escritório, que ele deixa mais trancado que um cofre quando vai embora.

— Que homem esquisito — comentei. — Isso é interessante.

Será que aquele desastre em forma de escritório podia conter alguma documentação do meu pai? E se tivesse, como eu encontraria?

Além do mais, se George era tão desconfiado quanto Mr. Thursday dizia, não seria fácil conseguir xeretar lá.

— Não seria bom ele digitalizar todos aqueles documentos para guardar em algum lugar fora daqui? Por motivos de segurança, no caso de haver um incêndio?

A porta do elevador se abriu e Mr. Thursday ficou de lado, segurando-a para eu poder passar.

— Demorou um pouco para que ele concordasse com arquivamento digital. Depois que nós o convencemos de que era necessário, ele começou a digitalizar os papéis em seu tempo livre e, às vezes, ele deixa pessoas em quem confia. Tem sido um processo demorado, e ele já chegou à metade do caminho. Sua aposentadoria está marcada para o ano que vem, então vamos conseguir finalmente terminar, picotar todos esses papéis sem que ele fique agindo como uma galinha cuidando dos pintinhos.

Sentia a presença de Mr. Thursday enquanto ele andava atrás de mim. Qualquer atração inicial que tive por ele havia desaparecido e, na verdade, não tinha sido tão forte desde o início. Mr. Monday surgiu na minha cabeça novamente. O que teria acontecido com ele? O fato de nem mesmo saber seu nome verdadeiro significava que eu não podia perguntar a respeito dele para ninguém. Então fiquei naquele limbo e preocupação, desesperada para saber por que ele não tinha aparecido pela manhã.

Imaginei aonde Mr. Thursday estava me levando para almoçar. Havia restaurantes e lanchonetes por toda a cidade de Nova York.

— O que nós vamos comer? — perguntei quando percebi que estava faminta.

— Minha comida favorita.

— Que é?

— Cachorro-quente.

Ri alto.

— Sério? Cachorro-quente?

Ele me deu o sorriso mais sincero desde que o vi pela primeira vez naquela manhã.

— Sério! Tem um carrinho de cachorro-quente ótimo virando a esquina.

Eu não sabia dizer se estava decepcionada ou não por ter que comer um cachorro-quente de rua.

— Faz muito tempo que eu não como um desses — falei.

Procurei Stanley com os olhos quando passamos pelo balcão da segurança, mas ele não estava lá. Havia outro homem em seu lugar e não fiquei surpresa por esse também ser muito musculoso e impressionante. Saímos do prédio e caminhamos na rua. O dia estava mais fresco, com nuvens bloqueando o sol implacável de verão, mas continuava muito úmido.

— Pensei que você tinha dito que havia sol — provoquei Mr. Thursday, antes de admitir — Gosto de dias assim, nublados, com um pouco de mormaço — A única desvantagem de estar na cidade era o cheiro persistente de lixo molhado e esgoto quente. Eu preferiria estar no clube de campo.

— Estava sol da última vez que olhei.

Olhei por entre os arranha-céus.

— Não consigo ver nenhum sinal do sol. Minha mãe costumava dizer que se houvesse céu azul suficiente para remendar a calça de um marinheiro, o dia seria bonito — olhei para ele e sorri. — Ela é inglesa.

— Bem, acho que os marinheiros hoje vão ter que se conformar com os furos nas calças — Ele devolveu o sorriso.

Mr. Thursday tocou meu cotovelo e me conduziu em meio à multidão na rua. Era como se todo mundo tivesse saído dos prédios assim que a chuva parou. As ruas estavam lotadas. Era gentil da parte dele me levar para almoçar, ainda que fosse apenas um cachorro-quente, mas não consegui evitar de desejar que, em vez dele, eu estivesse acompanhada de Mr. Monday.

Havia uma fila no carrinho de cachorro-quente, mas não liguei. Era bom estar ao ar livre, acompanhada de um homem atraente. Notei os olhares das outras mulheres, que davam aquela conferida nele e depois praticamente me fuzilavam com o olhar. Elas pensavam que nós éramos um casal. Isso não me incomodava, mas elas nem sabiam que o homem que estava conquistando meu coração era ainda mais bonito que Mr. Thursday.

— Então, diga-me, o que você descobriu? Me faça um resumo.

Era isso. Tinha que tomar uma decisão naquele instante: ficaria do lado da Diamond e os avisaria, ou ajudaria Kevin a conseguir sua vingança? No fim, eu fiz o que acreditei ser o correto.

— Bem, descobri uma informação muito interessante. Então minha recomendação é tomar muito cuidado com a KevOptics.

Ele me olhou firme e levantou as sobrancelhas.

— Mesmo? Por que você diz isso?

— Acredito que a empresa não é o que parece ser.

Chegamos ao primeiro lugar da fila e ele fez nosso pedido sem perguntar o que eu queria. Enquanto ele pegava dinheiro no bolso, pedi discretamente ao vendedor que pusesse cebola no meu cachorro-quente e me desse uma garrafa de limonada. Mr. Monday faria questão de que eu comesse exatamente o que quisesse. Observei Mr. Thursday tirar uma nota de vinte de um bolo de dinheiro e entregá-la ao vendedor.

Ele sacudiu a cabeça quando o homem lhe ofereceu o troco e pegou os cachorros-quentes, entregando-me o meu. Acrescentei um pouco de ketchup e mostarda, equilibrando o sanduíche e a garrafa de limonada. O cachorro-quente transbordava, enquanto ele acrescentava todos os acompanhamentos possíveis.

Dei uma mordida e fechei os olhos, saboreando-o.

— Com certeza não existe nada como um cachorro-quente de rua — disse, depois que mastiguei e engoli.

— É mesmo! — ele respondeu, depois deu uma mordida no dele. Ele levantou o sanduíche e fez um sinal de aprovação com a cabeça.

— Uma delícia! — Também levantei o meu e fizemos um "brinde" com nosso almoço. Estava esperando mais perguntas sobre a minha pesquisa, mas torcendo para que ele não o fizesse. Decidi que comer o cachorro-quente era o melhor a fazer.

O fato de estarmos comendo um lanche na rua e não almoçando em um restaurante chique, mais o fato de ele ter dado uma bela gorjeta ao vendedor, me revelou um pouco mais sobre ele. Eu estava acostumada com advogados sempre preocupados em ter melhor, exibindo seus símbolos de status. Mr. Thursday estava com um terno bem caro, sob medida, mas consegui imaginá-lo usando uma roupa casual, de pés descalços, relaxando em um calçadão a beira-mar com uma cerveja na mão.

Comemos nossos sanduíches em silêncio. Ele terminou muito antes do que eu, secou sua lata de refrigerante e colocou o lixo nas reciclagens adequadas. Isso também me disse muito.

— Termine logo para nós podermos voltar. Quero ouvir o que você descobriu.

Agora ele estava me apressando. De propósito, fiz questão de mastigar bem devagar o último pedaço do meu cachorro-quente, e então fui devagar até as latas para jogar o lixo, tomando até a última gota de limonada. Depois de limpar meu rosto delicadamente com um guardanapo, também o joguei fora e voltei para perto de Mr. Thursday.

— Ainda tenho algumas horas de prazo. Embora esteja segura quanto à minha avaliação da KevOptics, preciso pesquisar sobre o clube de campo. — Ele colocou a mão na minha lombar e me conduziu em meio à multidão de pedestres. Pouco antes de chegarmos à entrada coberta de carros, a chuva voltou a cair e nós corremos o trecho que faltava. Eu ri e ele me acompanhou.

— Parece até que nós cronometramos — eu disse. Trovões ecoaram e raios cortaram o céu enquanto corríamos para dentro do saguão. Stanley ainda não tinha voltado e franzi a testa. Não pude deixar de pensar que a ausência dele e a de Mr. Monday estavam relacionadas. Pensei nisso enquanto subíamos. O telefone de Mr. Thursday soltou um bipe quando entramos no elevador e ele ficou entretido com a mensagem que haviam lhe enviado. Fazia séculos que eu não verificava meu celular, então o peguei e fiquei contente de ver uma mensagem da minha mãe.

*Está tudo bem por aqui. Como você está, querida? Bjs*

Eu digitei: *Tudo ótimo. Ligo para você na semana que vem. Bjs*

Eu não queria explicar para ela por que tinha me demitido do meu emprego anterior para participar de um processo seletivo maluco para um cargo de CEO e assim realizar uma vingança que eu já não sabia se queria levar adiante. Achei que minha mãe não iria entender.

Trouxe meus pensamentos de volta para o presente e minhas preocupações com a KevOptics.

— Quais são suas ressalvas em relação à empresa? — ele me perguntou. — Porque eu também tenho algumas.

Aquilo era interessante. Talvez o que ele tivesse para dizer pudesse me levar em outra direção.

— Você não quer dizer primeiro quais as *suas*? Isso pode me ajudar na minha pesquisa.

— Bem, a oportunidade pareceu ter vindo do nada, e não sei bem como nossa equipe de aquisições descobriu essa empresa. Isso é o que me preocupa.

— *Isso* é mesmo estranho — concordei. — Você tem alguma preferência entre as duas empresas?

Saímos do elevador e ele olhou para mim. Ele tinha uma presença marcante e dominava a recepção. Nem olhei para a mulher atrás do balcão, pois fiquei presa à aura de poder dele. A imagem do homem descontraído mastigando um cachorro-quente tinha desaparecido, dando lugar ao homem formidável que me fez sentir intimidada logo que cheguei, pela manhã. Só que agora havia uma diferença sutil que eu não conseguia dizer bem o que era.

— Pessoalmente, não me importa qual empresa a Diamond vai comprar. Essa não é minha área. Me preocupo mais é com as ações legais que possamos estar nos expondo com qualquer uma das compras.

— Entendo. Bem, como você deve saber, não sou advogada nem perita em finanças. Sou basicamente uma bibliotecária e pesquisadora. Então o que posso fazer é conseguir informações que você pode transmitir para a equipe de aquisições.

As próximas palavras dele colocaram o peso do mundo sobre os meus ombros:

— Você entende que nós estamos esperando que *você* tome a decisão — Aquilo não foi uma pergunta, mas uma afirmação. — Por meio da pesquisa e das informações que encontrar, é *você* quem vai recomendar a empresa certa para a Diamond comprar.

Inspirei fundo. *Que tal um pouco de pressão?*

Nós nos separamos em frente ao meu escritório temporário e voltei para a minha cadeira, sabendo que só dispunha de mais um pouco de tempo para concluir o trabalho.

Eu tinha tudo o que precisava sobre a KevOptics, então voltei minha atenção para o clube de campo. Não haveria nenhuma surpresa ali, então preparei meu relatório e consultei o relógio. Eu estava pronta.

— Srta. Canyon? — Uma mulher que eu ainda não conhecia estava parada à minha porta.

— Pois não?

— Se puder vir comigo, por favor — Ela se virou antes que eu pudesse fazer qualquer pergunta, então peguei às pressas meu relatório e a segui. Entramos por outra porta em um ambiente muito requintado do departamento jurídico, bem diferente de todo o resto.

Ela parou diante de uma porta aberta e eu olhei para dentro. Mr. Thursday estava sentado atrás de uma grande mesa.

— Vamos conversar aqui — foi tudo que ele disse.

O escritório dele era muito mais opulento do que os dos outros homens que conheci. Era de se esperar.

Me sentei em uma poltrona de couro cor de creme.

— Gostei dos móveis — disse, enquanto ele dava a volta na mesa e se sentava na poltrona ao meu lado.

— Conte-me tudo — ele disse. Esse era o mais brusco e direto dos homens que eu tinha conhecido até então. Este Sr. *Dia-da-Semana* ficaria com o prêmio.

— Resumindo? Desista da KevOptics e compre o clube de campo — Ele também queria que eu fosse direta, então não fazia sentido ficar enrolando.

Tive que segurar um sorriso diante da minha sensação perversa de satisfação ao ver a expressão chocada no rosto de Mr. Thursday.

Imagino que ele esperava que eu hesitasse um pouco. Foi a emoção mais forte que percebi nele em todo o dia. Gostei do fato de que fui capaz de extrair isso dele, pois agora sabia que ele possuía sentimentos enterrados. Quão fundo estariam escondidos?

— Então, nada de empresa de fibra óptica? Você poderia explicar melhor?

— Adoraria! — Entreguei a pasta, e ele a abriu, levantando as sobrancelhas ao ver os papéis ali contidos. É claro que meu relatório estava muito bem organizado e, com a página de sumário na frente, ele não teria dificuldade para encontrar qualquer informação que quisesse. Ele me olhou e fez uma expressão de aprovação. Deduzi que estava impressionado com meu trabalho. Eu havia aprendido a organizar informações legais em minhas pesquisas, e embora não fizesse isso com regularidade, a experiência me foi útil nesse teste.

Ficamos em silêncio por alguns minutos enquanto ele examinava o arquivo, virando as páginas, meneando a cabeça, levantando as sobrancelhas, dando olhadelas para mim. Finalmente, ele fechou a pasta, se levantou e deu a volta na mesa para se sentar em sua cadeira. A mesa era de carvalho escuro com uma borda de couro. Tudo muito impressionante. Era óbvio que não se economizava no escritório dele. Dava até para reconhecer os quadros nas paredes; eram de artistas bem conhecidos.

— Muito bem, baseado em sua pesquisa, você está afirmando que a KevOptics está tentando nos enganar.

— Sim. O dono da KevOptics, Kevin Lyle, tinha um irmão que trabalhava na Diamond, Robert Lyle. Robert teve câncer e a Diamond o colocou de licença estendida, com salário reduzido, efetivamente jogando-o para escanteio. Acredito que Kevin queira vingança.

Isso fisgou a atenção de Mr. Thursday.

— Vingança? Isso não é um pouco melodramático?

Dei de ombros.

— Kevin não é burro para anunciar nas mídias sociais que vai se vingar da Diamond, mas é uma suposição razoável. Sem o salário, Robert foi à falência e morreu logo depois. Kevin está usando a invenção do irmão como isca, mas não há nenhuma evidência de que esse cabo de fibra óptica funcione, ou mesmo exista.

— Tem razão... — Ele pegou uma caneta e observei seus dedos brincar com ela. Ele se recostou e a cadeira rangeu. — Não importa o que aconteceu com Robert, o fato é que o único valor da KevOptics está na patente, e esse é o único fato relevante neste momento.

— Concordo. — Cruzei as pernas e ele baixou os olhos para observar o movimento. Minha respiração falhou diante do seu interesse, mas quando Mr. Thursday me olhou nos olhos, não vi nenhuma emoção nova.

— Tudo bem com o clube de campo?

— Sim. Não encontrei nada preocupante. A frequência está um pouco baixa no restaurante e nas salas de reuniões, mas não é nada que não possa ser mudado. A loja de material esportivo e o campo de golfe trazem a maior parte dos lucros. Além disso, como o clube é o lugar preferido da Diamond para eventos beneficentes e corporativos, a empresa vai economizar dinheiro tornando-se a proprietária.

— Se nós formos adiante com a compra do clube de campo, você teria condições de fazer recomendações com relação ao orçamento?

Eu já tinha admitido que não era especialista em finanças, então, o que tinha a perder?

— Vou fazer o melhor possível. Estou certa de que não seria tão difícil — disse e esperei que meu nariz crescesse.

— Muito bem, então. Está decidido! — Ele ficou em pé e tive a impressão de que nossa reunião estava encerrada.

Ele bateu na pasta que jazia sobre a mesa com um de seus longos e elegantes dedos.

— Você se saiu bem. Estou satisfeito com sua pesquisa e relatório. Você foi bem minuciosa e seria ótimo se fizesse parte da nossa equipe.

— Obrigada — Me levantei e esperei pelo próximo passo.

Ele apertou um botão na mesa e a mulher que tinha me conduzido até ali reapareceu à porta. Mr. Thursday estendeu a pasta para ela.

— Por favor, entregue isso para a equipe de aquisições.

— Sim, senhor — ela disse e saiu.

Fiquei parada ali, me sentindo constrangida. *E agora?*

— Tem um carro para você no térreo.

— Um carro?

Será que Mr. Monday estava à minha espera? De repente, queria muito ir embora.

— Sim — ele me encarou e sustentei seu olhar. — Você se saiu bem. Vou escrever isso no meu relatório.

*Então eles estão fazendo relatórios a meu respeito. Faz sentido.*

— Obrigada — eu disse, endireitando o corpo. — Como passei em mais um teste, creio que chega por hoje.

Ele tinha baixado os olhos para a mesa, mas os levantou para mim.

— Claro. Foi bom conhecê-la, Tess. Tenho certeza de que vamos nos ver de novo. — Me senti dispensada.

Saí do escritório e voltei para o elevador. Eu não estava satisfeita com Mr. Thursday. Senti que ele me via como uma ferramenta que podia usar, e não como uma pessoa. Contudo, depois que entrei no elevador comecei a ficar empolgada ao pensar no meu dia. Eu tinha passado em mais um teste! Além disso, fiquei entusiasmada com a compra do clube de campo. Havia tantas possibilidades para usá-lo. Quando – *se* – eu me tornasse CEO, eu iria usá-lo bastante.

A pedra no sapato era meu plano de vingança. Achei que precisava contar para Mr. Thursday o plano de Kevin, mas o que aquilo significava em relação aos meus próprios planos? A vingança de Kevin custaria algum dinheiro à empresa, mas a minha teria um impacto severo nas ações, podendo levar a companhia a fazer demissões. Isso afetaria a vida das pessoas. Talvez fosse a hora de deixar de lado meu desejo de vingança e me concentrar no que eu poderia fazer de bom como CEO.

Enquanto descia, me perdi sonhando acordada, pensando em como poderia ser meu futuro. Mr. Monday desempenharia um papel de destaque.

Cheguei ao saguão e saí do elevador, olhando para o chão, perdida em pensamentos, sem prestar atenção para onde eu ia, e trombei em alguém.

— Oh! Sinto muito! — Um aroma conhecido me envolveu e estendi a mão para me segurar. Toquei em um peito musculoso e duro. Seria possível?

Olhei para cima e, claro, lá estava ele. Não pude evitar o sorriso que iluminou meu rosto nem a empolgação que cresceu dentro de mim só por vê-lo. Ele me encarou daquele jeito sério e intenso, mas havia algo diferente.

— Está tudo bem? — perguntei, sem tirar a mão de seu peito e me aproximando um pouco mais.

Ele suspirou e pegou minha mão.

— Vamos embora. Mais uma vez, soube que seu dia foi ótimo.

Isso significava que ele tinha falado com Mr. Thursday. Mas o elogio foi ainda mais maravilhoso vindo dele.

A sensação de tê-lo perto foi ainda melhor. A aflição que a ausência dele me causava foi aliviada por sua presença, pelo fato de que eu estava de novo na companhia de Mr. Monday!

Enquanto passávamos pela porta, com a mão dele na minha lombar, compreendi como ele tinha se tornado importante para o meu dia. Ele era o ponto alto. Mr. Monday parecia ter se instalado dentro de mim, de um modo diferente do de qualquer outro homem antes. Ele soltou minhas costas e pegou minha mão de novo, como se fosse a coisa mais normal. Meu coração se encheu quando os dedos dele se entrelaçaram aos meus. Caminhamos em silêncio e permaneci absolutamente concentrada na nossa ligação física, que embora fosse pura naquele momento, prometia se tornar muito quente depois. Ele me ajudou a entrar na limusine e veio logo atrás. Não deslizei até a ponta do banco, ficando no meio, e ele se acomodou ao meu lado.

Dessa vez ele colocou o braço nos meus ombros e me puxou para perto. Me virei para ficar mais de frente para ele, que me puxou debaixo de seu braço. Eu não sabia o que fazer com as mãos por causa da posição em que estava. Deixei uma sobre a minha perna, mas queria muito tocá-lo. Então pus a outra mão em sua coxa.

Senti que ele ficou tenso, e a força de seus músculos ondulou debaixo dos meus dedos. Eu estava louca para vê-lo tirar a roupa e admirá-lo completamente nu. Precisava fazer isso acontecer. Ele suspirou e recostou a cabeça no banco, esticando as pernas enquanto olhava para o teto da limusine. Eu o observei. Alguma coisa tinha acontecido durante o dia. Eu podia sentir, mas não iria perguntar. Se ele quisesse, iria me contar. Tinha aprendido isso a seu respeito ao longo da semana.

Quando ele falou, alguns minutos depois, sua voz grave preencheu a limusine. Ela estava diferente, com um tom cansado e quase desesperado.

— Estou feliz que o dia tenha sido bom para você. Está quase lá.

Fiquei preocupada. Não consegui me conter.

— Você parece preocupado. Quer falar a respeito?

Ele virou a cabeça e me olhou, depois fechou os olhos. Me perguntei se ele diria algo mais.

— Já tive dias melhores — ele enfim disse.

— Eu achei que algo tinha acontecido, esta manhã, quando você não apareceu.

— Sim — ele concordou. — Precisei cuidar de algo, mas tive sorte de poder vir buscar você agora.

— Existe alguma coisa que eu possa fazer para ajudar? — perguntei, com a voz baixa e suave. Ele abriu os olhos e olhou para mim, e meu coração pareceu errar uma batida. Seu sorriso estava triste e imaginei o quanto o dia dele devia ter sido ruim.

Ele me puxou para mais perto e deu um beijo na minha testa. A excitação cresceu no meu peito com aquele beijo carinhoso, misturando-se à preocupação que crescia dentro do meu coração. Aquela combinação era atordoante. Me virei mais no assento e tirei a mão de sua coxa para abraçá-lo.

Apertei o braço ao redor dele e Mr. Monday me envolveu. Permaneci em silêncio, esperando que ele se abrisse.

— Não, agora não — ele respondeu, afinal. — Só ter você do meu lado já é reconfortante.

Levantei o rosto e o encarei. Dava para ver a dor no fundo dos seus olhos, e fiquei preocupada.

— Aconteceu algo de ruim hoje?

Ele concordou com a cabeça.

— Aconteceu, sim.

— Tem certeza de que você não quer falar a respeito?

— Ainda não estou pronto — ele sacudiu a cabeça.

Mr. Monday, então, passou os dedos pelo cabelo e se virou no banco, segurando meu rosto com as duas mãos. Fui capturada por ele, não só por seu olhar intenso, mas por seu toque carinhoso nas minhas faces. Ele inclinou a cabeça e a baixou. Segurei a respiração. Seus lábios tocaram os meus e minhas pálpebras se fecharam. A ternura dos lábios dele logo se transformou em paixão exigente. Seus dedos me apertaram, e sua língua, ao procurar a minha, acendeu um fogo dentro de mim. Me abri para ele, que me puxou ainda mais para perto.

Levei as mãos ao seu pescoço, roçando o cabelo com os dedos. Mr. Monday se mexeu e me empurrou para trás, de modo que eu estava quase deitada debaixo dele. Deixei que prosseguisse, empolgada por, afinal, estar com aquele homem como havia sonhado.

Fui envolvida por sua presença, por seu aroma delicioso, seu poder... Eu o inspirei e senti sua aura tocando cada parte de mim, mas foi a paixão dele que me enfeitiçou. Eu sabia, por instinto, que nós combinávamos. Aquela sensação que ele me causava era nova. Eu nunca me senti tão sem controle. Era como se ele estivesse me dando a vida, como se eu fosse uma morta-viva que só então despertava. Aquilo estava acontecendo. Nós estávamos juntos.

Curvei meu braço ao redor do seu pescoço, e ele tirou uma mão do meu rosto e a colocou nas minhas costas. Arqueei o corpo até estarmos colados. Cada toque nosso, mesmo por cima das roupas, era eletrizante. Me apertei contra seu peito, querendo que soubesse o quanto precisava dele. O quanto o desejava. Sentia cada centímetro seu em mim e, quando ele se virou mais um pouco, apertando sua ereção no meu corpo, fiquei ainda mais excitada. Um calor se acendeu dentro de mim e senti que estava pronta para ele. Se Mr. Monday tivesse arrancado minhas roupas, eu não teria resistido.

Eu o receberia e me perderia nele enquanto fizéssemos amor no banco da limusine.

Ele conhecia a arte de beijar e eu não quis saber onde nem como ele tinha aprendido. Afastei a pontada de ciúme, para não deixar que isso manchasse nossa paixão. Eu nunca tinha ficado tão excitada com um simples beijo. Mas aquele não era qualquer beijo. Na verdade, era complexo de tantas formas que não quis entendê-lo naquele momento. Haveria tempo para isso mais tarde. Tudo o que eu queria, naquele instante, era *sentir*, ser seu porto seguro na tempestade que Mr. Monday enfrentava nesse dia. Eu desejava amenizar a dor do que quer que tivesse acontecido com ele. Estava desesperada para fazê-lo se sentir melhor. Para fazê-lo esquecer de tudo o que o tivesse deixado assim incomodado.

Passei minha língua na dele e enterrei meus dedos em suas costas, subindo e descendo. Eu queria memorizar seu corpo, mapeá-lo. Enrolei minha perna na sua e levantei os quadris enquanto ele se ajeitava entre as minhas coxas. Ele gemeu dentro da minha boca e engoli aquele som. Nossas respirações se misturaram e ficaram irregulares, preenchendo a limusine. Imaginei, vagamente, se o motorista poderia nos ver pela divisória de vidro.

De algum modo, Mr. Monday tinha conseguido penetrar no meu coração. Mesmo com o tempo limitado que passávamos juntos e com seu jeito reservado, havia uma ligação poderosa crescendo entre nós.

Ele me envolveu por completo em seus braços. Seus músculos, fortes e tesos, me seguraram com firmeza enquanto me pressionava no banco da limusine. Seu peso sobre mim era grande, mas eu não queria que ele saísse dali. Nunca mais... Eu desejava permanecer assim por toda a eternidade. Ele firmou o abraço e seu beijo ficou mais quente. Perdi a noção de tempo e espaço, enlouquecida pelos seus carinhos, por sua boca sobre a minha, suas mãos se movendo sobre meu corpo.

Foi só quando o celular começou a tocar entre nós, dentro do bolso, que eu fui trazida de volta à consciência. Ele levantou a cabeça e me olhou nos olhos. Sua expressão ardente me fez ferver e eu gemi, erguendo-me na direção dele, tentando capturar seus lábios de novo. Ele me deu um beijo carinhoso, de doer o coração. Eu o observei através da paixão que me anuviava a visão. Ele era maravilhoso.

— Você é mesmo surpreendente, Srta. Canyon.

— Você também — murmurei.

Ele me deu um sorriso. Eu estava aceitando com rapidez o efeito que ele causava em mim. Estiquei a mão para passar meus dedos em seu pescoço, debaixo do cabelo, e meu coração ficou apertado quando o celular dele tocou novamente. Eu sabia que o maldito aparelho iria roubá-lo de mim.

— Você quer subir? — perguntei, antes que ele pudesse ver a nova ligação em seu telefone. Tomei seu rosto em minhas mãos e exigi seus lábios, fazendo minha língua sair à procura da sua. Ele grunhiu dentro da minha boca, o som se misturando ao meu próprio gemido de prazer. Relutante, eu o soltei quando ele se mexeu para pegar o celular no bolso.

— Eu adoraria, mas... — ele olhou para o telefone e franziu o rosto. — preciso mesmo atender esta ligação.

Concordei com a cabeça e me ajeitei, ficando sentada. Meu coração continuava dolorosamente disparado dentro do peito, e a dor entre minhas coxas não encontraria alívio nele. Eu não conseguia me acalmar e, enquanto ele atendia a ligação, espiei pela janela.

Estávamos parados na frente do meu prédio. Há quanto tempo estávamos ali? Fiquei um pouco constrangida, imaginando se o motorista sabia o que estávamos fazendo. Então, percebi que não me importava. Eu ainda estava saboreando o que tinha acontecido.

Olhei para Mr. Monday. O rosto dele estava sombrio, com a boca retorcida. Ele balançava a cabeça enquanto escutava a pessoa do outro lado da ligação. Senti um aperto no coração. Eu estava certa. Ele iria ser tirado de mim.

— Entendido. — Foi tudo o que ele disse antes de colocar o telefone no banco, entre nós.

Olhei para o aparelho com ódio. Eu queria jogá-lo pela janela.

— Tem certeza de que não pode subir? — perguntei de novo, sem conseguir manter minha voz isenta do tom esperançoso.

— Por mais que eu realmente queira, não posso. Tenho que ir.

Ele abriu a porta e saiu, então se virou e me ofereceu a mão. Eu a aceitei, adorando como os dedos dele apertavam, possessivos, os meus. Nós nos endireitamos, meu peito à altura do seu abdômen, sob o sol manchado pela folhagem das árvores da rua. Coloquei minhas mãos em seus ombros, ele passou um braço pela minha cintura e colocou a outra mão na minha nuca, com seus dedos me puxando para perto. O beijo ofegante que nós demos antes de ele se afastar foi poderoso. Eu tremia e não conseguia controlar o desejo. Ele me deu um abraço e eu andei até a porta do prédio. Fiquei empolgada quando percebi que ele me seguia.

Ficamos em silêncio, encarando-nos junto à entrada. Se meus pensamentos estavam uma confusão, com certeza os dele também estavam.

— Tudo bem. Cuide-se. Vejo você amanhã — eu só consegui responder com um sussurro sem sentido.

Ele concordou e me deu um beijo no rosto antes de se afastar. Eu o observei enquanto voltava para a limusine. Até o jeito dele andar era excitante. Depois que entrou no carro, Mr. Monday estendeu o braço para puxar a porta e olhou para mim. Ele sorriu e acenou antes de fechá-la. Fiquei ali parada por alguns segundos, olhando, enquanto a limusine se distanciava em meio ao trânsito. Suspirei e abri a porta do prédio, ficando chocada quando percebi que estava segurando as lágrimas. O que havia de errado comigo? Aquele beijo tinha mudado tudo.

Me arrastei escada acima e destranquei a porta do apartamento, soltando um suspiro de desespero. Fiquei espantada com a onda de solidão que senti, e como ela me fez tremer ainda mais. Desabei na poltrona e desmoronei. Lágrimas escorreram pelo meu rosto. Chorei por tudo que eu acumulava há tanto tempo. A perda do meu pai. A dúvida quanto a ele ter feito mesmo aquilo de que o acusaram e, pela primeira vez, me sentindo insegura a respeito disso. A volta da minha mãe para a Inglaterra, me deixando sozinha. Todo o tempo investido na minha vingança, o que me fez sacrificar minha vida.

Essa última semana tinha me feito perceber que eu estava viva. Eu era uma mulher, tinha necessidades e desejos a serem atendidos. Conhecer Mr. Monday me fez reconhecer do quanto eu havia desistido. Queria aquilo que eu tive uma amostra nessa noite. Mas eu conseguiria deixar para trás o meu passado, para alcançar o que o futuro oferecia?

## Sexta-Feira

Eu ainda não tinha me recuperado do meu clímax emocional. Depois de uma sessão de autopiedade com muito choro, me recuperei do meu momento piegas lembrando dos amassos com Mr. Monday, o que me deixou nas nuvens. Eu ainda ficava sem fôlego sempre que pensava em como nós pegamos fogo no banco da limusine.

Lamentava que não tivéssemos feito amor, que ele tivesse que ir embora com tanta pressa. Mas, na verdade, fazer sexo com ele no banco de trás de um carro não era o que eu queria para a nossa primeira vez. Desejava que fosse perfeita, e quanto antes, melhor.

O sono não veio facilmente. Todos os meus pensamentos se concentravam nele. Em seu toque. Seus lábios. E meu corpo permaneceu ligado a noite toda, até eu conseguir dormir, o que aconteceu um pouco antes do amanhecer. Então, não preciso dizer que eu estava exausta. Ainda assim, meu coração palpitava sempre que pensava em Mr. Monday.

Amaldiçoei a pessoa que ligou para ele e o tirou de mim. Eu tinha certeza de que teríamos passado a noite juntos se não fosse por aquele telefonema. Ele era um mistério que precisava ser desvendado. Em cada encontro, eu sabia que havia muito mais sobre ele.

Eu estava parada na rua, em uma linda manhã ensolarada – e fresca; a tempestade do dia anterior tinha mesmo diminuído o calor –, esperando, impaciente, que ele viesse me buscar. Olhei para a rua, depois para o meu relógio. Faltavam quinze minutos para as sete. Saí de casa cedo demais, mas nessa manhã eu não conseguiria esperar mais quinze minutos no meu apartamento ou no saguão do prédio. Estava ansiosa demais para vê-lo de novo. Andei de um lado para outro na rua, sempre conferindo o relógio, olhando para os dois lados aguardando por ele. Mas não havia sinal do carro.

Oh, Deus, e se ele não viesse me buscar? Como ontem... Procurei sufocar o pânico que começava a subir pela minha garganta. *Acalme-se, garota. Ele virá.*

Então, alguns minutos depois – dez minutos antes da hora –, um carro esporte prateado se aproximou rugindo. O ronco do motor entrou em mim e me acelerou. Fiquei quase ofegante de empolgação ao ouvir o carro reduzir a marcha, com aquele som potente me relembrando dos grunhidos de Mr. Monday no dia anterior. Tudo era tão excitante, e muito, muito sexy. Eu o avistei no banco da frente quando ele encostou o carro junto ao meio-fio, parando de repente, cantando os pneus. Meu coração deu um pulo e percebi que sorria como uma boba enquanto o admirava pela janela. Ele tinha vindo me buscar, em seu próprio carro, sem motorista.

Meu sorriso ficou enorme e quase dei uns pulinhos quando ele sorriu de volta. Eu não fazia ideia da marca do carro que ele estava dirigindo, mas era fabuloso. Não pude deixar de me perguntar, de novo, qual seria a função dele na empresa. Eu queria conhecê-lo, desvendar todos os mistérios daquele homem, tanto mental como fisicamente. Eu queria explorá-lo, saber de todos os seus segredos, como ele arrumou aquela cicatriz, e, oh, qual era o seu nome. Eu estava obcecada.

Tentei me controlar pensando no meu dia. Outro teste me aguardava, e talvez uma chance de, enfim, encontrar aqueles documentos financeiros. Eu continuava em dúvida em relação ao meu plano, mas já tinha chegado longe demais para desistir de tudo.

Dei a volta no carro pela frente e Mr. Monday se inclinou para abrir a porta. Entrei e olhei para ele. Eu não estava nem um pouco preocupada por estar sorrindo demais, nem por termos dado aquele pega no dia anterior. Eu queria mais dele, de nós dois juntos, e precisava ver aonde nossa química nos levaria. Meu coração quase saiu fora do peito quando ele se inclinou na minha direção. *Um beijo de bom-dia.* Levantei a mão e toquei suavemente um lado do seu rosto.

— Bom dia — ele murmurou de encontro aos meus lábios.

*Eu estava no céu.*

Os lábios dele cobriram os meus, tornando minha resposta impossível. Gemi dentro dele e fechei minha mão ao redor de seu pescoço, enfiando meus dedos em seu cabelo. Aquele beijo de bom-dia fez o sol brilhar ainda mais. O aroma das flores nas árvores ficou mais doce. Meu coração cantarolou. Nós mergulhamos um no outro, e a noite passada voltou, com mais força, mais intensidade, mais paixão, mais de tudo... Céus... naquele momento eu queria acreditar que aquilo era amor, mas seria possível amar um homem cujo nome eu nem sabia? Com certeza devia ser apenas desejo.

Meu corpo queria que ele se aproximasse. Ansiava por senti-lo junto a mim, mas era impossível, com o console do carro entre nós. Os assentos individuais, fundos, mantinham-nos em um ângulo desajeitado, deixando-nos afastados. Era de enlouquecer. Sua língua passou pelos meus lábios e eu os abri para ele, apertando meus dedos com um pouco mais de firmeza em sua cabeça, segurando-o junto a mim. Depois de alguns momentos, ele tirou os lábios dos meus, e eu soltei um suspiro. Ele descansou a cabeça na minha, nossos narizes encostados, nossa respiração misturada, nossos olhares entrelaçados... Então, ele fechou os olhos e inspirou fundo.

— Está tudo bem, hoje? Melhor do que ontem? — perguntei.

Com um movimento de cabeça muito discreto, ele negou. Meu coração sofreu por ele.

— Mas tudo vai ficar bem, não se preocupe — Ele se recostou no assento, mantendo o olhar fixo em mim. Segurei a respiração. — Eu quero que saiba... — ele hesitou, como se o que estava para dizer fosse difícil — que você está fazendo toda diferença para mim, neste momento. Obrigado. Depois eu vou poder lhe explicar. Você compreende?

Concordei com a cabeça. Na verdade, eu não compreendia, mas bastava saber que, de algum modo, eu estava ajudando. Fiquei feliz por ter a oportunidade de ser um porto na tempestade. Segurei sua mão e ele apertou a minha.

— Se pudesse fazer mais por você —, eu disse.

— Você já fez bastante.

Eu não soube o que dizer e baixei os olhos para o console. Sorri quando reparei em duas canecas tampadas.

— Para nós? — perguntei, tocando a tampa de uma delas.

— Sim, para nós.

Seu sorriso foi caloroso, o mais relaxado que já tinha visto em seu rosto. Adorei a expressão e desejei que ele pudesse sorrir assim com maior frequência. Aquilo fazia com que as linhas severas do seu rosto desaparecessem e ele me mostrava o seu lado mais passional. Era como uma janelinha no mistério daquele homem.

— Costa-riquenho? — perguntei.

— Garota esperta — ele disse, provocador, prendendo uma mecha de cabelo atrás da minha orelha.

— Ora, obrigada. Eu concordo — ele riu, algo que eu também precisava fazer mais vezes.

Peguei as canecas e ofereci uma para ele.

— Foi trazido esta manhã de avião? O luxo deste café maravilhoso está me deixando mimada.

Acho que ele tocou meus dedos de propósito quando pegou a caneca da minha mão. Uma faísca de desejo quase tomou conta de mim, correndo para os dedos das mãos e dos pés. Meu corpo inteiro se acendia para aquele homem, e eu não tinha ideia de como enfrentaria o dia inteiro naquele estado de excitação em que ele me deixava.

Meus pulmões se comprimiram e meu coração bateu freneticamente quando ele acelerou o carro e verificou o trânsito pelo retrovisor. Se ele conseguia me deixar daquele jeito com um mero beijo, fiquei ansiosa para ver – e com medo de saber – o que ele poderia fazer comigo com carícias mais prolongadas. Tentei me acalmar, respirando devagar, e então tomei um gole do meu delicioso café. Cada dia nos presenteava com uma intensidade nova, uma maior intimidade, ao nosso relacionamento.

Ele ficou quieto por alguns minutos enquanto bebia o café, depois colocou a caneca no porta-copos e descansou a mão no meu joelho. Eu quase dei um pulo e fiquei corada e quente. Será que ele tinha consciência do modo como me afetava? Ele parecia autêntico, mas minha cabeça começou a remoer as coisas. Pela primeira vez, eu me perguntei se ele próprio – e nossa atração mútua – não era parte do teste. Não seria ele uma tentação, algo colocado para me desconcentrar?

Descansei a cabeça no encosto e me virei para observá-lo. Mr. Monday estava concentrado no trânsito. Não havia qualquer expressão em seu rosto, então não fui capaz de detectar nada. Eu continuava a senti-lo em cada nervo do meu corpo. *Será que ele se sentia da mesma forma a meu respeito?*

Eu queria a entrega total, mas conseguiria lidar com uma noite só de sexo, caso isso fosse o seu desejo? Eu não tinha escolha, e me consolei tomando consciência de que, se apenas uma noite seria tudo o que teríamos, pelo menos assim eu conseguiria tirá-lo da cabeça. Mas eu tinha esperanças. A ligação física e emocional que sentia com Mr. Monday crescia muito mais do que eu poderia imaginar.

— Hoje vai ser um dia difícil para você.

— O quê? — Primeiro eu não entendi o que ele queria dizer. Trazida de volta à realidade, sofri um baque ao me lembrar do motivo pelo qual estava ali. Desapareceu a sensação calorosa e acolhedora que ele me proporcionava e me senti murchando.

— Vai ser um grande desafio.

Virei a cabeça para encará-lo.

— Como assim?

Ele levantou as sobrancelhas e continuou concentrado no trânsito. Então ele olhou rapidamente para mim e pude ver a preocupação em seu rosto. Percebi que ele não estava *apenas* preocupado, mas que havia algo mais acontecendo. Ele estava sofrendo por dentro, e só me mostrava a superfície de sua dor.

*O que estava acontecendo com ele?*

Mr. Monday mudou a marcha, movimentando os pés com agilidade no acelerador e na embreagem, abrindo caminho em meio ao engarrafamento. Inspirei fundo e apertei os pés no chão do carro, apoiando a cabeça no encosto. Agarrei meus joelhos, e então soltei um suspiro quando ele diminuiu.

— Não gosto de motoristas domingueiros — ele comentou.

— Estou vendo — retruquei. — Onde você aprendeu a dirigir assim?

Ele deu de ombros e costurou o trânsito em uma velocidade mais lenta.

— Já dei umas voltas em pistas de corridas, não participei de nenhuma competição oficial nem nada assim — ele olhou para mim. — Eu gosto de velocidade.

Levantei as sobrancelhas.

— Está brincando? Me dê um momento enquanto eu arranco as unhas que enterrei nos meus joelhos.

Ele sorriu e voltou a atenção para o tráfego. Os prédios começaram a ficar familiares, ao nos aproximarmos da Diamond. Nossa viagem, só nós dois, logo acabaria.

— Quero que saiba que o dia de hoje pode ser um pouco mais capcioso do que você está esperando, e tudo o que você realizou até agora foi notado. Está se saindo muito bem.

O que iria acontecer? As palavras dele foram um pouco assustadoras. Ele não tinha me dado nenhuma ajuda até então, e nesse dia me deu esses alertas misteriosos. O fato de ele ter feito aquilo é porque devia ser importante.

— Me desculpe, não posso dizer mais nada. Só quero que você se saia tão bem hoje como tem se saído nos últimos dias. Mantenha a cabeça no lugar e os olhos abertos.

— Você está me assustando — eu disse, sentindo o coração bater mais rápido. Ele colocou a mão no meu joelho e eu a cobri com a minha.

Mr. Monday acariciou meu joelho antes de virar a mão e segurar a minha. Ele entrelaçou seus dedos nos meus e no mesmo instante me senti reconfortada. Embora eu estivesse sabendo que meu teste desse dia seria diferente de todos os outros, o toque dele me acalmou.

— Não precisa ter medo de nada. Confie em mim. Mas talvez você se veja fora da sua zona de conforto.

Apertando sua mão, fixei o olhar no perfil dele, que estava concentrado em dirigir. Eu adorava a força de seu queixo, o ângulo do nariz. Tudo nele parecia esculpido e era inacreditavelmente lindo. Ele era tão perfeito que eu nunca me cansaria de admirá-lo.

— Você sabe que eu tenho estado fora da minha zona de conforto todos os dias desta semana? — Vi o canto de sua boca subir antes que ele se voltasse para mim.

— Fez alguma diferença? Você teve sucesso em cada teste que lhe foi aplicado. Você deveria estar orgulhosa de si mesma — ele fez uma pausa e me observou durante tempo suficiente para me aquecer toda, de novo. — Não tenho intenção de amedrontá-la. Só quero que você chegue até o fim.

— Isso é o mais perto que você já chegou de me dar alguma dica. Ou de me dizer que me quer aqui — Eu não queria falar demais e assim fazer com que ele se fechasse de novo.

— Acho que na noite passada eu provei o quanto quero você — sua voz veio como uma carícia, e ele passou os dedos pelas costas da minha mão antes de pegar seu café. Eu o observei tomando um gole e tentei, desesperada, recuperar o fôlego que ele havia me roubado.

Seguimos em silêncio, então, e tentei fazer meu cérebro funcionar. Eu deveria corresponder ao flerte dele? Perguntar sobre a manhã de ontem? Ele me diria o que houve? Se ele podia admitir que me desejava sexualmente, se quisesse, também compartilharia seu sofrimento comigo. Olhei pela janela. Nós estávamos quase nas Empresas Diamond. Impulsiva, fiz o que tinha acabado de decidir não fazer.

— Por que você não apareceu ontem? — Continuei olhando pela janela porque tive medo da expressão do seu rosto. Se eu o tivesse irritado, não queria ver a prova disso.

Ele ficou em silêncio, sem dizer nada por alguns momentos. Eu não queria repetir a pergunta. Uma vez era o bastante.

— Por razões pessoais.

Eu já imaginava isso, então não era novidade, mas confirmar minha suposição foi um grande passo. Ainda que eu quisesse saber mais sobre Mr. Monday, aceitei minha pequena vitória e não insisti. Coloquei minha mão em seu braço e o acariciei delicadamente.

— Estou aqui, se precisar de mim — e não disse nada além disso.

Ele franziu a testa e fez um breve aceno com a cabeça. Não pude deixar de especular sobre o que estaria lhe causando tanto sofrimento. Ele teria perdido alguém de quem gostava? Teria passado por algum evento traumático? Todas as minhas suspeitas só serviram para me fazer ver o quanto eu ainda precisava descobrir a respeito dele.

Um silêncio reconfortante caiu sobre nós enquanto percorríamos os últimos quarteirões. Mr. Monday parou na entrada do edifício cantando os pneus de forma assustadora, não acertando, por pouco, um táxi que tinha acabado de entrar na rua. Vi o porteiro se encostar em uma coluna, massageando o peito, como se estivesse com taquicardia.

Nós não sentimos necessidade de nos mover; só ficamos ali, sentados, olhando um para o outro.

— Você vai entrar? — perguntei.

— Não — ele negou com a cabeça. — Hoje não. Tenho muita coisa para fazer — ele enfiou a mão no bolso, de onde retirou um cartão de acesso. *Eu tinha quase me esquecido disso.* Ele o estendeu para mim. — Não lhe dei isto na noite passada.

Eu o peguei e guardei na bolsa.

— Então, tenho que tomar cuidado com o dia difícil que me aguarda? Algum outro conselho que você possa me dar?

— Sinto muito... Bem que eu gostaria.

— Você pode, pelo menos, me dizer qual o andar, ou preciso fazer como ontem e apertar todos os botões? — perguntei, seca.

Ele meneou a cabeça antes de me segurar pela nuca e me puxar para ele. O beijo foi cheio de calor e emoção. Fiquei sem fôlego enquanto sua boca cobria a minha; ele provocou meus lábios com a língua e eu os abri, acolhendo-o. Eu não queria que o beijo acabasse e fiquei frustrada quando ele recuou. Sua respiração estava pesada e entrecortada, como a minha.

— Olha o que você faz comigo... — sussurrei.

Ele continuava com a mão na minha nuca, e levantou meu rosto para me fazer olhar para ele.

— Não pense que você não mexe comigo, também.

Tudo isso em poucos segundos. Ele baixou a mão e me encarou. Seus olhos quase me partiram o coração. Fiquei tentada a abandonar os testes só para poder ficar com ele. Que se danassem o emprego de CEO e minha vingança. Se Mr. Monday soubesse o que eu estava pensando, menearia a cabeça outra vez.

— Vá. Vigésimo-terceiro andar. Acabe com eles.

A porta do meu lado foi aberta e deixei o porteiro me ajudar a sair. Por sorte eu estava com uma saia larga e esvoaçante. Ela me facilitou a saída daquele carro esporte baixo.

— Imagino que eu verei você mais tarde — não foi uma pergunta, então eu não esperava que ele respondesse.

— Sim, nós vamos nos ver de novo. Pode ter certeza disso.

Sorri e coloquei a mão dentro na minha bolsa rosa de couro; ela era quase tão grande quanto eu. Passei a alça por cima da minha cabeça e me abaixei para olhá-lo uma última vez. Ele baixou os olhos para o meu peito e eu percebi que o decote canoa da minha blusa tinha aberto, dando-lhe uma bela visão dos meus seios. Não foi intencional da minha parte; o movimento foi completamente inocente, mas fez o clima pegar fogo. A mudança de expressão em seu rosto foi linda. Seus olhos foram tomados de desejo. Ele não ficou nem um pouco constrangido quando percebeu que eu o peguei olhando para os meus seios.

— Até mais ver, Srta. Canyon — as palavras dele vieram carregadas de um delicioso duplo sentido, e eu tive que resistir ao impulso de me jogar para dentro do carro. Em vez disso curvei os ombros para frente, aumentando muito o *campo de visão.*

— Com certeza — respondi.

Então, dei uma piscadinha e me virei para entrar no prédio, movendo os quadris com um gingado extra. Resisti ao impulso de olhar para trás e, segundos depois, ouvi o rugido do carro dele se afastando. Stanley estava de serviço e nós trocamos algumas palavras enquanto eu assinava o registro.

Quando caminhava em direção aos elevadores, tentei controlar minhas emoções. Se Mr. Monday achava que aquele dia seria especialmente difícil para mim, eu precisaria estar na minha melhor forma.

Depois que as portas do elevador se abriram no vigésimo-terceiro andar, tirei o cartão de acesso do painel e o guardei na bolsa. Diante de mim, havia uma recepção vazia, semelhante às dos outros andares, exceto a do departamento jurídico. Aquilo já estava ficando meio batido, pois era o quarto dia em que eu mergulhava no desconhecido, onde um passo em falso poderia me custar tudo.

Minha excitação diminuiu na mesma medida em que meu nível de ansiedade aumentou. Escolhi uma porta ao acaso e entrei. Do outro lado me aguardava uma réplica dos andares dos dias anteriores. Baias de escritório e funcionários. Mais uma vez, comecei a vagar em meio às fileiras de escrivaninhas, um pouco contrariada, afinal, a Diamond não quebraria se deixasse um infeliz de um estagiário à minha espera para me orientar. De qualquer modo, eu sabia que deveria encontrar a chefia do departamento, então procurei os escritórios de canto.

No primeiro que tentei, havia um homem lindo de morrer inclinado para frente, procurando algo em uma estante. Tirei um momento para apreciar aquela bunda espetacular, por motivos puramente estéticos, antes de bater.

— Bom dia — eu disse.

O homem se endireitou e virou.

— Ah, sim. Bom dia. Tess?

— Eu mesma — abri um sorriso educado.

— Ótimo! Já preparei tudo o que você vai precisar. Pode ir até a segunda porta em frente... deixei os arquivos sobre a mesa. Você também vai ter acesso aos sistemas relevantes no computador. Pode começar agora mesmo. Nos falamos no fim do dia. Okay?

Ele não estava esperando uma resposta, mas ouviu uma mesmo assim.

— Uau, vocês todos fizeram a mesma faculdade de administração, não?

— Como assim? — Mr. Friday juntou as sobrancelhas e fechou o rosto.

Àquela altura, depois de quase jogar tudo para o ar para ficar com Mr. Monday, eu não estava muito preocupada em não sair da linha. Eu tinha mandado muito bem até então, mas aquelas orientações e ordens misteriosas, dadas por aqueles homens dissimulados, estavam começando a me dar nos nervos. Ajustei a alça da bolsa no meu ombro.

— Todo dia tem sido igual. Todo mundo faz a mesma coisa. Vocês me entregam os arquivos, sem qualquer contexto, sou instruída a me familiarizar com o assunto, recebo um escritório vazio e um prazo impossível — suspirei ao terminar meu minidesabafo. Aquele novo desafio não era grande coisa, nem diferente dos outros. De novo, era só mais um sujeito atraente com o nome de mais um dia da semana.

Eu estava me virando para ir ao escritório que ele tinha me indicado, quando o ouvi.

— Você achava que os testes para se tornar CEO seriam fáceis? A Diamond é uma corporação multibilionária, que abrange uma ampla variedade de indústrias. O CEO precisa ser capaz de se adaptar facilmente a qualquer problema que surja a qualquer momento. Se você não tem raciocínio rápido, ou se acha esses testes difíceis demais, então talvez este cargo não seja para você.

Um surto de pânico me sacudiu quando percebi que quase tinha me desqualificado por ter me excedido, mas confesso que fiquei um pouco irritada com o tom de Mr. Friday. Talvez, quando Mr. Monday me alertou sobre um dia difícil, ele estivesse se referindo àquele homem, não ao teste.

— Eu consigo fazer. Seja qual for a tarefa, vou executá-la da melhor forma possível.

Ele cruzou os braços e se encostou na mesa, me encarando. Sob aquele olhar implacável eu quis me remexer, constrangida, mas me obriguei a não demonstrar fraqueza. Depois de mais alguns minutos constrangedores, ele começou:

— Ontem você recomendou que a Diamond comprasse um clube de campo. Hoje sua tarefa é analisar esse orçamento e sugerir formas de melhorar a eficiência dos gastos. Fui informado que você disse que isso não seria difícil.

O que eu estava pensando quando disse aquilo? *Um orçamento?* Eu mal conseguia conferir meu extrato bancário. Como é que eu iria apresentar um orçamento para algo tão complexo? Aquele homem tinha um jeito autoritário, e achei melhor falar o mínimo necessário. Percebi que ele usaria qualquer deslize contra mim. Então só respondi:

— Sim, senhor.

Mudei o apoio do meu peso de um pé para outro, sustentando seu olhar, que estava fixo em mim. Esforcei-me a não tremer sob a força daquele olhar. Era como se ele pudesse enxergar dentro de mim e ver meus segredos mais íntimos.

Mr. Friday era diferente de todos os outros homens daquela semana. Ele era indiferente e franco, sem papas na língua. Isso era ao mesmo tempo irritante, interessante e um pouquinho excitante. Ele era o próprio retrato de um executivo financeiro, com seu terno perfeito, sob medida, e óculos de aro. Ele parecia ter uma energia fervendo debaixo do exterior calmo. Para mim, números eram a coisa menos sexy que existia, e eu odiava matemática. Mas aquele homem emanava uma atração estranha, uma aura que me puxava para dentro. Ao meu menor sinal de insubordinação, ele me açoitou verbalmente, me lembrando que eu ainda não era CEO. Será que eu conseguiria me aproximar dele com um pouco de conversa? Decidi tentar antes de me enterrar nos arquivos. Gemi por dentro só de pensar em horas e horas sem ver outra coisa à minha frente, a não ser números.

— Faz tempo que você está na Diamond? — perguntei e ele nem piscou diante da mudança de assunto. Senti um impulso de engolir em seco, ajeitar o cabelo ou algo assim. Ele me deixava nervosa e um pouco constrangida, mas achei aquilo empolgante, também. Talvez fosse a oportunidade de fazer algumas perguntas.

— Tempo suficiente — imaginei que ele não estivesse disposto a fornecer muitas informações. Foi então que notei seu paletó pendurado no mancebo perto da parede. A camisa branca e imaculada que ele vestia estava passada com perfeição. Parado, ali, me observando, ele passou os dedos pela gravata de seda – cujo nó Windsor estava impecável. Fiquei hipnotizada pelo movimento. Ainda mais quando ele enrolou a ponta do tecido entre o indicador e o dedo médio.

Uma imagem pipocou na minha mente – ele usando aquela gravata para *outra* coisa que não para compor com o terno. Inspirei suavemente e me imaginei amarrada com ela, as mãos impotentes, meu corpo esparramado, indefeso... olhei para o seu rosto. Um sorriso misterioso curvou os lábios de Mr. Friday, como se ele soubesse muito bem o que eu estava pensando. Oh, não... não era ele quem se debruçava sobre mim na minha fantasia.

Querendo cair fora dali o mais rápido possível, saí do escritório de costas.

— Vou começar esse orçamento agora mesmo.

Rapidamente, fui para o escritório vazio e deixei minha bolsa cair sobre a mesa, o que produziu um baque quase tão alto quanto as batidas do meu coração. Eu precisava me controlar. Na minha fantasia, até poderia ser Mr. Monday quem segurava aquela gravata, mas foi Mr. Friday quem acendeu o fogo da minha excitação. Ele podia não ser um homem muito caloroso, mas tinha algo nele que me deixava muito consciente de sua presença, e não pude evitar uma reação a isso.

Abri o primeiro arquivo e fiquei encarando a página diante de mim sem de fato enxergá-la. Mr. Monday tinha me alertado de que esse dia seria difícil, e o lembrete do que estava em jogo, feito por Mr. Friday, com certeza era um eco desse alerta, mas minha cabeça continuava fixa na sensação das mãos de Mr. Monday no meu corpo enquanto eu me contorcia presa por amarras de seda.

Pigarreei e voltei minha atenção para o computador, decidida a me concentrar. Entrei no sistema para ver meu nível de acesso e percebi que era bem amplo. Puxei os arquivos digitais relacionados aos documentos na pasta que Mr. Friday me entregou e fiquei espantada com os números que apareceram na tela diante de mim. Nunca, em toda a minha vida, eu tinha visto tantos zeros. Me senti pequena diante da quantidade de dinheiro passando de um lado para outro.

Consegui analisar a maioria dos dados no computador, mas foi um trabalho penoso. Eu simplesmente não podia entender como existia gente que ficava o dia inteiro olhando para números. Comigo, eles começavam a escorregar da página, criando redemoinhos e se tornando uma massa de nada. Ainda assim, concluí que teria que me acostumar com eles se me tornasse CEO.

Depois de examinar tudo, fiquei com uma lista de áreas do clube de campo que precisavam ser analisadas. O maior gasto era com pessoal. Se até eu achava que os números estavam muito altos, alguém com mais experiência na área, sem dúvida, questionaria aquele total. Constatei que a recomendação seria demitir empregados, existiam algumas redundâncias. Dava para ver isso, mas a última coisa que eu queria era sugerir que pessoas deveriam perder seus empregos. Famílias dependiam delas. Lembrei-me de como foi grande o impacto na minha família quando meu pai foi demitido. Sem levar em conta as circunstâncias de sua demissão, só a perda da renda dele foi muito estressante. Eu não conseguia me imaginar causando esse tipo de dor em outra família, a menos que não existisse outra saída. Meneei a cabeça, recusando-me a isso. Precisava encontrar outro modo.

Tudo aquilo me lembrou do meu plano de vingança. Esses testes que Mr. King tinha planejado para mim não deixavam qualquer tempo livre para minha pesquisa pessoal. E agora eu estava ali, com acesso quase irrestrito aos registros financeiros da empresa.

Levantei a cabeça e olhei ao redor. Ninguém estava prestando atenção em mim, e eu estava diante de um computador no qual era provável que, com apenas alguns cliques, eu conseguiria acessar a informação que precisava. Minha mão hesitou sobre o mouse.

O que estava acontecendo comigo? Por que eu não cliquei?

*Você desistiu de tudo por isto aqui.*

Antes que eu pudesse desistir, abri os registros contábeis da empresa e me fixei na tela. Precisei me obrigar a ler cada linha – todas as anotações, tudo – até encontrar o que estava procurando. Pude ver as discrepâncias entre os registros e alguns dos relatórios de despesas dos executivos. Eles não batiam; os números estavam muito distantes. Verifiquei as datas, que pareciam corresponder à época em que meu pai trabalhou na empresa. Encontrei os relatórios de despesas dele e fiquei em silêncio. Eu não tinha me preparado para ver imagens das suas prestações de contas. Ver a sua assinatura firme na parte de baixo de um relatório trouxe lágrimas inesperadas aos meus olhos, mas fiz o possível para não me emocionar.

Ali não parecia haver nada de errado. Apenas despesas comuns, que não me pareceram exageradas. Comparei-as aos registros financeiros da empresa e tudo estava em ordem. Como eles podiam ter demitido meu pai por nada? Tinha que existir um motivo. Cavei mais fundo e um nome acendeu um alerta, o do antigo chefe do meu pai: Grant Kennedy. Acessei novamente os relatórios digitalizados e escolhi um mês, esperando encontrar algo. E encontrei...

A assinatura no relatório aprovado por Grant Kennedy não era do meu pai. Tinha sido falsificada. Meu coração bateu forte enquanto eu imprimia aquilo e outros relatórios semelhantes. Então, voltei para as primeiras prestações de contas do meu pai e imprimi algumas, com sua assinatura verdadeira. Espalhei os papéis sobre a mesa, diante de mim, e comparei. Era dolorosamente óbvio que as assinaturas não eram iguais. Alguém tinha debitado despesas no centro de custos do meu pai e falsificado sua assinatura. Para piorar as coisas – ou melhorar, dependendo de como se quisesse encarar a situação –, havia gastos em produtos e serviços para mulheres.

Então era isso... Aquilo provava a inocência do meu pai. De novo, lágrimas inundaram meus olhos e tive que enxugá-las antes que escorressem pelo meu rosto. Eu mal podia esperar para contar para minha mãe. Não foi meu pai quem teve um caso, mas o chefe dele. O sujeito o usou para se esconder, para que ninguém descobrisse, e isso tirou tudo dele. Fiquei sentada alguns minutos, perplexa. Eu sempre soube que meu pai era inocente e, finalmente, poder provar isso era estarrecedor. Os números não mentem, e aqueles documentos impressos demonstravam a verdade.

Então me ocorreu que, se aquilo tinha acontecido antes, talvez ainda acontecesse. Examinei relatórios de despesas submetidos por outras pessoas e encontrei mais alguns que pareciam fraudulentos, que também imprimi. Quem saberia dizer quantos mais eu encontraria? Quantas outras pessoas seriam pegas naquele lodaçal? Quem sabia daquilo? Até qual escalão tinha chegado? Se eu conseguisse o emprego de CEO, poderia realizar uma auditoria completa, corrigir aquilo, talvez até fazer uma denúncia criminal, e fiquei pensando qual seria o prazo para prescrição de crimes financeiros.

Naquele momento, entretanto, eu precisava me concentrar em chegar ao fim do processo seletivo. Encontrei um envelope na gaveta sob a mesa e enfiei nele todos os papéis que eu tinha imprimido. Fechei-o e soltei um grande suspiro. Encontrar o que eu estava procurando desde o início produziu uma sensação de euforia, e também de frustração. Eu havia encontrado os explosivos; só precisava decidir quando detoná-los.

Depois de uma olhada rápida no relógio, voltei minha atenção para o orçamento do clube de campo. Tinham que existir outros departamentos, além do pessoal, onde poderíamos fazer cortes nos gastos. O que foi mesmo que eu disse para Mr. Wednesday? Um empregado feliz é um empregado leal e sua produtividade será alta. Isso também poderia ser aplicado ali. Quem sabe, se nós encontrássemos formas de tornar a equipe mais produtiva, mais voltada à satisfação do cliente, a reputação do clube melhoraria, atraindo assim, mais clientes. Além disso, poderíamos oferecer um incentivo à aposentadoria, com uma redução voluntária de pessoal.

Voltei minha atenção ao Departamento de Operações. Nunca se sabe o que se passa por trás das cenas. Havia inúmeras formas de fazer dinheiro desaparecer – encomendas de suprimentos que nunca eram entregues, ou comida que caía do caminhão. Embora eu tivesse contato com pedidos de compras no meu emprego anterior, fiquei perplexa com os custos de manutenção de um campo de golfe. Água, grama, fertilizante – as despesas eram imensas. Fiquei pensando se havia algo que pudesse ser cortado naquele departamento.

Eu precisava entender perfeitamente como administrar um campo de golfe – bem, pelo menos o melhor possível a partir da minha cadeira. Então fiz o que qualquer bibliotecária faria e pesquisei a respeito. Fiquei pasma com a quantidade de água necessária para manter toda aquela grama e quantas horas de mão de obra para deixar tudo perfeito. Tive a impressão de que golfistas não gostam de jogar seus dezoito buracos em um gramado seco e mal aparado.

Tinham que existir outras formas de manutenção de um campo de golfe, e assim pesquisei sistemas de irrigação alternativos e fertilização natural. Minha cabeça estava girando com todas essas novas informações e fiz várias páginas de anotações. Ficou evidente que o melhor modo de manter os custos sob controle era garantir que o jardineiro soubesse tudo a respeito de manutenção de um campo de golfe. Gostei da ideia de atrair mais clientes. Elevar o padrão do campo de golfe do nosso clube faria com que ele se tornasse um destino de golfistas sérios, talvez até atraindo um torneio profissional.

Contudo, meu teste era reduzir o orçamento, não pensar em formas de aumentar a receita. Não importava o quanto olhasse para aquelas páginas infinitas de números, eu não conseguia enxergar cortes significativos que pudessem ser feitos. Deus, eu odiava números. As horas que passei olhando para eles foram as mais longas da minha vida. A frustração cresceu dentro de mim. Eu não sabia em que direção ir e me senti patinhando.

— Tess, venha comigo.

Quase dei um pulo da cadeira. Mr. Friday estava parado à porta, encostado no batente, me encarando. Pelo modo como estava posicionado, parecia posar para um ensaio de uma revista de moda. Era difícil acreditar que fosse o Diretor Financeiro. Aquele escritório, que antes parecia bastante espaçoso, começou a ficar pequeno com a presença dele dominando o espaço. Eu não sabia dizer o que ele tinha, mas Mr. Friday me deixava fora de prumo de um modo que eu não conseguia entender. Apesar de sua aparência descontraída, seu corpo estava tenso, sob controle. Seus óculos de aro faziam com que parecesse severo, e imaginei como Mr. Friday ficaria sem eles.

Ele se endireitou e virou para a esquerda, talvez para voltar para seu próprio escritório. Entendi que eu deveria sair correndo atrás dele como uma boa garotinha. Enfiei embaixo de uma pasta o envelope com as evidências incriminadoras que eu tinha compilado, agarrei meu bloco de anotações e me dirigi ao seu escritório. Ele estava parado à porta, esperando por mim, com o rosto inexpressivo. Quando me aproximei, ele recuou para que eu entrasse e apontou para uma cadeira.

— Sente-se.

Sim, era evidente que ele me via como uma criança ou um cachorrinho, o que era ofensivo. Aquele era um homem acostumado a estar no comando. Ele tinha uma postura exigente – dominante, até. Havia mesmo uma linha tênue entre amor e ódio, porque recomecei a ter pensamentos impuros. Não consegui evitar de imaginar se ele seria tão dominante no sexo como era no escritório.

Recostei-me na cadeira e cruzei as pernas, sorrindo por dentro quando ele baixou os olhos para acompanhar o movimento.

Pela primeira vez, olhei ao redor para ver se conseguia alguma pista, além de números, sobre quem era aquele homem. Eu tinha deduzido que ele era o Diretor Financeiro, já que todos os outros ocupavam cargos de liderança e supus que fossem diretores. Como ele seria fora das Empresas Diamond, quando tirava a fantasia de executivo? Notei, então, uma música clássica que tocava ao fundo em seu escritório, que começava suave, calma, e ia crescendo em notas muito insistentes. Inclinei a cabeça para prestar mais atenção.

— É *Bolero* o que estou ouvindo?

Mr. Friday estava de volta à sua cadeira, atrás da mesa, e me observava, pensativo. Pensei ter visto um lampejo de surpresa na reação dele à minha pergunta.

— É, sim. Você aprecia música clássica?

O modo como ele disse *aprecia* pareceu carregar uma entonação bem sugestiva.

— Na verdade, não. A maioria das coisas que eu ouvi parece uma lamentação sem fim e machuca meus ouvidos. Mas essa é agradável. Já ouvi *Bolero* antes.

— Eu gosto de música clássica — ele disse. — E de qualquer coisa com uma *pegada* forte e rítmica.

Os olhos dele pareceram ficar mais escuros e prendi a respiração. De repente, tive novamente aquela sensação, como se todos os meus segredos estivessem expostos diante dele. Era perturbador, como se eu fosse um ratinho tímido enfrentando um cão faminto. O rato não é o alimento favorito do cachorro, mas se ele estiver com fome suficiente, vai abrir uma exceção. Meu coração começou a bater mais rápido e eu não sabia se ficava lisonjeada, empolgada, aterrorizada ou excitada.

Eu precisava me distrair.

— Você toca algum instrumento? — perguntei, sem saber o que mais dizer, a não ser continuar falando de música. Matemática e música não tinham relação? Pensei ter lido sobre isso em algum lugar.

Ele deu um pequeno sorriso, como se sentisse que minhas emoções conflitantes lutavam para ver qual venceria.

— Eu toco, na verdade.

— O que você toca?

O sorrisinho que ele me deu pareceu conter todo tipo de significados que eu podia tentar imaginar quais eram. De qualquer modo, senti como se tivesse invadido, por acidente, sua intimidade, embora a pergunta parecesse inocente.

— Tudo bem. Você não precisa me contar, se não quiser — eu já estava satisfeita com todo o mistério que podia aguentar com Mr. Monday. Não iria investir tempo em outro homem enigmático.

— Eu toco diversos *instrumentos*.

Não pude evitar de reparar na ênfase com que ele disse *instrumentos*, nem deixar de ver o que seus dedos faziam com o lápis que ele segurava. Mr. Friday rodava o objeto em círculos fechados, rítmicos, que eram estranhamente hipnóticos. Ele deixou o lápis cair na mesa, quebrando o encanto.

Ergui os olhos, prendendo a respiração quando vi o modo como ele me encarava, e por causa da resposta sugestiva à minha pergunta, meus pensamentos foram parar em instrumentos de prazer. Imaginei se ele era adepto de práticas sadomasoquistas. Será que ele tinha um quarto dos prazeres? Estremeci ao pensar nele em um lugar daqueles, repleto de todo o tipo de brinquedos e instrumentos, uma parafernália completa dedicada a prazer e dor.

— Muito bem, então. É o seguinte... ainda não tenho um relatório formal pronto, mas embora a mão de obra seja a maior despesa, e eu tenha assinalado algumas compras suspeitas, acredito que o nosso principal objetivo seja aumentar a receita em vez de cortar o orçamento. Mas recomendo, sim, ficar de olho nos custos de manutenção do campo de golfe.

Apoiei a pasta na mesa e folheei minhas anotações, à procura de outros tópicos que eu deveria mencionar. Ele se esticou sobre a mesa, estendendo a mão para as páginas, e eu arregalei os olhos quando vi parte da tatuagem que apareceu por baixo do punho da camisa. Meu olhar subiu para o seu rosto, e naquele instante eu soube que minhas suspeitas a respeito do Mr. Friday estavam corretas.

Ele abriu minhas anotações e passou os olhos por elas. Nada. Ele apertou os lábios e sua voz estava baixa quando falou.

— Será que eu não deixei claro qual era a sua tarefa? Você devia encontrar formas de cortar custos, não de identificar maneiras de gastar *mais* dinheiro.

— Eu disse que não era especialista em finanças e que tentaria, caso me pedissem para fazer sugestões para o orçamento — apontei para as páginas que ele tinha em mãos. — E eu tentei.

Ele me deu um sorrisinho e eu não soube o que pensar.

— Quero ir até o local, hoje, para fazer uma inspeção rápida. Dar uma olhada no ambiente, observar alguns dos itens que você identificou aqui como problemas em potencial.

Aquilo me surpreendeu um pouco.

— Faz sentido — eu disse. — Acho que você vai gostar do lugar.

— Já estive lá muitas vezes, e soube que você visitou o clube na terça-feira.

A princípio fiquei surpresa por ele saber que eu já tinha estado lá, mas então me lembrei que todos aqueles homens pareciam gostar de se reunir para fofocar a meu respeito. Bem... era melhor imaginá-los contando histórias engraçadas sobre mim, do que pensar que eles se encontravam para decidir meu destino.

— Oh — disse, com a voz fraca, sentindo como se não tivesse privacidade alguma, já que tudo o que eu fazia era de conhecimento geral. Olhei para o meu relógio. — Lá é bem longe, e não vamos ter muito tempo para fazer uma inspeção adequada.

Ele me observou por cima dos óculos.

— Não vamos de carro — Senti um aperto no estômago e entendi muito bem o que ele quis dizer. — Mas você tem razão: não temos muito tempo — ele deu a volta na mesa, segurando minhas anotações, e estendeu a mão na direção da porta. — Vamos?

O que eu poderia dizer? Eu não tinha escolha, a não ser fazer o que ele sugeria. Peguei minha bolsa e me levantei. Passei por ele e, quando cheguei mais perto, senti sua energia. Ela foi ficando mais forte até eu sentir sua aura poderosa; era quase igual à de Mr. Monday. Ouvi sua respiração, como se estivesse amplificada. Não ousei erguer o rosto, pois tinha medo do que poderia encontrar em seus olhos. A pele dos meus braços e da minha nuca ficou arrepiada. Era como se ele estivesse me tocando com o olhar. Ouvi e senti a presença dele atrás de mim enquanto caminhava entre os escritórios. Embora estivesse curiosa a respeito dele, eu sabia que não o desejava. Mr. Monday tinha causado uma impressão muito forte em mim. Se eu fosse deixar que alguém me dominasse, seria ele.

Ficamos em silêncio durante a subida do elevador até a cobertura do prédio. Minhas emoções se debatiam dentro de mim. Olhei para ele, que continuava com a atenção completamente fixa nas páginas enquanto examinava, de novo, minhas anotações. Imaginei como seria se ele concentrasse toda aquela atenção em uma mulher que estivesse tocando, e estremeci levemente.

Lá estava eu de novo, no topo do prédio, caminhando na direção do helicóptero. Só que desta vez era dia e não havia a escuridão da noite para esconder a altura em que estávamos. Hesitei ao pisar na passarela. Mr. Friday estava logo atrás de mim. Eu o sentia com cada uma das minhas terminações nervosas, mas continuava confusa entre ser desejada ou caçada.

Caminhei com cuidado, ciente de que meus sapatos eram totalmente inadequados para pisar naquela passarela de metal. Os saltos eram delicados e poderiam se prender nos buracos da grade. Isso não ajudou minha vertigem que crescia, e segurei firme no parapeito, fazendo meu melhor para reunir coragem para a travessia. Será que Mr. Friday também sabia do meu medo de altura?

Então ele colocou a mão no meu ombro, me assustando, e eu quase caí de joelhos, de medo.

— Está tudo bem — ele disse.

A pegada dele era firme e quase senti como se todo meu medo estivesse sendo arrancado de mim, através da conexão entre seus dedos e meu ombro. Olhei para ele, um pouco surpresa por essa sensação nova. Como ele fez aquilo? Não consegui identificar o que enxerguei em seus olhos, mas fez com que me sentisse impotente. Deixei que a sensação passasse por mim antes de me tirar daquele estado de espírito estranho, afastando gentilmente meu ombro do seu toque.

— Estou bem, obrigada. — Então, caminhei com muito mais confiança na direção do helicóptero que nos aguardava. Embora ele tivesse me reconfortado por um instante, continuava sendo intimidante. Eu não sabia dizer o que me incomodava mais, ele ou o helicóptero.

Fiquei feliz outra vez com a minha saia; assim como aconteceu com o carro esporte, ela facilitou em muito minha entrada no aparelho. Me acomodei no mesmo assento em que fiquei na outra noite. Mr. Friday sentou no mesmo lugar que Mr. Monday, e eu tive, imediatamente, uma reação negativa, como se ele estivesse invadindo um lugar sagrado. É claro que tudo aquilo era muito irracional e eu não fazia ideia de onde vinha.

Ele se recostou como se não tivesse nenhuma preocupação no mundo. A autoconfiança e a aura dele inundaram o helicóptero. Ele era um homem imponente, eu tinha que reconhecer, e minha mente se voltou para o sexo. Imaginei se ele era um dominador. Eu não conhecia muito bem esse mundo. Minhas únicas informações vinham do que eu tinha lido em alguns romances e visto em filmes. Esse estilo de vida não me atraiu até aquele dia, quando me imaginei amarrada na cama de Mr. Monday. Tentei me imaginar nua na frente de Mr. Friday e minha excitação diminuiu.

Com toda a certeza, confiar no parceiro era algo muito importante nas minhas fantasias. Dominação leve era uma coisa, mas eu não acreditava que seria uma boa submissa. Não saberia desempenhar o papel. Abrir mão de todo o controle não era algo que me atraía. Eu podia entender por que algumas mulheres consideravam isso excitante, deixar que um homem as fizessem se sentir fabulosas, permitindo que ele afastasse o estresse e todas as preocupações. É claro que eu queria um homem que soubesse o que fazer na cama, mas também queria ter liberdade para retribuir. Eu queria poder deixá-lo igualmente louco de desejo.

Com minha mente envolvida em todo o tipo excitante de aventura sexual, quase me esqueci que estava no helicóptero com Mr. Friday. Quando ele estendeu o braço e tocou meu joelho, a onda de calor sexual que me incendiou também me acordou dos meus devaneios. Não consegui acreditar na minha reação, e disse a mim mesma que era porque estava pensando em Mr. Monday.

— Oh! Você me assustou.

— Eu sei — ele disse, sua voz demonstrando o quanto sabia.

Fiz meu melhor para não estremecer. Embora eu acreditasse que nossas preferências não combinassem, Mr. Friday tinha seus momentos de pura sensualidade. Mas Mr. Monday havia conquistado meu coração.

— Você tem algumas anotações ótimas, aqui. Conte-me quais suas recomendações.

O rugido das pás do helicóptero aumentou e eu agarrei meus joelhos quando a aeronave fez uma curva acentuada. Achei que nunca me acostumaria com aquilo.

— Você tem medo de voar — ele disse e eu abri os olhos, percebendo então que os havia fechado. Olhei para ele na cabine mal iluminada. Mr. Friday era só uma silhueta escura, com o contorno do sol atrás dele, parecendo enorme e imponente. Lembrei-me, então, de Mr. Monday, o que me provocou o desejo ardente de estar no solo – não no ar com aquele homem dominador –, esperando que Mr. Monday chegasse para me levar para casa, como tinha feito todas as noites daquela semana.

Eu não iria admitir meu medo – já tinha feito muito disso nos últimos dias –, então me virei e olhei pela janela, tentando não fechar os olhos.

— Não há nada do que se envergonhar — ele continuou. — Todo mundo tem seus medos. O que importa é o modo como você os enfrenta.

Só concordei com a cabeça.

— Posso ajudá-la a superar seus temores.

Eu tinha ouvido direito? Eu sabia *exatamente* o que ele queria dizer. Virei o rosto devagar para ele. Mr. Friday não estava falando só do meu medo de voar, mas também de algo muito mais profundo. Parte de mim se sentiu tentada a mergulhar no mundo dele, mas o restante de mim, não. Ele não era Mr. Monday. Foi fácil rejeitá-lo, mais fácil do que eu imaginava.

— Obrigada pela oferta. E, sem querer ofender, acredito que não vou aceitar — enfrentei seu olhar, querendo passar uma imagem de força que, de fato, não estava sentindo naquele momento. Eu me sentia intimidada e, para piorar as coisas, o maldito helicóptero balançou um pouco quando fomos atingidos por um vento forte.

Ele inclinou a cabeça para mim e sorriu. Foi um dos primeiros sorrisos genuínos que vi aquele homem dar o dia todo.

— Lembre-se, apenas, que a oferta continuará válida quando você estiver pronta.

Eu não soube como responder àquilo. Apenas acenei com a cabeça e voltei a olhar pela janela. Aquela viagem de helicóptero parecia não acabar nunca.

— Acho que estamos nos aproximando do clube de campo — eu disse, apontando. Estava um pouco mais calma. Talvez me obrigar a fazer algo que me apavorasse fosse uma maneira de superar meu medo de altura. — Uau! O lugar é lindo visto de cima.

— É mesmo. Acredito que será uma boa compra. Os cortes que faremos vão tornar o clube bem lucrativo.

Eu me virei para ele.

— Que cortes?

Ele me encarou, parecendo surpreso por eu perguntar.

— Você sabe qual é a resposta. Suas anotações identificam claramente as áreas que precisam ser enxugadas.

Oh, meu Deus, ele estava falando da equipe. Ele iria reduzir o número de empregados.

— Eu posso ter identificado áreas que precisam de atenção. Mas também dei soluções que evitariam a necessidade de demissões — apertei meus dedos, nervosa, enquanto tentava convencê-lo.

— Eu vi. Mas o modo mais rápido de aliviar a tensão nas finanças, pelas minhas estimativas, é reduzir a equipe — ele dispensou minhas preocupações com um gesto indiferente da mão.

O helicóptero inclinou para frente durante a descida para a aterrissagem. Segurei a respiração e fechei os punhos, antes de me obrigar a relaxar.

— Isso pode ser verdade, mas acredito que será um erro enorme. O que nós oferecemos é serviço, e não é possível oferecer um atendimento de primeira se a equipe estiver sobrecarregada e insatisfeita. Isso vai afetar a satisfação dos clientes.

Ele levantou a mão para me fazer parar. Franzi a testa, pois não gostei daquela falta de respeito pela minha opinião.

— Pode ser que sim, Tess, mas...

— Não tem "mas". Você não pode simplesmente demitir empregados. Existem outras formas de reduzir o quadro de funcionários, talvez oferecendo opções de aposentadoria para empregados antigos. Mas acredito mesmo que demissões não é a abordagem correta.

Dava para ver que ele não estava acostumado que as pessoas discordassem dele, mas eu não iria recuar. Eu tinha visto, no outro dia, como uma equipe insatisfeita podia ser improdutiva, e estava pronta para debater. Mr. Friday me observou por um momento, pensativo, enquanto o helicóptero tocava o solo.

Então, ele concordou:

— Por enquanto, vamos tentar evitar demitir empregados.

A sensação de alívio me relaxou. Eu não sabia quantos empregos tinha acabado de salvar, mas mesmo que fosse apenas um, teria sido importante.

Observei Mr. Friday descer do helicóptero. Ele, então, estendeu a mão para mim. Olhei-o e concluí que aquele era um gesto de paz, e assim aceitei sua ajuda. Fiquei aliviada por minha pele não ficar toda arrepiada e por eu não sentir nenhuma onda de desejo.

— Vá na frente, Srta. Canyon — eu lhe dei um olhar de estranhamento, por ele ser tão formal; afinal, Mr. Friday tinha me chamado de Tess o dia todo. Dei de ombros e segui pelo caminho por onde tinha passado apenas alguns dias antes.

— Eu só estive aqui uma vez, então qualquer coisa mais detalhada você vai ter que fazer por sua conta — eu disse.

Mr. Friday consultou o relógio.

— Nós só temos alguns minutos antes da reunião.

— Que reunião? — perguntei, pois não esperava aquela novidade. Ele estava digitando uma mensagem no celular, praticamente me ignorando, e eu tive que repetir a pergunta para que ele respondesse.

— Uma reunião administrativa — ele respondeu, distraído.

— Por que você não me disse antes?

— Nem tudo vai ser dito com antecedência. Isso ainda não ficou claro? — Mr. Friday perguntou, guardando o celular no bolso e olhando ao redor.

Suspirei alto, contrariada, embora ele tivesse razão.

— Ainda assim, teria sido bom se você me avisasse, para que eu pudesse me preparar.

Ele levantou a pasta.

— Você se preparou. Então... sei que existe uma sala de reuniões em algum lugar por aqui. Você consegue encontrá-la?

Deus, será que ele conseguia ser mais arrogante?

— Claro que sim! É por aqui.

Nós entramos por aquelas portas impressionantes e eu experimentei a mesma sensação ao estar ali na terça-feira. Acreditava ter me apaixonado por aquele lugar. Conduzi Mr. Friday à mesma sala de reuniões do outro dia, onde meia-dúzia de pessoas nos aguardavam, incluindo – surpresa! – Mr. Wednesday. Meu coração deu uma cambalhota. Fiquei tão chocada ao vê-lo ali que não soube o que dizer. Ele inclinou a cabeça para mim e eu, constrangida, respondi com um sorriso.

Aproveitando a desculpa para desviar o olhar, voltei-me para a mesa, tentando avaliar os demais presentes; deviam ser da equipe administrativa do clube. Todos pareciam um pouco nervosos, e senti a necessidade de tranquilizá-los, e dizer que não deveriam temer por seus empregos.

Olhei para Mr. Friday e apertei meus olhos. Ele manteria o que tinha dito no helicóptero? Então virei meu olhar para Mr. Wednesday e tentei avaliar a expressão em seu rosto. Os dois homens eram indecifráveis.

Não fiquei surpresa quando Mr. Wednesday deu início à reunião. Ele distribuiu folhas de papel contendo os itens da pauta. Corri os olhos pela minha cópia e fiquei aliviada ao ver que tinham listado o orçamento, mas sem especificar nada. Talvez nós conseguíssemos driblar as demissões, afinal.

— Esta reunião foi convocada em respeito a vocês e seus empregados — Mr. Wednesday caminhou para a cabeceira da mesa e se sentou. Ele tinha facilidade para fazer todo mundo ficar à vontade, e percebi que a tensão no rosto dos gerentes diminuiu um pouco. Também relaxei e peguei uma cadeira na outra ponta, esperando para ver como aquela reunião iria se desenrolar. Mr. Wednesday continuou: — A esta altura, vocês provavelmente sabem que as Empresas Diamond compraram o clube de campo. Tenho certeza de que já ouviram alguns boatos, então viemos até aqui para tranquilizar vocês.

Mr. Friday me entregou as anotações e indicou que eu deveria passá-las para Mr. Wednesday. Outra razão pela qual eu gostaria de ter sido avisada da reunião: eu teria feito um relatório de verdade. Levantei-me e dei a volta na mesa. Toquei de leve o ombro de Mr. Wednesday antes de colocar a pasta à frente dele. Eu o senti ficar rígido debaixo dos meus dedos, e fiquei incomodada ao perceber que, provavelmente, tinha ferido seus sentimentos na outra noite.

— A Srta. Canyon preparou uma análise financeira para nós. Baseada em suas pesquisas, ela identificou áreas problemáticas e sugeriu algumas soluções possíveis.

— Vocês vão demitir funcionários? — O homem que perguntou vestia uma camisa polo verde-escuro com o logotipo do clube e calças cáqui. A roupa descontraída, confortável, indicava que ele provavelmente gerenciava o campo de golfe ou as equipes de manutenção.

Mr. Wednesday olhou para mim.

— Tess, você pode responder?

Olhei o homem diretamente nos olhos.

— Desculpe, ainda não sei seu nome — eu disse.

— Vincent.

— Obrigada, Vincent. Não, no momento não estamos pensando em demitir ninguém — eu me esforcei para não fazer uma expressão convencida para Mr. Friday. — É óbvio que ainda estamos levantando todos os dados, e não tomaremos decisões apressadas. Contudo, posso lhes dizer – e esta informação não pode sair desta sala, porque ainda não estamos prontos para fazer anúncios para o resto da equipe – que pensamos em novos controles de estoque, além de estarmos considerando oferecer incentivos à aposentadoria — olhei para Mr. Wednesday e levantei as sobrancelhas, questionando-o.

— Sim, a Srta. Canyon está certa. Oferecer incentivos é algo que a Diamond está considerando seriamente. Depois que integrarmos os registros dos funcionários do clube ao nosso próprio sistema, poderemos identificar aqueles que são elegíveis e discutir o assunto diretamente com cada um. Enquanto isso, vamos manter as coisas como estão, mas não se enganem, mudanças vão acontecer. Uma das metas mais importantes será aumentar o número de associados e a receita. Cada um de vocês vai receber a tarefa de determinar como o seu departamento vai concretizar isso. Então, sugiro que comecem a pensar nessas questões, para que possamos nos reunir de novo dentro de uma semana.

A reunião foi objetiva e terminou antes que eu percebesse. Isso foi um pouco frustrante, depois de tanta expectativa. O homem da camisa polo saiu apressado, possivelmente para contar ao resto da equipe a boa notícia, que não existiam planos para demissões. Os outros conversaram com Mr. Wednesday e Mr. Friday, enquanto continuei sentada à mesa, sentindo-me desconfortável porque os dois estavam no mesmo ambiente. Que Deus me ajudasse se Mr. Monday aparecesse – algo que seria impossível. Depois de mais algumas perguntas e um pouco de conversa fiada, os gerentes foram saindo da sala e ficamos apenas nós três.

— Esta é minha primeira vez aqui. King sempre marca os retiros de diretoria quando o RH está mais ocupado — anunciou Mr. Wednesday. Ele se virou para Mr. Friday. — É sua primeira vez, também?

O outro concordou com a cabeça.

— Sim. Eu esperava que Tess pudesse nos levar para conhecer o lugar, mas parece que ela também não viu muita coisa quando esteve aqui.

— Muito bem, então quais são os seus planos para este clube? — perguntei para eles. Os dois pareceram ficar muito surpresos com a pergunta. — O que foi? Essa é fácil de responder.

Mr. Friday cruzou os braços à frente do peito.

— Em vez de *nós* dizermos o que achamos que deve ser feito com o clube, por que *você* não nos conta o que deveria acontecer?

— Bem, como você mencionou, a Diamond já marca muitos eventos aqui. Depois que a empresa adquirir a propriedade, vamos economizar muito dinheiro continuando a utilizar o clube como local de grandes eventos e retiros. Além disso, acho que poderia ser um benefício para os funcionários — olhei para Mr. Wednesday. — Eles poderiam receber um desconto especial no spa e na taxa de golfe. Brindes também poderiam ser distribuídos periodicamente, como forma de incentivo. Mas o principal que a empresa deveria pensar em fazer é promover o campo de golfe de forma mais consistente. Nós poderíamos tentar trazer um torneio ou fazer uma parceria com um hotel próximo, oferecendo um pacote de hospedagem com golfe. De qualquer modo, em todas essas ideias o nível dos funcionários é importante. Não se pode fazer eventos de qualidade sem uma equipe qualificada.

Os homens me fizeram perguntas durante algum tempo, então Mr. Wednesday falou.

— Eu ainda gostaria de dar uma olhada no local — Ele não nos convidou para acompanhá-lo, saindo pela porta da sala de reuniões, deixando-nos sozinhos.

— Venha comigo — Mr. Friday disse, também saindo da sala. Mais uma vez, não tive escolha senão ir atrás dele enquanto voltávamos para o saguão principal.

— Quando estive aqui também quis conhecer melhor a propriedade. Mas não tivemos tempo — eu disse ao entrarmos no salão do restaurante.

— Bem, no momento também não temos — ele afirmou e abriu a porta para o pátio de pedra.

Uma brisa gostosa vinha do lago. Inspirei profundamente e enchi os pulmões com o ar limpo.

— Devo dizer que adoro o ar do campo.

— Eu também — Mr. Friday acrescentou e nós descemos pelos grandes degraus até a margem do lago.

Havia apenas um par de barcos amarrados às docas.

— No outro dia havia alguns hidroaviões aqui — comentei.

— Soube que o lugar recebe aviões. Essa é outra conveniência que pode ser usada para atrair uma clientela de alto nível.

Eu me virei para observar o lugar. A beleza da natureza, ali, era assombrosa. Tinha me apaixonado pelo clube e seu entorno, e esperava poder passar muito tempo ali quando fosse CEO. *Uau, vejam só. Eu já estava pensando em mim mesma como CEO!*

Cinco dias sendo aprovada em testes pareciam ter me subido à cabeça. Mas... quem saberia o final? E se eu não passasse no teste desse dia? Não havia sinal de Mr. Monday, nem de um novo cartão de acesso. Olhei ao redor, na esperança de vê-lo ali, ficando decepcionada por não encontrá-lo. Contudo, como ele teve que arrumar tempo para me levar à empresa pela manhã, por causa do problema pessoal que estava tendo que lidar, imaginei que ele não teria como dirigir até o clube para me buscar. Obriguei-me a não ficar esperando por ele.

Voltei pelos degraus na direção da sede do clube e me perguntei quando voltaríamos para a cidade. De repente, me senti exausta. Aquela semana tinha sido uma loucura e eu estava além de esgotada. Depois daquilo eu conseguiria dormir por cinco dias seguidos. Me lembrei, então, que se passasse no teste de sexta-feira, ainda teria que enfrentar mais dois dias.

Dentro da sede, senti uma vontade imensa de tomar café, e não quis esperar por Mr. Friday. Ele já era bem grandinho e sabia cuidar de si mesmo. Eu precisava ficar sozinha por um momento e me sentei em um banco alto no restaurante. Ajeitei minha saia e me virei para admirar a vista magnífica do lago através das janelas que se estendiam do chão ao teto.

Uma garçonete veio anotar meu pedido e prestei atenção no modo como ela me atendia. Fiquei agradavelmente surpresa e muito satisfeita com a graça e a atenção com que ela me serviu. Se ela era uma amostra do restante da equipe, nós estávamos bem.

Não fazia ideia de como voltaria para a cidade e só poderia deduzir que iríamos de helicóptero. Eu estava apreciando minha pausa na pressão de ter que lidar com aqueles "dias", mas sabia que Mr. Friday viria me procurar quando chegasse a hora de partirmos. O café era bom e comecei a relaxar. Fiquei feliz pela Diamond adquirir aquela propriedade e também por eu, talvez, ter a oportunidade de supervisionar o desenvolvimento do clube. Por algum motivo, me sentia ligada ao local.

Eu estava me divertindo, construindo castelos no ar, pensando em como seria o futuro do clube de campo, que fiquei um pouco decepcionada quando Mr. Friday apareceu para me buscar.

— Vamos embora — ele anunciou.

Desci do banco.

— Você conseguiu ver o que queria?

— Consegui — ele respondeu.

— Bem, ficou feliz com a aquisição? — perguntei, quase cruzando os dedos enquanto esperava pela resposta.

— Sim, estou satisfeito com ela.

Meneei a cabeça e procurei me lembrar que ele era o homem dos números. Tudo preto no branco. Somando e subtraindo. Mas, depois desse dia, eu sabia que havia paixões escondidas dentro dele, algo que escondia muito bem por trás daquele exterior de homem das finanças.

Enquanto nos acomodávamos no helicóptero, uma ideia me surgiu na cabeça.

— Quer saber um modo de economizar dinheiro?

Eu estava afivelando o cinto, e ele também.

— É claro que eu quero! Qual a sua sugestão?

— Parar de vir para cá voando neste maldito helicóptero.

Pela primeira vez no dia, ele riu. Foi uma risada gostosa, grave e potente. Eu sorri e relaxei no meu assento. Com toda a certeza ele era um homem intrigante. Só não o bastante para mim.

Foi então que me lembrei de ter deixado o envelope com as evidências – que incriminavam a mim e as Empresas Diamond – no escritório.

## Sábado

Eu estava sonhando. Tinha que ser um sonho, porque tudo aquilo era muito confuso e mudava constantemente. Exceto pelas pancadas ensurdecedoras. Isso era algo novo. E insistente. Pareciam vir de algum quarto escuro no meu sonho, até que se transformou no barulho rítmico das pás do helicóptero. Eu estava na aeronave, voando sobre terras cobertas de sombras.

*Bangue! Uop, Uop. Bangue! Bangue!*

De repente, o helicóptero inclinou, meu cinto de segurança desapareceu e eu caí pela porta. Meu pior pesadelo! Estiquei as mãos no ar enquanto tentava, desesperadamente, agarrar em alguma coisa que pudesse impedir minha queda. Não havia nada. Enquanto eu me contorcia e caía, vi Mr. Monday lá embaixo, olhando para mim. Ele segurava uma daquelas antigas redes de bombeiro, pronto para me pegar. Ouvi sua voz ao longe, gritando:

— Não se preocupe, a rede é *vintage*!

Mas quanto mais me aproximava do solo, mais longe ele parecia estar.

*Bangue! Bangue! Bangue!*

As batidas não paravam e meu corpo se contorceu no ar. O barulho das pancadas foram lentamente me puxando das profundezas caóticas do meu sonho. Eu resistia, debaixo das camadas de sono, a deixar Mr. Monday para trás. Meu coração estava apertado porque eu não podia levá-lo comigo. A sensação de perda era grande quando acordei, com a luz brilhante da manhã perfurando a última camada de sonolência.

Pisquei várias vezes e olhei ao redor, confusa. Eu estava na minha própria cama. Estiquei a mão, na esperança de sentir Mr. Monday enrolado nas cobertas ao meu lado. Mas a cama estava vazia e os lençóis, frios. Aquilo tinha parecido tão real. Eu não conseguia raciocinar direito, continuava tentando vencer o sono e entender que merda estava acontecendo.

O barulho, contudo, não sumiu junto com meu sonho. Ele continuava. Sacudi a cabeça e esfreguei os olhos. Afastei as cobertas, mesmo sem querer abandonar o calor gostoso da minha cama. Levantei um pouco rápido demais e senti uma certa vertigem, então saí do quarto cambaleando e cheguei na sala de estar. Isso mesmo, o som vinha da porta da frente.

— Pode parar! Estou indo!

Destranquei a porta e a abri de supetão, então paralisei, percebendo meu erro. Eu nunca abria a porta sem antes espiar pelo olho mágico. Culpei o fato de eu ainda estar meio dormindo, e também a pessoa parada no corredor, que só podia estar querendo morrer, ao perturbar daquela forma meu sono de beleza depois de uma semana maluca de difícil.

— Até que enfim! — Uma voz grave ecoou no corredor.

— O que você está fazendo aqui? E quem é você, afinal? — perguntei esfregando os olhos para livrá-los do restinho de sono.

Aos poucos, minha visão foi clareando e pisquei com mais força. Ele estava na sombra, mas pude ver o bastante para deduzir que devia ser alguém da Diamond. Dei um passo à frente e inclinei a cabeça para trás para observá-lo. Ele também se adiantou e a luz que saía do meu apartamento o iluminou.

Ele. Era. Enorme. Com um cabelo loiro comprido chegando até os ombros, músculos firmes como rocha e olhos azuis vibrantes, parecendo um deus viking, pronto para me carregar até seu barco. Santo Deus! Naquele meu estado de sonolência, senti que estava pronta para começar a fazer as malas.

Organizei meus pensamentos. Era Mr. Monday quem eu queria que me arrebatasse. Isso mesmo. *Ele.* Mas... tudo bem! Tentei voltar a atenção para o homem lindo parado no meu corredor, que me observava em silêncio enquanto eu surtava. Embora eu soubesse que ele só podia ser da Diamond, resolvi que não iria facilitar vida dele, nem lhe estender o tapete vermelho. Eu ia fazê-lo gramar para conseguir o que quer que fosse.

— Quem diabos é você? E por que acha que pode espancar minha porta assim, de manhã cedo? É sábado, pelo amor de Deus! Um dia de descanso. Um dia para dormir... o que, aliás, eu estava fazendo — tentei fazer minha voz parecer firme e brava, mas ela continuava pastosa de sono.

— Eu sei que é sábado. É dia de diversão e... — ele olhou para o relógio — ...já são dez da manhã. A hora de dormir já acabou — ele passou por mim e entrou no apartamento.

— Como assim? Você não pode simplesmente entrar aqui. Eu nem o conheço — pisquei, chocada com o modo como ele tinha invadido minha casa. — Ei, você aí. Chega. É mesmo dia de diversão, e eu quero me divertir do meu jeito, na minha cama!

Assim que as palavras saíram da minha boca, quis abrir um buraco no chão e sumir nele. Eu queria dizer que pretendia dormir, mas pelo modo como o olhar dele percorreu meu corpo, lembrando-me que eu só estava vestindo shorts e regata, sem sutiã, ficou claro que aquele viking misterioso teve outra ideia.

— Você sabe o que eu quis dizer — murmurei, a voz fraca.

— Os dias de se divertir ficam bem melhores na companhia de alguém — ele sorriu, malicioso, e covinhas apareceram em suas bochechas, fazendo meus joelhos fraquejarem. — Então ande logo. Arrume-se e vamos.

Sacudi a cabeça e levantei as mãos, acenando-as para frente e para trás.

— Não estou entendendo nada. Você está dizendo muita coisa logo cedo.

— Não é cedo — ele caminhou até minha estante de livros e ficou espiando os títulos. Por sobre o ombro, ele disse: — Mas você está com uma voz matinal bem sexy. Eu gosto.

— Quê? — quem era aquele homem tão ousado, mandão e, sim, vou dizer de novo, lindo? Voz sexy... — eu meneei a cabeça, então o encarei. — Sim, você acabou de me acordar. E, não, não vou a lugar algum. É sábado.

Fui até o sofá, desabei nele e no mesmo instante soltei um bocejo leonino. Tentei falar enquanto bocejava, o que só produziu palavras incompreensíveis.

— Está vendo? Estou bocejando — apontei para mim mesma e o bocejo demorou ainda mais.

Ele jogou a cabeça para trás e me deu um olhar divertido, antes de decidir, todo másculo, ignorar meu *mimimi*.

— Pode até ser sábado, *Tess dos Testes*, mas não significa que seja um dia de descanso para você.

— Do que você está falando? Eu encerrei a semana — me estiquei no sofá e me aninhei nas almofadas. Eu sabia que ainda teria que enfrentar mais dois testes, mas com toda a certeza seriam na segunda e na terça-feira, certo? Aquilo estava claro para mim, e ter o fim de semana para descansar seria uma maravilha. Eu poderia usar esse tempo para decidir, de uma vez por todas, o que faria com meu plano de vingança.

— Mr. King lhe disse que seriam sete testes, em sete dias. Ele nunca disse que seriam dias úteis. CEOs estão de plantão 24 horas por dia, sete dias por semana. Você precisa me agradecer. Nada de orçamentos, hoje. Mas se preferir continuar dormindo, volto para a empresa e digo para eles que você cansou do processo seletivo — Mr. Saturday, aquele capeta, começou a se dirigir para a porta. Naquele momento, só havia uma coisa que eu poderia dizer.

— Você promete mesmo que não vou enfrentar nenhum orçamento, hoje? Nada de planilhas intermináveis de números?

Ele gargalhou fechando os olhos, e meu apartamento pareceu quase estremecer com o som.

— Sim, *Tess, a Analfabeta Matemática,* prometo que o teste de hoje não terá problemas financeiros.

Sentei-me no sofá, preparando-me para voltar ao quarto para me arrumar e dar uma última olhada saudosa para minha cama, mas parei porque tinha que ter certeza.

— Como faço para saber que posso confiar em você? E se você for um analista da bolsa de valores disfarçado?

Minha surpresa foi que o vizinho não bateu na parede quando Mr. Saturday soltou outra sonora gargalhada. Em quarenta anos aquele homem daria um belo Papai Noel. Ele estendeu a mão e apertou a minha.

— Sou o Diretor de Marketing, querida. Por que eu mentiria para você?

Revirei os olhos, porque, afinal, o que era marketing, além de embrulhar a verdade em uma embalagem bonita e brilhante, para depois mergulhá-la no linguajar publicitário?

— Tudo bem — respondi, soltando minha mão. — Só vou tomar uma chuveirada rápida e...

— Não esquente — ele fez um gesto com a mão, como se fosse para eu não me preocupar. — Você pode tomar um banho onde estamos indo.

Me endireitei no sofá e coloquei os pés no chão, sentindo um arrepio de preocupação descer pelas costas.

— Ops... isso soou muito estranho. Para onde você quer me levar? — apertei os olhos e levantei o queixo. — Acho melhor eu ver algum tipo de identidade antes de ir com você a qualquer lugar.

— Bem, é isso que chamam de fechar a porta do estábulo depois que o cavalo fugiu — ele continuou a rir.

— Eu não acho graça nenhuma — estendi a mão. — Prove que você é da Diamond, ou pode ir embora agora mesmo. Sem mim.

Ele enfiou a mão no bolso da calça, movendo-se com tanta autoconfiança e charme que isso o fez parecer ainda mais masculino. E ele nem estava vestindo terno, como os outros executivos que conheci. Tudo bem, era sábado, mas ainda assim... O lado bom era que aquilo significava que eu também podia me vestir à vontade.

— Acho que isso pode esclarecer tudo — ele me ofereceu um envelope dobrado. — Pelo menos no que diz respeito às suas preocupações.

Rasguei o envelope e peguei uma carta toda amassada, junto com um cartão de visita com os detalhes de Mr. King. O papel trazia o mesmo símbolo do bilhete que recebi na quinta-feira. Com a mesma caligrafia, ele informava:

*Tess, estou muito contente que você tenha conseguido chegar ao sexto dia. Tome o* brunch *por conta da Diamond, porque depois Mr. Saturday vai levar você para fazer o seu próximo teste. Boa sorte!*

— Humpf — bufei e olhei para ele. — Isto não prova nada, sabia. Olhe só o estado deste envelope. Você pode muito bem ter roubado isto do verdadeiro Mr. Saturday.

— Você não está falando sério — ele inclinou a cabeça e me deu um olhar intrigado. — Com certeza você é uma mulher interessante.

Dei de ombros.

— Eu sou quem sou, e nada vai mudar isso.

— Bem, *Tess, a Paranoica*, às vezes as mudanças acontecem quando não estamos prestando atenção — com essa declaração enigmática, ele juntou as mãos e consultou o relógio. — Vamos andando? A reserva para o *brunch* é daqui a 15 minutos. E lá você pode tomar banho depois.

Esfreguei os olhos, tentando me livrar do restinho de sono, e me levantei.

— Então, o que preciso levar comigo?

— Nada. Sua bolsa, acho, se tiver vontade.

Dei um olhar enviesado para ele.

— Minha mãe me ensinou a sempre ter dinheiro para uma maluquice. Sabe como é, quando você precisar sair de repente, é bom ter dinheiro, para não depender de ninguém.

— Agora eu sei de quem você puxou esse jeito desconfiado — ele balançou os dedos na minha direção. — É melhor se trocar. Você está incrivelmente sexy com seu pijaminha, mas ele não combina com o lugar aonde vamos.

Droga. Eu sabia que precisava me conformar, se quisesse continuar com os testes, mas estava muito cansada daqueles homens me dando ordens sem nenhum contexto.

— Nosso destino teria, por acaso, alguma exigência de tipo de roupa? — perguntei fingindo ser meiga.

Ele ignorou meu sarcasmo adocicado.

— É dia de descontração, então vista suas roupas mais confortáveis e descoladas. Vamos logo, ande com isso e se arrume. Ou eu mesmo vou vestir você.

Engoli uma exclamação de espanto e olhei feio para ele.

— É claro que não vai fazer nada disso — dei meia-volta e joguei a cabeça para trás. — Você é um pé no saco.

A risada dele me acompanhou até o quarto e bati a porta para interrompê-la. A sensação foi boa por um instante... até ouvi-lo ainda rindo do outro lado. Vesti bermuda e camiseta estrategicamente escolhidas, enfiei os pés em sandálias, corri para o banheiro e dei uma geral no meu rosto e ajeitei o cabelo com as mãos. Passei a alça da bolsa pelo ombro e abri a porta do quarto.

— Muito bem, então. Imagino que você queira que eu o siga.

Ele tirou os olhos do telefone, sorriu, e fez uma expressão de aprovação quando olhou para mim.

— E não é que você está gata? Mesmo vestida à vontade você consegue tirar o fôlego de um cara e atiçar a sua imaginação.

Revirei os olhos.

— Não banque o malandro.

Mr. Saturday fez uma reverência exagerada antes de pegar meu braço e me tirar do apartamento.

— Vamos, *milady Tess*. Temos lugares para visitar.

Depois da semana que eu tive, achei que merecia mesmo um agrado. Mr. Saturday me levou para um edifício muito exclusivo, em um bairro igualmente exclusivo. Ele dirigiu o carro para uma viela ao lado do prédio, com lindas árvores em arco margeando o trajeto até um estacionamento privativo que, evidentemente, pertencia àquele lugar elegante. Percebi que se tratava de algo especial.

— Que lugar é este? — perguntei, admirando a arquitetura fantástica.

Depois de estacionar, ele saiu e deu a volta no carro para abrir a minha porta.

— É aqui que vamos tomar nosso *brunch*. Um começo de dia agradável e relaxante.

*Como ele sabia que tudo o que eu queria era relaxar um pouco?*

Deixei que ele me ajudasse a sair do carro e nós seguimos por uma trilha de paralelepípedos ladeado por canteiros de flores coloridas. Bancos de ferro forjado estavam enfiados em cantos discretos e reservados. Uma fonte de água marcava o fim do caminho, pouco antes de uma escada de tijolos que levava a portas com vitrais fabulosos.

— Isto é tão lindo — pude sentir minha irritação sendo levada pela brisa de verão. Suspirei, feliz.

— Não consigo imaginar como deve ser estressante, passar por todos esses testes. Você merece alguns momentos de serenidade.

Voltei atrás com todos os maus pensamentos que tive a respeito de Mr. Saturday. Nós entramos no edifício e ele colocou a mão na parte de baixo das minhas costas. Aquele local era todo cinco estrelas. O aroma era tão encantador e limpo como a aparência. Nunca tive condições de ir a um lugar como aquele antes. Tudo era uma experiência nova para mim, mas, provavelmente, eu poderia repetir com meu salário de CEO. Todas as possibilidades que se apresentavam à minha frente foram se somando e me deixavam fervilhando de empolgação.

— O salão é por aqui — uma recepcionista encantadora nos cumprimentou com um pequeno sorriso nos levou até a mesa.

O restaurante me tirou o fôlego e eu admirava cada detalhe: das paredes cor de champanha às lareiras folheadas a ouro, das flores coloridas ao cristal brilhante, da prataria reluzente às toalhas de mesa adamascadas. Todas as mesas estavam distribuídas estrategicamente em áreas reservadas, e a nossa ficava em uma alcova arredondada com janelas do chão ao teto com vista para o jardim. Aquilo tudo era muito requintado.

Toda a tensão da última semana evaporou e me senti inebriada pelo ambiente luxuoso. Uma maravilhosa sensação de paz me tomou e eu me acomodei em uma poltrona confortável na mesa onde nos levaram. Aquele seria meu futuro. Nada mais de contar moedas, de orçamento apertado ou de rezar para que as despesas não aumentassem. Se eu conseguisse o cargo de CEO, teria segurança financeira e ninguém poderia tirar isso de mim.

Um garçom veio perguntar o que nós gostaríamos de beber e voltou tão rápido com nosso chá que pareceu ter asas.

Meneei a cabeça, maravilhada.

— Por que você está mexendo a cabeça? — perguntou Mr. Saturday enquanto pegava a chaleira para servir. Era algo muito estranho ver um homem tão masculino lidar com uma peça tão delicada de porcelana.

— Hum? — adicionei leite ao meu chá e mexi o líquido com uma elegante colher de prata.

— Por que você está mexendo a cabeça assim? —sua mão fazia a xícara sumir, mas ele a manuseou com tanta elegância que o objeto parecia protegido, não ameaçado.

— Eu só estava pensando em tudo o que aconteceu. Pelo que eu tive que passar para chegar até aqui. E onde estou agora — tomei um gole do meu chá. Não era café trazido de avião da Costa Rica, mas era tão gostoso quanto o chá que eu tomei com minha mãe da última vez em que a visitei na Inglaterra. O que já fazia algum tempo. Eu queria criar coragem para voar com maior frequência. Senti muita saudade dela naquele instante.

O garçom veio até a nossa mesa e perguntou em voz baixa se queríamos pedir o *brunch*. Nós dissemos que sim e ele pareceu demorar apenas alguns instantes para voltar, acompanhado de um exército de garçons impecavelmente uniformizados, trazendo um imenso café da manhã no estilo inglês.

Não demoramos para mergulhar naquelas delícias. Mr. Saturday comia com um prazer despreocupado. Eu o observava por cima da borda da minha xícara. Ele era um homem diabolicamente sexy e parecia impetuoso, ousado, e ainda assim possuía um ar de sofisticação que era surpreendente, considerando sua aparência rebelde. Tive que admitir, contudo, que ele era uma companhia libertadora. O tipo de homem que poderia levar você ao limite e a traria de volta. Que a aceitaria como é, sem tentar mudá-la. Desconfiei que ele não era muito de obedecer às regras.

Será que eu estava me acostumando a andar com homens lindos e sensuais? Eu estava quase comendo um pedaço de torrada, que havia mergulhado na gema do ovo, quando pensei em Mr. Monday. Minha mão interrompeu o movimento e meu estômago se contraiu. Quando eu o veria de novo? Ele sabia deste teste? Era ele quem normalmente me acompanhava, mas aquele sábado não tinha nada de normal. Olhei para Mr. Saturday, mas ele estava muito concentrado no prato à sua frente e, por sorte, não percebeu minha hesitação. Se Mr. Monday não soubesse onde eu estava, isso significava que talvez eu não o visse nesse dia.

Baixei a mão, muito triste. Eu não tinha o número do se celular, nem poderia procurá-lo. *Ele* teria que me encontrar. Depois dos beijos apaixonados que trocamos, eu queria mais, meu corpo estava sempre à beira da excitação. Eu podia apreciar a boa aparência de Mr. Saturday, mas era como admirar a técnica de um pintor sem querer ficar com a pintura.

Meu apetite sumiu e, perdida em meus pensamentos confusos, tomei um gole de chá enquanto Mr. Saturday acabava com a comida restante. Trêmula, coloquei a xícara no pires frágil, sacudindo-o e fazendo a colher de prata ir parar na mesa.

— Calma — disse Mr. Saturday, levantando as sobrancelhas. — Não precisa quebrar tudo.

Apoiei meus dedos na xícara, esperando conseguir firmá-los. Soltei um suspiro. Eu estava pronta para encerrar o *brunch* e começar meu teste. Ele deve ter lido minha mente, porque fez um gesto discreto com a mão e o garçom apareceu com a conta. Mr. Saturday lhe entregou um cartão de crédito preto. Não consegui ler seu nome, mas vi que "Empresas Diamond" estava gravado no cartão.

— Está na hora do primeiro compromisso — ele anunciou, após pagar a conta.

Ele se levantou e puxou a cadeira para mim. Seus dedos tocaram de leve meu ombro e estremeci.

— Frio? — ele perguntou. Sua voz estava baixa e tinha um toque de sensualidade.

Eu não estava com frio; foi o toque dele que me fez reagir daquele modo. Mas não iria lhe dizer isso. Levantei o rosto para ele e sorri, colocando a alça da minha bolsa no ombro.

— Aonde nós vamos?

O sorriso dele foi de triunfo.

— A lugar nenhum! O restante deste prédio é um spa de renome internacional. Afinal, eu lhe prometi um banho, não?

Segurei com força a alça da minha bolsa. Eu podia estar sonhando com minha independência financeira, mas ainda não tinha chegado lá.

— Não posso pagar nenhum tratamento em um lugar como este.

Mr. Saturday fez um gesto para afastar minhas preocupações.

— Não, não, é por minha conta. Você só precisa se preocupar em relaxar.

Enquanto me afastava da mesa, vi o recibo que ele tinha acabado de assinar. Nosso café da manhã tinha custado bem mais que centenas de dólares. Fiquei chocada. Se o café da manhã custava aquilo, qualquer tratamento que eu fizesse no spa custaria uma fortuna. Saber disso provocou uma sensação incômoda no meu estômago.

— Você vai fazer algum tratamento? — perguntei, tentando me distrair.

Ele soltou uma verdadeira gargalhada.

— Minha nossa, não! Eu já fui à manicure e à pedicure uma ou duas vezes até hoje, mas não é uma das minhas prioridades. Este spa tem quadras de *squash*, e pretendo descarregar minhas frustrações enquanto você se diverte sendo mimada.

Levantei as sobrancelhas.

— *Squash*, sério? E depois, o que você vai fazer?

Ele deu de ombros.

— Quem sabe? Talvez eu vá nadar um pouco, ou fazer uma sauna. Quem sabe até uma massagem — ele me deu uma piscada. — Eles têm massagem para casais aqui, sabia?

Fiquei chocada com a sugestão. Sem saber como lidar com aquilo, deixei passar o comentário. A imagem de nós dois nus, deitados lado a lado em mesas de massagem, cobertos apenas por lençóis, ficou gravada no meu cérebro. Imaginei a iluminação tênue e quase consegui sentir a massagista manipulando meus músculos, ouvir a música calmante e sentir os aromas relaxantes que pairavam no ar ao nosso redor. E embora tudo isso parecesse absolutamente divino, era impróprio. Pelo menos para mim e Mr. Saturday. Por outro lado, para mim e Mr. Monday...

Segui Mr. Saturday pelos elegantes corredores. Aquilo deve ter sido uma casa, em alguma época, depois reformada. A recepção do spa era linda, assim como a moça que nos recebeu. Aquela semana parecia ter sido escolhida para que interagisse com gente muito atraente.

— Srta. Canyon. Sua esteticista está lhe esperando.

— Está? O que eu vou fazer?

— Uma limpeza de pele — a recepcionista disse, sorrindo.

Me virei para Mr. Saturday. Ele estava tão perto que, se eu quisesse, tudo o que precisaria fazer era me mover um pouco à frente para que nossos lábios se tocassem. A semana toda foi repleta de homens atraentes que provocaram meus sentidos, me deixando fora do eixo, fazendo com que eu me sentisse sempre excitada, como nunca tinha estado. Meu corpo estava sintonizado a todas as pequenas nuanças deles. Eu estava sensível a cada coisinha de todos aqueles homens, tão diferentes. Estar perto de Mr. Saturday também me estimulava, mas não importava que ele fosse tão gostoso. Ele não era Mr. Monday.

Sorri e recuei um passo, esperando parecer descontraída.

— Limpeza de pele... faz tanto tempo que não faço uma — levantei a mão e toquei o rosto. — Acho que minha pele cansada vai ficar muito feliz com esse mimo — disse para ele e sorri para a moça.

— Venha por aqui, por favor. Nós vamos lhe providenciar um armário e você poderá ficar à vontade.

Vire-me para Mr. Saturday e disse:

— Obrigada.

Ele se abaixou e sussurrou no meu ouvido, a voz sedutoramente baixa. A respiração dele moveu alguns fios do meu cabelo.

— Disponha.

Ele se abaixou mais e encostou os lábios na minha bochecha. Minha primeira reação, quando ele deu um beijo na minha pele, foi assustadora. Tive que me segurar no balcão, agarrando a borda com os dedos, para não cair.

Encarei os olhos dele e fiquei confusa com o que vi ali. Não havia emoção ali. Seu olhar era quase calculista, como se tudo o que estava acontecendo tivesse sido cuidadosamente planejado. A risada alta e o sorriso fácil tinham feito um bom serviço em me manter à vontade, mas de repente senti que estava sendo manipulada. Esse pensamento ajudou a afugentar a excitação que tinha penetrado nas minhas defesas.

Segui a recepcionista e nem mesmo tive vontade de olhar por sobre o ombro para ver se ele continuava ali. Não me importava se ele tivesse ido embora.

Depois de guardar minhas coisas em um armário, fui levada a uma sala, onde me sentei em uma poltrona superconfortável. Ser mimada daquele modo era algo que eu nunca tinha experimentado – nunca tive tempo nem dinheiro. Fiquei tão relaxada enquanto a esteticista trabalhava no meu rosto, pescoço e ombros que pensei que fosse derreter na poltrona. Fazia anos que eu não ficava assim calma. A profissional era boa, e ficou em silêncio, como se percebesse que eu não estava com vontade de falar. Gostei do silêncio. Isso me permitiu esvaziar ainda mais minha mente, sem pensar em nada em especial. Fiquei surpresa quando ela tocou meu ombro e me acordou do meu cochilo.

— Nós terminamos. Fique à vontade. Não precisa se apressar — ela disse em uma voz baixa e suave.

Ela saiu da sala e eu fiquei na poltrona por alguns momentos, desfrutando da solidão. Minutos depois, saí da sala e fui cumprimentada, no mesmo instante, por outra jovem. Ela me acompanhou até uma área de estar que tinha uma vista linda e tranquilizadora do jardim externo. Prendi bem meu robe branco e macio à minha volta e debaixo do queixo. Ela indicou um bufê bem abastecido com frutas e jarras de vidro contendo uma variedade de bebidas.

— Pode se servir. Temos uma variedade de chás — ela pegou um copo reluzente, que me entregou. — Lembre-se de se hidratar. Você precisa repor o líquido após o tratamento.

— Obrigada — peguei o copo e me aproximei da jarra de água cítrica. Levantei a tampinha de prata e enchi meu copo.

Ela saiu e eu fiquei sozinha na sala. Alguns minutos depois, um casal entrou, vestindo robes iguais. Eles pareciam ser muito íntimos, sussurrando e se tocando o tempo todo. Eles encontraram um assento o mais longe possível de mim e se ajeitaram ali. Ela descansou a cabeça no ombro dele, que a envolveu com o braço. Eles pareciam muito românticos, e a pontada de inveja que senti ao ver a expressão carinhosa dos dois me surpreendeu. Eles deviam estar aguardando algum outro procedimento, pensei.

Imaginei o que Mr. Monday estaria fazendo naquele momento. Teria sido ótimo passar o dia com ele, não com Mr. Saturday. Nós tínhamos começado algo, mas não conseguimos levar até o fim. Eu precisava resolver isso, de um jeito ou de outro. Do contrário, continuaria a pensar nele e fazer conjecturas a nosso respeito. Não gostei da sensação de solidão que me tomou.

Coloquei meu copo sobre a mesa ao lado e descansei a cabeça no encosto da poltrona. Admirando o belo jardim através da janela, tirei algum tempo para pensar na minha situação. Era gostoso ter aquela pausa das pressões da vida real, mas eu sabia que as coisas entre mim e Mr. Monday só poderiam ser resolvidas depois que os testes acabassem. Depois do sábado, só restaria mais um dia, e meu futuro seria decidido. A serenidade que eu tinha alcançado desapareceu devido à minha crescente ansiedade diante do teste daquele dia.

— Aí está você — a voz de Mr. Saturday me tirou das minhas reflexões e acho que quase fiquei com raiva dele por ter me interrompido.

— Aqui estou eu — respondi. Quis que ele fosse embora, mas também queria começar logo o teste do dia.

— Só isso? — ele me perguntou, uma pitada de humor na voz. — Só, "aqui estou eu"?

— Desculpe, é só o que eu posso dizer. Lembre-se de que você me tirou de um sono profundo esta manhã, e eu tive uma semana muito intensa — forcei um bocejo para provar o que estava dizendo.

— Isso mesmo, eu a acordei, para que pudesse ser cuidada e mimada — ele parecia um pouco satisfeito, como se tivesse vencido uma discussão.

Eu me levantei e as pontas do robe roçaram nas minhas pernas nuas. O movimento chamou a atenção dele e eu fiquei muito ciente de que, debaixo do robe, só havia minha roupa íntima. Segurando as lapelas bem fechadas, eu disse:

— Bem, a manhã foi um mimo delicioso, um grande "dia de diversão", mas estou pronta para voltar ao trabalho.

Mr. Saturday cruzou os braços, jogou os ombros um pouco para trás e me deu um sorriso luminoso.

— Mas o dia de diversão ainda não acabou! Você tem pedicure agendada.

Oooh, aquilo soou muito bem. Eu mesma fazia minhas unhas, em casa, para economizar dinheiro, e também porque estava mudando de cor o tempo todo. Assim, eu só podia pagar pedicure de vez em quando. Me senti tentada de verdade a aceitar.

— Não, não, não posso aceitar isso. A limpeza de pele já foi muita generosidade. Não posso deixar que você me pague também a pedicure.

Ele levantou as sobrancelhas, parecendo surpreso.

— Ah, não se preocupe. A Diamond está pagando por tudo.

Recuei um passo, involuntariamente, e meus chinelos rangeram no chão.

— Por que a Diamond pagaria para eu ir a um spa?

— Um CEO tem que saber como relaxar, certo? Não é bom para a empresa se o executivo ficar esgotado. Além disso, costumo vir aqui com clientes e apresento a conta como despesa a trabalho.

— Mas não sou uma cliente — Mr. Saturday *lançava* visitas periódicas ao spa em sua conta de despesas? Comecei a sentir um desconforto na boca do meu estômago.

Ele levantou a mão e os ombros.

— Não importa... E você viu o bilhete de Mr. King, certo? Então é claro que ele sabe do que está acontecendo hoje.

— É verdade, mas isso ainda não faz sentido. Por que mereço ser cuidada e mimada hoje? Não sou diferente dos outros empregados — tive que admitir, entretanto, que a lembrança do bilhete de Mr. King me tranquilizou.

Mr. Saturday deu de ombros antes de se servir de um copo daquela água chique.

— Você não está se dando o devido crédito. Veja só tudo o que fez esta semana! É óbvio que conquistou o direito de ser mimada, e é claro que a Diamond deve pagar por isso, já que a empresa é o motivo de você estar tão estressada. Hoje o dia é seu.

— Se você me garante isso... — a argumentação dele fazia sentido, mas apesar da minha empolgação com a pedicure já agendada, eu continuava com a sensação de que estava deixando passar algo.

Eu o observei inclinar a cabeça para trás e levar o copo à boca. Seus músculos do pescoço trabalharam enquanto ele engolia a água em grandes goles. Não havia como negar que ele era um homem muito atraente e que também dava a impressão de que estava sempre pronto para se divertir. Gostei disso nele. Era algo revigorante e animador, depois dos outros homens que eu tinha conhecido naquela semana. Todos eles eram intensos e desconfiados.

— Se eu fizer a pedicure, vamos começar o teste depois disso? — decidi que eu queria, sim, a oportunidade de relaxar mais um pouco, mas não queria perder de vista o objetivo maior.

Escolhendo uma maçã dentre as frutas oferecidas, ele deu uma mordida ruidosa. O casal que compartilhava a sala conosco pareceu visivelmente irritado com o barulho que estávamos fazendo. Depois que terminou de comer, Mr. Saturday falou.

— Ah, sim, sim. Não se preocupe. Garanto que você vai fazer tudo o que está planejado.

— E você tem certeza de que a Diamond concorda em pagar por tudo isto?

Pegando-me pelo cotovelo, ele começou a me levar para a porta. Ele olhou para mim e eu o encarei.

— Não precisa ficar preocupada por estar aqui. Pense nisto como um benefício executivo.

Meneei a cabeça, brava, discordando da situação.

— Eu nunca consegui entender o salário alto que algumas pessoas ganham, comparado à miséria que outros recebem. O que justifica isso? — ele permaneceu em silêncio e eu continuei. — Por que alguns esportistas ganham milhões de dólares quando paramédicos recebem uma fração disso? Para mim, não faz sentido nenhum. Pessoas que trabalham duro são dispensadas a torto e a direito, enquanto executivos recebem altos salários e bônus, tudo às custas da empresa. Parece tão injusto.

Ele me deixou continuar até que levantou as mãos para se defender.

— Calma, agora. Sou apenas o mensageiro. Eu não sabia que você não recebeu o e-mail informando, *Tess, a Ingênua,* mas o mundo *não* é justo. Existe gente em países do Terceiro Mundo que não tem acesso a água limpa, enquanto em Long Island existe uma piscina em cada jardim. Esportistas não estariam recebendo milhões se não existissem pessoas dispostas a pagar centenas de dólares por um ingresso para ver os jogos. É assim que o sistema funciona. Sempre vai haver gente que tem mais do que os outros. Então você não prefere fazer parte daqueles "que têm", em vez dos "que não tem"?

*Sim.* Eu tinha sido uma "não tem" graças à Diamond ter despedido meu pai, e não queria voltar àquela situação. Eu tinha me matado de trabalhar, primeiro para conseguir meu mestrado em biblioteconomia, e agora passava por aquele processo seletivo maluco. Será que eu não merecia ser uma daquelas "que têm" para variar? Sim. Mas todo mundo não merecia água limpa?

Fiquei em silêncio, lutando com meu conflito interno de justiça contra injustiça. Quando percebeu que eu não iria responder, Mr. Saturday me observou por um instante antes de me dar um sorriso reluzente.

— Tudo bem, então — ele disse. — Chega de papo sério. Estamos aqui para nos livrar dessa negatividade e rejuvenescer. Está na hora de você fazer sua pedicure.

Ao sairmos da sala, formos recebidos por outra mulher linda. Ela se aproximou e colocou a mão no meu ombro, esfregando-o de leve, e então massageou meu pescoço. Foi uma delícia e, se aquilo era indício de como seria uma massagem ali, comecei a considerar fazer uma.

— Srta. Canyon, por favor, venha comigo. Estamos prontos para você.

Fiz um sinal para Mr. Saturday.

— Acho que vejo você depois, então.

— Sim, vai ver. Aproveite — ele pareceu pensativo, mas continuava sorrindo. Aquele homem devia tomar algum tipo de pílula da alegria, para ser tão otimista. Então me lembrei de algo que meu pai me disse há muito tempo: nunca confie em alguém que sorri o tempo todo. E assim comecei a ver Mr. Saturday sob uma nova luz, sem saber o que pensar dele.

Levantei a mão como resposta, enquanto seguia a mulher por um corredor amplo, até uma sala contendo uma série de poltronas. Tudo naquele lugar parecia meticulosamente pensado. Até a vista que se tinha, sentada no lugar onde eu estava, era de tirar o fôlego. Não seria difícil passar o dia todo ali, sendo mimada. Pedicure. Manicure. Limpeza de pele. Massagem. Sauna úmida e chuveiros tropicais. A lista de atividades para se passar um dia perfeito era interminável. Sentei na poltrona, mas, por mais confortável que fosse, não consegui relaxar.

— Você gostaria que eu ligasse o modo massagem?

— Ah, sim, por favor — os mecanismos por baixo do couro macio na poltrona eram celestiais. Tive esperança de que aquilo funcionasse. Rodeada por almofadas confortáveis e música suave, olhando para a vista serena que as janelas proporcionavam, suspirei. Aquele era o ápice do mimo.

A esteticista encheu um reservatório para os pés, embutido na poltrona, com água quente e um sabonete com um aroma maravilhoso – sálvia e cítricos – que perfumou o ar. Gentilmente, ela levantou meus pés e os colocou dentro. Gemi de prazer.

— Oh, meu Deus, isso é uma delícia — eu disse, enquanto ela massageava minhas panturrilhas.

— Eu sei, é divino, não?

Concordei com a cabeça, quase incapaz de formar palavras.

— Posso lhe pegar um copo de vinho? Ou alguma outra bebida? — a recepcionista apareceu do meu lado, segurando uma bandeja de prata, da qual tirou um prato com uma variedade de frutas secas e nozes, que colocou sobre a mesa, ao meu alcance.

— Obrigada — respondi quando ela me entregou um cartão com uma caligrafia linda. Fiquei surpresa ao ver que se tratava de uma lista de vinhos. Uau, aquilo podia melhorar? Fazer os pés bebendo vinho e comendo um lanchinho apetitoso era quase bom demais para ser verdade, ainda que fosse um pouco exagerado.

Passei os olhos pela lista para ver se havia algo que eu conhecesse e que estivesse dentro das minhas possibilidades. De fato, entendia um pouco de vinho. Reconheci alguns dos nomes. Quando li Sequoia Grove, minha boca quase começou a salivar. Esse era um dos vinhos mais deliciosos que eu já tinha provado. Entrei em conflito comigo mesma. Não havia preços na lista, e eu não quis parecer esquisita, perguntando. *Ah, dane-se.* Não podia custar mais de vinte dólares a taça, então fiz o pedido.

— Ótima escolha — ela disse, com um sorriso de aprovação.

Eu não estava com fome, mas queria provar os petiscos que tinham sido colocados ao meu lado. As nozes eram tostadas e estavam deliciosamente amanteigadas. Minha pedicure sentou em um banquinho à minha frente. Aquele parecia muito mais confortável do que outros bancos baixos que eu já tinha visto em salões de beleza e spas. Isso me mostrou que aquele lugar se importava com seus funcionários, e eu gostei. Depois de passar algum tempo na Diamond, comecei a admirar empresas que cuidam bem de seus empregados.

— Meu nome é Tiffany — a garota disse. — Se precisar de qualquer coisa, não hesite em pedir.

— Obrigada, Tiffany.

Ela abriu uma toalha e pegou um dos meus pés. Ela começou a fazer seu trabalho com mãos ao mesmo tempo gentis e firmes. Sempre gostei de massagem nos pés, e as mãos dela eram mágicas.

— Você já sabe que tipo de esmalte vai querer? Francesinha ou com cor? — peguei o catálogo que ela me estendeu, com páginas de cores. Eu estava no paraíso. Havia acabamento fosco, brilhante, holográfico, com *glitter* e cristais. Fiquei maravilhada com as possibilidades infinitas que eles ofereciam para minhas unhas e quis todas! Onde tinham estado todas aquelas escolhas durante a minha vida? Eu adorava pintar as unhas, então aquele era um sonho que se tornava realidade.

— Oh, minha nossa, como é que eu vou escolher?

— Eu sei — ela disse. — Todo mundo tem dificuldade para decidir.

Acabei escolhendo um lindo esmalte vermelho escuro da OPI, e então a recepcionista apareceu com meu vinho. Dei um gole, deliciando-me com o sabor, enquanto Tiffany fazia milagres nos meus pés. Mas aquela sensação incômoda voltou mais forte e minha atenção se fixou naquele problema. O que Mr. Saturday estava fazendo com seu relatório de despesas não era muito diferente do que meu pai tinha sido acusado. Imaginei qual seria o nome real dele e se eu o veria na lista que tinha imprimido.

Se eu continuasse a desfrutar daquele dia no spa, era como se aprovasse o que ele estava fazendo. Mas se eu fosse embora, correria o risco de falhar no teste, embora não soubesse qual era. E eu ainda não tinha decidido o que fazer com as evidências encontradas. Eu poderia vazá-las para a imprensa, anonimamente, é claro. Os jornais de negócios iriam salivar com provas concretas de má administração e apropriação indébita de fundos pela diretoria, mas se eu tornasse pública aquela informação, estaria colocando em risco o bem-estar dos empregados da Diamond e de suas famílias. Entretanto, se eu me tornasse CEO, poderia corrigir essas práticas. Isso significava que eu tinha que passar nesse teste de qualquer jeito. Conclusão: eu deveria ficar.

Pela primeira vez, eu me perguntei se Mr. King estava ciente dos abusos no relatório de despesas. Sim, o bilhete dele mencionava o *brunch*, mas não dizia nada a respeito de limpeza de pele ou pedicure. De repente pensei em Jenny, a jovem mãe que eu tinha encontrado na quarta-feira. *E se o dinheiro que Mr. Saturday está gastando hoje influenciar na hora de a empresa decidir entre criar uma creche ou não?* Sim, eu tinha trabalhado duro, mas meus "benefícios" podiam existir em detrimento de outras pessoas? Tomei a decisão naquele instante. Eu não podia continuar com aquele dia no spa e a consciência tranquila. Depois que Tiffany terminou de lavar meus pés, me inclinei para frente.

— Tiffany, acabei de lembrar de uma coisa. Nós precisamos parar.

— Algum problema? — a preocupação fez com que ela franzisse o rosto bonito.

Neguei com a cabeça. Eu não queria que ela pensasse ter feito algo errado, ou me contrariado.

— Não, não. Só me lembrei de algo que esqueci de fazer. Preciso mesmo ir.

Ela parecia chocada.

— Mas nós nem terminamos.

— Eu sei — verifiquei meu relógio para parecer mais convincente. — Perdi a noção do tempo e preciso ir embora agora — levantei da cadeira, pondo os pés no chão e calçando os chinelos.

— Tem certeza? Você quer remarcar?

— Me dê o seu cartão, e assim que eu puder, eu volto. Sinto muito pela confusão. Você estava fazendo uma verdadeira mágica nos meus pés, e não existe nada que eu quisesse mais do que ficar aqui e deixá-la terminar — comecei a me dirigir para a saída, querendo voltar ao vestiário e pegar minhas... com uma sensação de pavor.

De repente, me lembrei de algo que eu *tinha mesmo* esquecido: as impressões dos recibos de despesas falsificados que continuavam na Diamond, sobre uma mesa, escondidos apenas por uma pasta. Eu tinha me convencido, na noite anterior, que os papéis ficariam bem durante o fim de semana, mas, como Mr. Saturday tinha deixado bem claro, fim de semana era algo que não existia para alguns funcionários da Diamond. Eu não precisava mais fingir. Havia, de verdade, algo urgente que precisava fazer.

Tinha que sair dali o mais rápido possível. A sensação de urgência para voltar às Empresas Diamond era quase sufocante. E se alguém tivesse encontrado o envelope e visto as informações? Eu estaria ferrada. Total e completamente ferrada. Tudo estaria terminado. Como pude ser tão idiota!

Deixei uma nota de vinte dólares sobre a mesa ao lado da cadeira e saí apressada da sala. Passei correndo pelas portas da frente, e fiquei grata por encontrar um táxi ali mesmo. Entrei e lhe dei o endereço.

— Depressa, por favor.

Abri minha bolsa para verificar se estava com o último cartão de acesso e respirei aliviada. Em minha pressa para sair do spa, não pensei em Mr. Saturday. Bufei. O que ele iria pensar? Eu o tinha abandonado, o que era provável que me desqualificasse do processo seletivo, mas não podia, em sã consciência, continuar lá. Decidi que iria descobrir o nome verdadeiro dele e verificar seus gastos, para ver em quanto ele tinha manipulado o sistema.

O trajeto pareceu demorar uma eternidade, mas nós chegamos, enfim, ao prédio da Diamond. Dei instruções ao taxista para que me esperasse. Fiz o possível para entrar no saguão agindo normalmente, mas o que eu queria mesmo era correr feito louca e recuperar o envelope. Um outro segurança estava de serviço. Eu não o tinha visto antes, e esperei que ele não dificultasse minha entrada por ser sábado. Então, quando ele se dirigiu a mim pelo nome, fiquei estarrecida.

— Olá, Srta. Canyon, é um prazer vê-la.

— O prazer é meu. Eu só preciso pegar algo que esqueci, ontem, lá em cima.

— Claro. Se não se incomodar de assinar o registro...

Assinei e então segui para o elevador, grata por minha chave de acesso ainda funcionar. Subi até o vigésimo-terceiro andar. Tudo estava vazio e silencioso. Não havia ninguém lá e eu corri para o escritório que tinha usado. Quase chorei de alívio quando vi que o envelope continuava onde eu o tinha deixado. Eu o peguei e o alívio aumentou ao constatar que ele continuava fechado. Isso significava que ninguém tinha descoberto minhas provas de que relatórios de despesas estavam sendo falsificados.

— Droga — murmurei, deixando os ombros caírem. — Quanto drama.

Com aquela papelada enfim nas minhas mãozinhas lindas, eu mal podia esperar para voltar para casa. Precisava de um drinque. Por um instante, lamentei meu vinho inacabado.

Enquanto descia no elevador, me perguntei se Mr. Saturday tinha reparado no meu sumiço. Eu não sabia como entrar em contato com ele, e não tinha pensado em lhe deixar um bilhete. Era provável que Tiffany lhe dissesse que eu tinha saído às pressas, e desejei que ele não voltasse ao meu apartamento.

Feliz por ter pedido ao taxista que esperasse, entrei no carro e pedi que ele parasse um pouco antes da minha rua, onde havia algumas lojas de conveniência. Esbanjei em duas boas garrafas de vinho. Noite do vinho à vista! Eu me importava que iria beber sozinha? Não! Então entrei no maravilhoso mercado italiano, onde comprei um pão, queijo e uma bandeja de antepasto. Quando chegasse ao meu apartamento, iria me dar meu próprio dia no spa, que eu mesma tinha pago.

Nunca me senti tão feliz por estar de volta ao meu pequeno apartamento. Fiquei surpresa como o tempo tinha passado. Já era fim de tarde. Baixei as persianas e acendi velas aromatizadas de sálvia, alecrim e limão. Elas ajudaram a recriar os aromas do spa e coloquei uma música que me desse o mesmo ambiente.

Com o antepasto na geladeira, a garrafa de vinho aberta e respirando, entrei no banheiro e comecei a preparar um banho. Coloquei meu óleo favorito na água quente e joguei um pouco de sais de banho. Inalei o aroma maravilhoso que subiu com o vapor.

— Isso... — disse, recuando para apreciar o ambiente que havia criado.

Meu quarto continuava uma bagunça, depois da correria da manhã, então fiz logo a cama para que ela ficasse convidativa. Não que eu estivesse esperando companhia, mas gostava que ela ficasse assim. Tirei as roupas e as joguei no cesto de vime. Nua, fui até a cozinha e me servi uma bela taça de vinho. Tirei uns pedaços de queijo da geladeira e fui para o banheiro.

Enfim, entrei na banheira, que era deliciosamente funda e, deitando, deixei que a água quente lavasse meu estresse. Depois de um banho longo, saí e me sequei, vestindo meu robe de cetim vermelho e amarrando a faixa na cintura. Gostei da sensação do tecido se movendo sobre minha pele. Bem erótica e sexy. Eu estava me sentindo bem e desejei passar algum tempo com um homem.

*Algum tempo com Mr. Monday.* Lamentei, mais uma vez, por não ter como falar com ele.

Antes de sair do banheiro abri uma gaveta. A coleção de esmaltes de unha que eu havia reunido ao longo dos anos brilhou como um arco-íris. Fiquei observando os frascos enquanto decidia qual cor iria pintar os dedos dos pés. Ah! Eu queria cores de sereia. Então escolhi um lindo turquesa, um azul profundo e também peguei minha caixinha com purpurinas. Eu estava com vontade de pôr um pouco de brilho nos pés. Levei tudo para a sala de estar e organizei os vidrinhos sobre a mesa de centro, que na verdade era uma balança antiga.

Com tudo arrumado à perfeição, e eu pronta para me dar minha própria noite de spa, sentei-me no sofá e me recostei, segurando a taça de vinho na mão. Eu estava, enfim, conseguindo *mesmo* relaxar.

Mas... uma batida na porta da frente me assustou. Me endireitei no sofá e prendi a respiração. Talvez a pessoa fosse embora, pensei, mas não tive essa sorte. Quem quer que fosse bateu de novo. Que inferno! Logo me lembrei de Mr. Saturday. Levantei e ponderei se devia abrir a porta. Eu podia me esconder e esperar que ele fosse embora, mas naquela manhã ele não tinha desistido. Oh, eu torci para que não fosse ele. Fui até a porta e espiei pelo olho mágico.

Oh, meu Deus! Meu coração subiu para a garganta e eu passei os olhos pela sala, feliz por ter escondido os papéis debaixo do sofá. O local estava apresentável, a não ser pelo material de pedicure sobre a mesa. A batida na porta foi mais alta dessa vez. Tentei controlar meu coração sobressaltado e inspirei fundo.

Era Mr. Monday. Ele estava em frente ao meu apartamento.

Abri a porta e ficamos ali, olhando um para o outro. Ele abriu um sorriso lento e meu coração disparou diante da expressão que fez para mim. Só depois que o seu olhar deslizou pelo meu corpo é que lembrei que eu ainda estava com meu robe colado. O tecido sedoso, de repente, produziu uma nova sensação em mim. Senti meus mamilos endurecendo e pressionando-o. Fiquei toda quente e corei. Bastava um olhar daquele homem para me deixar excitada num instante e estar parada, quase nua, na frente dele só aumentava o clima.

— Bem, olhe só para você — a voz dele tinha um tom sexy, e meu coração falhou.

Eu o cumprimentei com a cabeça, incapaz de falar. Fiquei tão estarrecida, tão surpresa, que meu cérebro estava praticamente morto.

— Não precisava ter se vestido toda para mim — o timbre da sua voz carregava todo tipo de insinuação sexual.

*Bom Deus, eu mal conseguia respirar.*

Retribuí o sorriso e me afastei, esperando que ele aceitasse aquilo como um convite para entrar, porque eu não confiava nem um pouco na minha voz. Depois que ele passou, engoli em seco e pigarreei.

— Você chegou na hora certa — eu disse.

Ele se virou e quase morri ao ver a paixão em seus olhos.

— Eu diria que sim. O momento certo é tudo. E é óbvio que hoje eu acertei na mosca.

Apontei para a minha taça de vinho, e disse:

— Posso lhe servir uma?

Fechei e tranquei a porta antes de ir até a cozinha, sem esperar que ele respondesse. Eu não iria deixá-lo escapar tão facilmente depois que o tinha ali. Ele me seguiu e parou atrás de mim quando olhei para o balcão à procura de uma taça. Paralisei quando ele se inclinou ao meu redor, o calor de seu corpo me envolvendo, e colocou uma sacola sobre o balcão.

— Grandes cabeças pensam igual. Vinho.

Eu virei a cabeça, para ver o rosto dele, e sorri. Sua presença ocupava o espaço, fazendo aquele lugar parecer menor. Faíscas elétricas quase saltaram entre nós naquele ambiente pequeno. Completei minha taça e, quando estava para servir a dele, senti sua mão no meu quadril. Reagi involuntária e instantaneamente. Meus joelhos fraquejaram e amoleci, apoiando-me nele.

— Você está muito cheirosa — *ohh*. Aquela voz grave perto do meu ouvido, soprando meu cabelo. A mão dele se movendo devagar, deslizando pelo robe sedoso até chegar à minha barriga e me puxar, firme, contra ele. Eu mal conseguia respirar. Fiquei imóvel, esperando para ver o que ele faria a seguir. Suas mãos continuaram no meu corpo, me enlouquecendo. Eu estava desesperada para que ele me tocasse mais. Ele moveu a mão só um pouquinho, apertando com delicadeza os dedos em mim.

— Você acabou de sair do banho?

Concordei com a cabeça.

— Sim. Acabei de sair... — minha voz estava rouca de desejo. E não tentei disfarçar.

— Dá para ver. Seu cabelo está um pouco úmido, e consigo sentir o perfume do sabonete — ele encostou o rosto no meu pescoço, e não consegui manter a cabeça parada; inclinei-a para o lado para lhe facilitar o acesso. — Estou feliz que você tenha se preparado para mim.

— Eu também — tudo que consegui emitir foi um sussurro.

Virei de frente para ele, incapaz de continuar de costas. Eu precisava vê-lo. Com um movimento, sua mão deslizou pela minha cintura, e ele abriu os dedos sobre a parte de baixo das minhas costas, o bastante para que eu sentisse seu dedo mínimo no meu quadril. Tudo o que ele precisava fazer era descer a mão um pouquinho mais para agarrar minhas nádegas cobertas de cetim. Envolvi seu pescoço com meus braços e colei meu corpo nele.

— Estou feliz que tenha vindo. Eu não esperava por isso.

— Bem... então eu gostaria de ver como seria se você *estivesse* me esperando — sua voz rouca fez todo tipo de boas coisas más comigo. Senti o calor crescer entre minhas coxas, o que me deixou totalmente consciente de que eu não tinha colocado uma calcinha. Eu estava nua, e tudo o que ele precisava fazer era deslizar a mão por baixo do robe para descobrir.

Se nós nos beijássemos... – quem eu queria enganar? – ...*quando* nos beijássemos, eu sabia que a sensação seria ainda mais forte do que no dia anterior. E do que no outro... Nós precisávamos muito de uma terceira prova e, se ele não se mexesse logo, eu faria algo. Sabia do que a paixão era capaz e do quanto ela me afetava. Eu ansiava por ele.

O ar entre nós ficou mais quente e juro que os pelos dos meus braços ficaram eriçados, como se um raio estivesse para cair naquele lugar.

Então ele fez o que eu queria muito que fizesse. Ele me deu o olhar mais demorado, mais sexy, enquanto passava os dedos pelo cabelo. Perdi o fôlego e inspirei fundo, arqueando as costas quando ele emoldurou meu rosto com suas mãos e baixou a cabeça para me beijar.

Foi como se ele quisesse me absorver com sua alma. Fiquei enfeitiçada. Ele não estava perto o bastante e eu precisava acabar com a fina camada de ar quente que nos separava. Então pressionei meu corpo contra o dele. Mas ele estava usando roupas demais para que eu pudesse sentir seu calor do jeito que desejava. Não estava preparada que ele recuasse, e cambaleei com todo o meu peso apoiado no seu. Sua respiração estava pesada, os olhos semicerrados e suas mãos continuavam no meu rosto. Nós estávamos conectados, fundidos em uma coisa só; uma ligação que eu não queria nunca mais interromper. Fizemos uma pausa e ficamos em um estado estranho, como se estivéssemos suspensos. Eu estava perdida dentro do meu corpo, adorando a sensação do seu toque, e ele parecia estar em situação semelhante. Lentamente, nossa respiração voltou ao normal. Meus olhos se abriram e o observei. Os dele continuavam fechados e, quando ele os abriu, vi tanto carinho, refletindo algo mais profundo.

O momento foi interrompido quando ele enfiou a mão no bolso e tirou um cartão de acesso.

— Você fez por merecer.

Peguei o cartão.

— Mas eu saí do spa mais cedo. Não completei o teste.

— O spa *era* o teste. Um teste para sua ética — ele prendeu uma mecha de cabelo atrás da minha orelha, e a ponta de seus dedos se demoraram na minha face, mas eu estava irritada demais para aproveitar a sensação.

Todos aqueles executivos fraudando a empresa e resolveram testar a *minha* ética?

— Ética? Sério? — eu disse, irônica, cruzando os braços e batendo o cartão no cotovelo.

Ele concordou com a cabeça.

— Estou falando sério. Alguns anos atrás a Diamond criou um código de ética e exige que todos os funcionários sigam. Espera-se que o CEO dê o exemplo. A mudança na empresa aconteceu depois que certas práticas foram descobertas. Algo precisava ser feito.

— Então, Mr. Saturday esbanjando dinheiro da empresa no spa, falando dos benefícios e de eu receber o que mereço, era tudo um teste? — no estado emocional em que eu me encontrava, senti que o código de ética da empresa tinha chegado tarde demais.

Mr. Monday riu.

— Sim. Ele só estava tentando ver se você cairia pelo glamour da sua posição e se tiraria vantagem do seu status na empresa. Ele é, de fato, um dos homens mais honestos e corretos que conheço.

Meneei a cabeça e me virei. Eu sabia que aqueles testes foram feitos para me manipular, mas a hipocrisia daquele em específico realmente me incomodou. Fui até minha bolsa e deixei o cartão cair dentro dela, esperando que Mr. Monday desse uma desculpa e fosse embora.

Em vez disso, ele inspirou fundo.

— Quais são seus planos para esta noite? — ele perguntou, caminhando na minha direção, e tive que pensar por um instante. Havia me esquecido por completo do que planejava fazer. Estar tão perto dele, com apenas aquele tecido tão fino entre minha pele nua e suas mãos, me fizeram perder o rumo; eu não conseguia pensar com clareza.

Olhei ao redor e depois para ele, lembrando de repente.

— Bem, eu ia ficar em casa. Fazer minha noite do spa.

Ele olhou para a mesa de centro.

— Estou vendo — suas mãos desceram do meu rosto para os meus ombros. Ele me puxou para si, de modo um pouco brusco, e soltei uma exclamação. Eu o queria, de todas as maneiras possíveis, e o encarei enquanto ele me perscrutava com o olhar. Esperei, segurando a respiração enquanto esperava o que estava por vir. Em vez de um beijo, ele sussurrou no meu ouvido.

— E se eu a ajudar com isso?

Ele iria ficar? Estremeci e continuei a encará-lo, ainda presa na doce ferocidade da pegada dele. Eu não ligava para o fato de ele estar me segurando com tanta firmeza que poderia deixar marcas. Isso significava que ele estava me marcando como sua. Pelo menos foi isso que eu quis pensar.

— Tu-tudo bem — foi só que consegui dizer. Nós estávamos tão perto, e eu podia ver tudo. Ele era um livro aberto. Eu podia dizer, de olhar para ele, que essa era a primeira vez que não havia reservas. Sua máscara tinha sumido. O homem que eu via naquele momento, parado diante de mim, era o homem que eu estive procurando a semana toda. Alguma coisa tinha feito com que ele mudasse. Fiquei empolgada por poder enxergar dentro daquele homem, que tinha conseguido se insinuar por entre as minhas defesas e entrar nos pedaços do meu coração partido. — Vai me ajudar, como?

Ele me soltou, deslizando a mão pelo meu braço até chegar aos meus dedos, que ele pegou para me levar até a sala de estar. Ele indicou o sofá com um aceno de cabeça.

— Sente-se e fique à vontade.

Fiz o que ele mandou e comecei a tremer de expectativa. Toquei a faixa do meu robe, lembrando dos pensamentos que tive no dia anterior com a gravata de Mr. Friday. Será...?

Em pé, meu robe só chegava até os joelhos e quando me sentei no sofá, ele subiu pelas coxas, me expondo para ele. Vi quando seu olhar desceu. Ele esticou a mão e tocou minha perna. Eu não conseguia manter a cabeça ereta, então deixei que caísse para trás. Um suspiro suave saiu pelos meus lábios entreabertos. Algo lindo estava acontecendo ali, e fui tomada por expectativa e esperança.

Ele se sentou na outra ponta do sofá estendeu a mão para os objetos sobre a mesa.

— Qual é sua cor favorita? — ele perguntou enquanto examinava os diferentes vidros de esmalte.

Eu o observei pegar um por um, sacudi-los, e devolvê-los à mesa.

— Não sou exigente. Gosto de todas. Mas esta noite tive vontade de um tema oceânico.

Ele pegou uma caixinha, que era dividida em compartimentos menores.

— O que é isto? — ele olhava pela tampa transparente.

— Brilho — respondi.

— Brilho? Para que serve isto?

— Para colocar nas unhas. Eu gosto de brilho. De qualquer tipo — sorri para ele e me senti esquentar sob seu olhar.

— Vou procurar me lembrar disso — ele piscou para mim e recolocou a caixinha de volta sobre a mesa. Ele pegou um dos meus pés. Eu observei aquelas mãos enormes massagearem o arco do pé; depois elas desceram para os dedos. Ele segurou o calcanhar e apertou os dedos na parte de trás dos tornozelos, subindo para a panturrilha.

— Você é bom nisso. Deve ter tido aulas — murmurei.

Ele meneou a cabeça.

— Não tive nenhuma aula.

— Então como pode ser tão habilidoso? — perguntei enquanto a mão dele chegava ao meu joelho.

— Não é difícil. Tudo o que preciso fazer é observar seu rosto, ver como seu corpo reage ao meu toque. Sentir você. Conhecê-la. Descobrir do que você gosta.

Sorri para ele, que voltou sua atenção para o meu outro pé.

— Você tem alguma ideia de como o que acabou de dizer é sexy? — gemi. — Eu poderia deixar você fazer isso o dia todo — fechei os olhos e senti como se estivesse derretendo no sofá. Eu me sentia relaxada e maravilhosa. Ele não só era excelente com as mãos como também sabia usar as palavras.

— Então, como alguém faz para pintar as unhas com um "tema oceânico"?

Mantive os olhos fechados, deliciando-me com o toque de suas mãos, desejando que fossem mais para cima. Que entrassem por baixo do robe. Eu mal conseguia permanecer parada e tive que morder o lábio para me concentrar no que ele dizia, em vez de me contorcer de desejo.

— Você não precisa fazer isso — respondi. — Pode usar a cor que quiser.

— Você confia em mim para me deixar tomar uma decisão dessas? Eu nunca fiz isso antes; pode dar muito errado — sua voz era de provocação, mas eu estava muito segura quando respondi.

— Confio em você — abri um pouco os olhos, e o olhar que ele me deu fez meu coração crescer. Eu nunca tinha visto essa expressão nele – ou em qualquer outro homem. O mais perto disso era quando meu pai me olhava com amor. Antes de ser demitido e se consumir em sua própria amargura. Mas afastei esse pensamento da minha cabeça. Não queria deixar a tristeza me dominar. Naquele momento, só queria pensar em Mr. Monday e no que ele fazia comigo. Segurando meu pé e o massageando. Me deixando louca com seu toque e então prometendo fazer minhas unhas. Nenhum homem jamais tinha feito isso por mim.

— Muito bem, então. Vou fazer algo aqui, mas você vai ter que me ensinar a colocar o brilho.

Eu lhe expliquei rapidamente o processo que costumava usar. Ele ergueu as sobrancelhas, espantado.

— Entendeu tudo? — perguntei e ri.

— Parece um monte de trabalho para os pés.

— É demais? Porque eu mesma posso fazer.

Ele negou com a cabeça e pegou meu pé.

— Não, eu disse que faria, e sempre mantenho minha palavra.

Mr. Monday pressionou, de novo, o arco do meu pé com o polegar e gemi quando aumentou a pressão. Ele estava acabando comigo, e acho que sabia disso, deliciando-se por estar descobrindo todos os meus pontos fracos. Era como se meus nervos estivessem pegando fogo, todos conectados. Meu corpo ardia de carência.

A expressão de intensidade e concentração no rosto dele, e o modo como mantinha a ponta da língua entre os lábios, me fizeram rir. Ele me olhou por baixo das sobrancelhas.

— Do que a senhorita está rindo?

— De você — sorri para ele, adorando o modo como aquela noite estava caminhando.

— Estou no controle, aqui. Mesmo que não tenha ideia do que estou fazendo — ele abanou um dedo para mim. — Lembre-se: *eu* estou no controle.

Levantei as mãos, me desculpando, e então as descansei sobre a barriga, entrelaçando os dedos.

— Eu me rendo a você.

— Hum. É mesmo? Esta pode acabar se tornando uma noite muito interessante — a voz dele tinha um ar de curiosidade.

Fechei os olhos na tentativa de demonstrar minha confiança nele.

— Você não quer ver o que eu estou fazendo?

Neguei com a cabeça.

— Não. O que eu acabei de dizer? Estou nas suas mãos.

Ele riu de novo e isso me lembrou do quanto eu gostava daquele som. Enquanto mantinha os olhos fechados, ele ajustou meu pé em suas mãos e começou a pintar minhas unhas. Ele foi delicado e se demorou no processo. Eu devo ter adormecido enquanto ele cuidava dos meus pés. Estremeci, acordando, quando ele retirou as mãos, recuando para o canto e apoiando meus pés no sofá.

— Você está pronta — ele disse.

— Obrigada — eu me sentei e examinei os pés. — Oh, meu Deus, você fez um ótimo trabalho! Estou mesmo com unhas de sereia.

Tirei as pernas do sofá e me levantei.

— Aonde você vai? — ele perguntou.

Olhei para ele, que estava sentado com um braço estendido no encosto do sofá e segurava a taça de vinho com a outra mão. Sim, ele era tão lindo que dava vontade de comer, algo que eu pretendia fazer mais tarde. Com certeza.

— Estou com um pouco de fome. E esqueci a comida na cozinha — ele fez menção de se levantar, mas eu o detive com a mão. — Não, não se levante. Deixe que eu cuido disso.

Alguns momentos depois, andando com cuidado para não borrar o esmalte, arrumei a comida sobre a mesa de centro. Atencioso, ele tinha tirado toda a minha parafernália para cuidar das unhas.

— Que gostoso — ele disse e se inclinou para frente. Fiquei cativada pela fluidez de seu movimento. O modo como os músculos dele ondularam e se contraíram quando ele pegou algo para comer. Eu podia ficar observando aquele homem o dia todo, pelo resto da minha vida.

— Gosto disto. É perfeito para uma noite petiscando e bebendo vinho.

Ele concordou com a cabeça.

— Concordo. Não faço este tipo de coisa em casa. Mas gosto do seu estilo.

Essa foi a primeira vez que ele fez alguma referência à casa dele, ou a sua vida longe da Diamond. Isso atiçou minha curiosidade. Onde ele morava? E a grande questão: era solteiro? Eu não tinha dado muita atenção a qual seria o seu estado civil. Mas agora que ele estava na minha casa e tudo parecia sugerir que passaria a noite, isso pesou na minha cabeça. Havia algumas perguntas para as quais eu precisava de resposta. Especialmente se era solteiro. Eu nunca – jamais –, nem em um milhão de anos, seria a "outra".

— Sabe o que eu acho um pouco injusto? — abordei o assunto, tentando não ser muito agressiva.

Ele pegou mais alguns bocados no prato e os colocou na boca antes de olhar para mim.

— O quê?

— Você parece saber tudo sobre mim, e eu não sei nada da sua vida — ele me deu um sorriso torto – e muito fofo – e pegou outro petisco. Dava para ver que ele estava evitando a pergunta.

— Você está se dando tempo para encontrar uma resposta muito boa? — perguntei, tomando um gole do meu vinho. Olhei para ele por cima da borda, esperando para ver qual seria a resposta.

— Não há mistério algum. Só não existe motivo para falarmos disso. Acredite em mim. Vamos discutir tudo isso mais tarde.

A conversa estava seguindo por uma direção que não queria, apesar de ser eu quem a havia iniciado. Decidi rapidamente deixar o assunto de lado, porque soube que, se insistisse em obter mais respostas, isso mudaria a dinâmica da nossa noite. Mas havia uma coisa que eu precisava saber.

— Tudo bem. Mas me diga só uma coisa. Tem alguém esperando por você em casa?

Ele desviou o olhar, de repente parecendo triste, depois se voltou para mim. Ele pegou minha mão e deu um beijo nela.

— Não tem ninguém me esperando em casa — ele respondeu. — Se tivesse, eu não estaria aqui.

Concordei com a cabeça, sentindo a felicidade me aquecer. Escondi meu sorriso atrás da minha taça de vinho.

— Então vou aceitar sua promessa. Vamos conversar sobre tudo mais tarde. Neste momento, eu só quero você todo para mim e aproveitar o tempo que passarmos juntos.

— Essa parece a melhor ideia que já ouvi — ele se inclinou, pegou a garrafa de vinho e a ofereceu para mim. Estendi meu copo, que ele completou, e depois se serviu.

Relaxei no sofá e observei o minipiquenique que tinha arrumado na mesa de centro. Coloquei pão, queijo e frios em uma pequena travessa. Nós ficamos em um silêncio confortável por algum tempo, ouvindo música. Ele colocou meus pés de novo sobre suas coxas e começou a massagear as solas. Me senti no paraíso.

— Gosto do seu apartamento — ele disse.

— Obrigada. Eu também gosto. É pequeno, mas é a minha cara.

— Sim, é totalmente você — nos entreolhamos e a atração ficou ainda mais deliciosa entre nós.

Ele levantou meus pés e ficou em pé antes de recolocá-los sobre o sofá. Eu o observei andar pelo apartamento, examinando as coisas. Gostei do fato de ele estar interessado nos detalhes da minha vida. Seu interesse em quem eu era parecia genuíno. Enquanto andava, ele foi apagando as luzes, deixando-nos sob o brilho quente e romântico das velas. Meu coração começou a bater mais rápido com a expectativa, principalmente quando ele parou e se demorou na porta do meu quarto.

Ele olhou para dentro, depois para mim, dando-me um de seus sorrisos mais sensuais. Meu estômago deu uma cambalhota e segurei a respiração, imaginando o que ele faria a seguir. Ele mexeu as sobrancelhas de um jeito engraçado e eu ri. Acenei com os dedos para que ele voltasse até mim. Ele obedeceu e se ajoelhou ao lado do sofá. Então ele colocou as mãos nos meus tornozelos e, dessa vez, seu toque me incendiou. Ele afastou meus pés e se aproximou de mim, ainda de joelhos. Meu robe subiu um pouco mais pelas minhas coxas e se abriu, permitindo que Mr. Monday visse mais do meu corpo. Fiquei grata à escuridão. Corei e não quis que percebesse que eu estava nervosa. Mas ele não olhava para o meu rosto, concentrado no que suas mãos faziam, acariciando gentilmente minha pele nua, subindo pelos joelhos, chegando às coxas.

Minhas pálpebras tremularam quando o desejo por ele tomou todo meu corpo. Soltei uma exclamação quando ele baixou a cabeça para dar um beijo no lado de dentro do meu joelho, que segurava com sua mão. Sentir seu toque, sem nenhuma barreira entre nós, era algo que eu queria há dias. E estava acontecendo. A pele dele produzia uma sensação maravilhosa na minha. Ele me acariciava com delicadeza, e suas mãos subiam cada vez mais. Seu toque gentil e seus beijos leves como penas produziam mais impacto em mim, naquele instante, do que se ele fosse mais vigoroso. Eu estava perdendo a cabeça com o prazer e mal conseguia me segurar para não começar a tremer fora de controle.

Ele se aproximava cada vez mais de onde eu o queria: dentro de mim, dando estocadas fortes e fundas. Gemi e agarrei no sofá. Eu não sabia o que fazer com minhas mãos e estava ficando muito agitada e inquieta, de um jeito delicioso.

Ele levantou a cabeça e nós nos entreolhamos, em silêncio por um breve momento, até ele falar.

— Você está tremendo.

Confirmei com um aceno de cabeça.

— Eu sei — tudo que consegui emitir foi um sussurro rouco. Eu o observei afastar o robe de lado para beijar meu quadril, mas ele não interrompeu o contato com meus olhos.

— Gosto disso.

Oh, céus. Essa foi uma das coisas mais eróticas que alguém já disse para mim. As mãos dele deslizaram até meus quadris, depois passaram pela barriga, puxando a faixa com cuidado para abrir o robe. Então, fiquei completamente exposta para ele, emoldurada por cetim vermelho. Eu mal consegui me conter enquanto ele me encarava.

— Você é deslumbrante — ele aproximou o tronco, ainda de joelhos, e se inclinou para beijar meu umbigo, passando a língua pela reentrância sensível e disparando raios de desejo para meu clitóris e meus mamilos. Eu estava rapidamente perdendo o autocontrole.

Enfiei os dedos em seu cabelo e o puxei com força para o meu abdome. Ele criou uma trilha incendiária com beijos e lambidas até meus seios. Ele os segurou e juntou, enterrando o rosto entre eles, e o ouvi inspirar.

— Gosto do seu cheiro.

Estremeci quando seus lábios se aproximaram do bico do meu seio, e inspirei fundo, arqueando as costas involuntariamente quando ele tomou o mamilo com a boca. Nunca senti nada tão maravilhoso como quando ele chupou minha pele sensível e agitou a língua sobre ela. Segurei sua cabeça com mais força, minhas mãos enroladas no seu cabelo enquanto meus seios doíam por ele.

Minha nudez contra as suas roupas provocaram uma fricção que só aumentava enquanto me esfregava em nele, projetando meus quadris contra a sua ereção. Ele gemeu, pressionou os quadris em mim, debruçando-se e segurando seu peso em uma mão, o cabelo caindo sobre seus olhos enquanto me fitava. Sua expressão me contou tudo o que eu precisava saber. Ele me queria tanto quanto eu o queria. Talvez mais.

Ele passou o dedo pela minha clavícula e pelo vale entre os seios, então cobriu um, segurando-o com carinho e acariciando o mamilo com o polegar. Eu quase explodi; meu corpo acendeu como um fósforo. Me agarrei nele, puxando, desesperada, sua camisa, envolvendo seus quadris com minhas pernas, prendendo meus calcanhares atrás dele. Firmei as pernas para que ele ficasse preso, então inclinei os quadris, pois precisava muito dele bem dentro de mim. Eu não conseguia ficar parada. Era como se meu corpo tivesse vontade própria, tremendo e tendo espasmos enquanto ele fazia todas aquelas coisas maravilhosas comigo. Meu corpo se sentia tão vivo.

Eu precisava de uma pausa, mas ele não me deu, subindo com os beijos escaldantes pelo meu peito até encontrar o ponto sensível sob o queixo. Ele esfregava os quadris em mim, e o tecido de suas calças foi ficando molhado na minha umidade. E eu acompanhava seu ritmo. Aquilo parecia tão erótico, eu completamente nua enquanto ele continuava vestido, como se estivesse dedicado apenas ao meu prazer, sem querer nada para si.

Virei a cabeça para sua boca e nos encontramos com uma intensidade que me tirou o fôlego. Nos beijamos como se fosse a primeira vez, frenéticos, desesperados, descobrindo um ao outro. Foi como se tivéssemos nos tornado um, separando-nos só o suficiente para respirar antes de mergulhar novamente um no outro. Então ele recuou, lambendo os lábios, os olhos vidrados enquanto me fitava. Eu não conseguia acreditar que aquele homem estava comigo.

Soltei um leve gemido quando sua mão deixou uma trilha de fogo na minha pele ao me ajudar a tirar o robe, o que me deixou exposta por completo. Ele passou os dedos pelo meu umbigo, descendo para roçar de leve a pele delicada da virilha, me deixando ainda mais excitada, então descendo mais para mergulhar nas minhas dobras sensíveis. Ele recuou, de joelhos, para poder me observar melhor. Senti seu olhar como se fosse um toque. Um sorriso lento curvou seus lábios.

— Você é ruiva.

Arregalei os olhos e toquei meu cabelo. Tive tanto cuidando tingindo o cabelo e as sobrancelhas, mas nunca esperei estar na situação em que alguém visse meu púbis.

— Quis mudar — foi tudo que eu disse. Esperei que ele ficasse satisfeito com a resposta.

— Isso explica porque você é tão fogosa — ele grunhiu essas palavras e baixou o rosto, apertando a boca no meu ventre e agarrando minha bunda com uma mão. Ele me levantou e desceu, aproximando-se, e seu queixo roçou nos pelos delicados, o que amplificou as sensações. Gemi e paralisei, esperando seu próximo movimento.

A luz das velas brilhou em seu cabelo escuro. Eu não conseguia desviar minha atenção dele enquanto o observava descer cada vez mais entre minhas coxas. Então a umidade doce de sua língua me encontrou. Meus joelhos se afastaram, permitindo que ele se aproximasse mais. Com uma mão debaixo da minha bunda, e a outra na parte interna da minha coxa, sua língua entrou nas minhas dobras e encontrou o ponto sensível – um assalto a todos os meus sentidos. Foi maravilhosamente excruciante. Movimentei os quadris, incapaz de permanecer parada.

Meus dedos afundaram na almofada do sofá debaixo do meu corpo que se contorcia. Seu talento não tinha limites e senti meu orgasmo começar a se formar. Não consegui ficar quieta e gemi quando ele enfiou um dedo dentro de mim, curvando-o e mantendo o mesmo ritmo da língua.

Eu não conseguia respirar e tentei aguentar o máximo possível, adorando o que ele estava fazendo comigo. A tensão crescia dentro de mim, e eu estava adorando. Meu orgasmo se formava, e a mão dele na minha bunda me levantou com mais firmeza contra sua boca. Não pude segurar meus joelhos, que tentaram se fechar nos últimos momentos, antes que o êxtase quase me rasgasse ao meio. Eu estava segurando a respiração e gritei alto quando ele fez meu orgasmo aflorar.

Ele não me deu tempo de me recuperar e logo extraiu outro orgasmo delicioso de mim. Era como se eu fosse uma boneca de pano, e parecia que meu corpo precisaria de uma eternidade para se acalmar. Pequenos tremores de deleite me sacudiam de vez em quando, e ele me puxou para seus braços, aninhando-me e afastando meu cabelo para o lado. Abri os olhos e olhei para ele, que me fitou com uma expressão de carinho.

Levei a mão até seu rosto e passei o polegar pela cicatriz.

— Como você conseguiu isto? — minha voz estava fraca e ofegante. Passei os braços pelo seu pescoço e me aninhei em seu peito.

— Caí de uma árvore em um acampamento. Precisei de dez pontos.

— Uma árvore? Que burguês da sua parte. Não quis usar a parede de escalada?

Ele fez uma careta, deu um beijo na minha cabeça, e eu suspirei de satisfação.

— Tinha fila para a parede. Eu nunca tive paciência para esperar.

— Tirando as filas demoradas, você gostava do acampamento? Eu nunca fui a um.

Ele se aproximou mais e passou a mão pela curva das minhas costas.

— Não, odiava. Eu normalmente mal conseguia ver meus pais, e ficar longe por dois meses, sem poder vê-los de jeito nenhum, era horrível.

— Você nunca via seus pais?

— Meu pai trabalhava muito, e minha mãe estava sempre envolvida em algum evento da alta-sociedade, de caridade ou qualquer outra coisa. Eles me amavam, só que... não tinham muito tempo para serem pais.

Senti o coração apertado. As coisas mudaram em casa quando meu pai foi demitido, mas enquanto eu crescia, a família sempre foi próxima e me sentia profundamente amada quando criança. Sem saber o que dizer, mudei de assunto.

— Bem, se é que isso é possível, a cicatriz deixa você ainda mais sexy.

Ele riu e eu o abracei mais apertado. Ficamos sentados assim por alguns minutos, até me recuperar. Notei que ele continuava com a respiração entrecortada. Me mexi em seu colo e senti sua ereção no meu traseiro. A dureza dele me fez querê-lo de novo. Nunca, nem nos meus sonhos mais loucos, pensei ser capaz de orgasmos múltiplos.

— Quero você dentro de mim — eu disse.

— Meu Deus, mulher, você está me deixando louco.

Comecei a desabotoar sua camisa, mas fiquei impaciente demais e puxei, rasgando o tecido. Nenhum de nós se importou.

— Quero ver você sem roupa. Quero isso mais do que você pode acreditar.

Ele inspirou fundo e me pegou, me colocando no sofá, ao seu lado, e eu baixei minha mão para a frente de suas calças. Rapidamente, soltei o cinto, mas me atrapalhei com o botão e o zíper. Ele afastou minha mão e terminou o serviço. Em seguida, arqueou os quadris e puxou as calças para baixo. O pau dele pulou, livre. Afinal, ele estava nu. E era magnífico. Como eu sabia que seria. Toquei seu peito e deslizei a mão por cima dos pelos. Ele deitou a cabeça para trás e ficou imóvel como uma estátua. Eu o explorei, como ele fez comigo.

Enfim, curvei meus dedos ao redor de seu pau grosso, acariciando e segurando suas bolas, adorando os sons que vinham dele. Ele flexionou os quadris, movimentando-se contra minha mão. Mas eu o queria dentro de mim.

— Camisinha? — foi tudo que eu consegui dizer, porque estava tão excitada que minha voz mal funcionava. Ele se inclinou para frente e pegou as calças no chão, enfiando a mão no bolso. Sorri para ele. — Um bom escoteiro, sempre preparado.

— Honrado, sincero e confiável; esse sou eu — ele respondeu e eu o observei colocar rapidamente a camisinha. Então seu braço me envolveu pela cintura, me puxando para cima dele.

Apoiei as mãos em seus ombros e me equilibrei sobre as coxas fortes. Minhas pernas se afastaram e fiquei aberta, à vista dele. Estremeci quando ele olhou. Agarrei seu membro duro e me levantei.

— Pode me cavalgar, querida — ele disse.

Sentei nele ao mesmo tempo que ele projetava os quadris para cima. Ele me penetrou, meus músculos o aceitaram e o instinto tomou conta. Ele passou os braços pela minha cintura, me puxando para si. Me inclinei para frente, de modo que meus seios ficaram bem à sua frente, então ele virou o rosto e pegou meu mamilo com a boca. Eu movimentava os quadris, cavalgando-o como ele tinha pedido. Eu estava para gozar novamente. Cavalguei-o com mais força, minha respiração foi ficando difícil e meu orgasmo veio mais forte do que antes. Desabei sobre ele, que me segurou firme enquanto eu estremecia, até que fiquei mole.

Ele me virou com uma agilidade surpreendente. Movendo-se sobre mim, os olhos fechados, os músculos retesados, pude ver a excitação desenhada em seu rosto. Travei meus calcanhares atrás da sua bunda enquanto ele mergulhava em mim. Fiquei toda molhada de novo e coloquei a mão entre nós para massagear meu clitóris com os dedos.

Ele gemeu e meteu. Eu acompanhei cada movimento seu, sem acreditar que estava com um homem tão incrível em cima de mim, fazendo com que eu atingisse alturas deliciosas, uma vez após a outra. Como naquele instante, iria acontecer de novo. Só que dessa vez eu iria gozar com ele bem dentro de mim.

— Você vai me fazer gozar de novo. E-eu não posso acreditar — não consegui me segurar. Meu corpo foi completamente tomado pela excitação, pela emoção e pelo alívio.

— Continue gozando para mim, querida — ele me fitava, intenso, e me perdi naquele olhar. — Estou tão feliz por ter encontrado você — ele desceu os lábios sobre os meus. Eu o tinha ouvido direito? Ou foi a minha imaginação? Eu não soube dizer, porque ele estava me fazendo sonhar. Então ele grunhiu e arqueei os quadris para receber suas estocadas finais. O poder do orgasmo dele nos envolveu quando ele soltou um rugido, depois parou e desabou sobre mim.

Nossa respiração estava difícil e pude sentir seu coração batendo. Ficamos deitados assim por alguns minutos, com o peso dele me reconfortando. Eu não queria quebrar o encanto. Acariciei suas costas, para cima e para baixo, e então ele soltou um suspiro demorado e saiu de cima de mim. Ele me observou em silêncio. Não havia necessidade de palavras. Ele me cobriu com o robe e me deu um beijo antes de se levantar e ir para o banheiro. Eu o observei e me estiquei como uma gata. Contente. Saciada.

Fazia muito tempo que não me sentia feliz assim. Tudo por causa daquele homem que eu só conhecia como Mr. Monday.

# Domingo

Durante uns 15 minutos, fiquei observando meu Mr. Monday dormir. Gostei de ver o jeito que ele estava na minha cama, com os lençóis amarrotados à sua volta e a cabeça aninhada no travesseiro. Tive o impulso de estender a mão e tirar uma mecha de cabelo que caía sobre a testa, mas ele dormia tão tranquilo que eu não quis incomodar. Ele parecia muito relaxado, como se aquilo que o andou perturbando tivesse desaparecido sob as várias camadas de sono.

Soltei um suspiro de absoluta satisfação. Nós tínhamos feito amor a noite toda e acabamos no chuveiro, que com certeza não era feito para dois, antes de desabarmos na cama. Nem me lembro de pegar no sono. Apenas acordei nos braços dele cerca de quinze minutos depois. Nós nos encaixávamos com tanta perfeição que, quando abri os olhos, hesitei para me desenrolar dele.

Levantei seu braço que estava jogado sobre o meu quadril e saí da cama do modo mais silencioso que consegui. Vesti uma calça legging e uma camiseta combinando e saí do quarto, fechando a porta com cuidado. Tudo o que nós tínhamos comido na noite anterior foi a travessa de antepasto – e um ao outro –, o que não bastava para mim. Eu estava faminta e precisando desesperadamente de um café. Era uma pena, mas não tinha café costa-riquenho, só o que havia comprado no mercado. Teria que me virar com aquilo. Pelo menos eu poderia fazer um belo café da manhã para ele: panquecas, bacon e syrup canadense. Preparei tudo enquanto o café coava, servi uma xícara e fui para a sala de estar. Eu teria, enfim, a oportunidade de analisar as evidências que tinha conseguido na Diamond. Uma grande decisão me aguardava, e a análise da papelada poderia me ajudar a tomá-la.

Estava relutante em pegar os papéis, embora soubesse que precisava digerir todas aquelas informações para poder tomar a decisão correta. Fiz uma careta. Era domingo e só restava um teste. Fiquei em dúvida se seria nesse dia. Mas eu teria que esperar Mr. Monday acordar para descobrir.

Eu me ajeitei em um poltrona bem macia e confortável ao lado do sofá, sentando sobre minha perna. Peguei o envelope que tinha escondido às pressas, no sábado, debaixo do móvel. Dentro daquele envelope, aparentemente inocente, havia documentos que poderiam derrubar as Empresas Diamond – ou, no mínimo, desgraçar a vida de todos ali. Olhei para porta do quarto; Mr. Monday dormia como um bebê. Era óbvio que ele tinha algum tipo de ligação com a Diamond. Todos aqueles homens que me orientaram eram gestores de seus respectivos departamentos, então, o que Mr. Monday chefiava? Analisando a semana (nós só nos conhecíamos, mesmo, há apenas seis dias?), a única coisa que eu podia deduzir era que os outros homens contavam para ele a respeito do meu progresso. Ele sempre sabia como tinha sido meu dia antes que eu tivesse a chance de dizer qualquer coisa. Na noite anterior, me pediu para confiar nele e disse que responderia minhas perguntas em outro momento. Mas quando seria isso? Me perguntei se esse momento chegaria.

Passei os dedos pela borda do envelope. Senti como se estivesse tocando uma arma carregada. Ignorando minha sensação de desconforto, eu o abri, e estava para extrair os papéis quando ouvi Mr. Monday se mexendo no quarto. A última coisa que eu precisava era que ele me encontrasse com um maço de papéis incriminando a empresa em que ele trabalhava. Isso não seria bom nem para nosso relacionamento pessoal, nem para o profissional. Consegui enfiar tudo debaixo da poltrona antes que ele aparecesse na sala.

— Bom dia, luz do dia — ele disse quando me viu. Ele estava com o maior sorriso no rosto. Bem, depois de todo sexo que fizemos na noite anterior...

Tive certeza de que estava com um sorriso tão grande quanto o meu. Eu me levantei e fui até ele, que me envolveu em seus braços, me dando um abraço gostoso. Retribuí o aperto. Ficamos assim por alguns instantes, apenas desfrutando a presença um do outro.

— Eu fiz café — murmurei de encontro ao seu peito.

— Aposto que o pó não foi trazido da Costa Rica esta manhã — ele disse, e riu quando entramos na cozinha, ainda abraçados.

— Não... sinto dizer, mas não foi. E eu estava pensando a mesma coisa enquanto fazia.

— Bom, acho que vamos ter que nos virar com isso.

Servi uma xícara e entreguei para ele. Dessa vez, quando nossos dedos se tocaram, nós nos entreolhamos e sorrimos. Já sabíamos algumas coisas a respeito do outro. Coisas íntimas que só amantes sabem. Gostei da ligação especial que tinha se estabelecido entre nós. Eu continuava me deliciando com a magia que ficou da nossa noite de amor e estava pronta para começar outra maratona de sexo, nós dois isolados no meu apartamento. Olhei para ele, que estava à vontade encostado no batente da porta da minha cozinha minúscula.

— Gosto de ter você aqui.

— E eu gosto de estar aqui — ele se afastou do batente e se aproximou para um beijo. Com a mão livre, segurou meu rosto enquanto me dava um beijo passional e intenso. Meu coração se empolgou com a possibilidade de que estávamos embarcando em um relacionamento, de que estava, finalmente, *mais* ao meu alcance. Do fundo da minha cabeça, contudo, veio a preocupação de que, talvez, meu desejo de vingança pudesse afetar meu desejo por ele. Será que eu poderia ter tanto minha vingança quanto ele?

— Você gosta de panquecas? — murmurei nos lábios dele.

— Adoro panquecas.

— Então vou fazer para você.

Ele não me soltou de imediato, me segurando em um abraço apertado.

— Obrigado — ele disse no meu cabelo, pressionando os lábios em mim.

— Obrigada? Por quê?

Ele recuou para me observar.

— Por ser você.

Inclinei a cabeça para o lado e lhe dei um olhar curioso, surpreso.

— Você tem razão; sou eu mesma, e não sei o que eu fiz, mas disponha.

— O que você fez foi me manter com a cabeça no lugar, esta semana. Sei que também foi difícil para você. Não foi fácil para nenhum de nós.

Peguei sua mão e o conduzi até a mesinha debaixo da janela da cozinha. Eu mesma mal cabia nas cadeiras, pois eram muito pequenas, e totalmente desconfortáveis, mas eu as tinha achado tão fofas que quis colocá-las no meu apartamento. Ele se ajeitou em uma e levantou as sobrancelhas quando a cadeira rangeu debaixo de seu peso.

— Oh, oh — ele disse, enquanto tomava o maior cuidado possível.

— É só não se mexer muito que não vai ter problema — eu disse.

Acendi o fogão, tirei o bacon da geladeira e comecei a cozinhar. Enquanto a frigideira chiava, peguei os ingredientes que já tinha separado e bati a massa das panquecas. Gostei da sensação de intimidade doméstica, preparando café da manhã para ele. Não é que eu achasse que meu lugar era na cozinha, era que eu estava gostando de cuidar do meu homem – ainda mais porque estava planejando cuidar dele no quarto, mais tarde. Comecei a fantasiar como poderiam ser meus futuros domingos, mas ele parecia preocupado. O rosto relaxado e sonolento tinha sumido. O peso do mundo parecia ter retornado aos seus ombros. Isso não deveria ser surpresa, pois o sono é nossa fuga de tudo que está acontecendo na vida, nossa chance de curar e rejuvenescer. Mas, ao olhar para ele naquele momento, eu soube que o seu processo ainda não tinha começado.

Coloquei um prato na frente dele e me sentei do outro lado da mesa.

— O que você quer fazer hoje? Vamos brincar de sereia e pescador? — perguntei, com um sorriso provocante, fazendo um pedido silencioso para que pudéssemos ficar em casa, sozinhos.

Ao ouvir minha sugestão de "brincadeira", ele parou de beber o café e colocou a xícara sobre a mesa.

— Ainda que a sugestão seja muito tentadora — ele disse, me dando um olhar escaldante —, nós temos algo para fazer hoje.

Senti meu coração apertar. Bem quando eu pensei que nós poderíamos nos esconder do mundo...

— Bem, eu suspeitava disso — mexi no meu bacon com o garfo, de repente perdendo a fome.

Ele esticou a mão por cima da mesa e segurou a minha.

— Não precisa ficar aflita.

Olhei para ele.

— Não estou ficando aflita. Só gostei muito da nossa noite e não queria que acabasse — sorri, mas me senti abalada. Peguei minha xícara para tomar um gole e quem sabe esconder o fato de que estava começando a ficar triste.

Ele apertou minha mão.

— Tess, eu quero muito retomar isto depois, mas você tem que fazer um último teste. Termine seu café da manhã e vá se vestir. Não precisa caprichar. Vai ser um dia descontraído.

— Você continua me dizendo o que fazer — eu disse e me forcei a comer, pensando que seria melhor comer alguma coisa antes de sairmos. Meu último teste! Era isso. O dia iria determinar todo o meu futuro. Não pude deixar de olhar rapidamente para a poltrona na sala de estar. Bem, essa não era a única coisa que determinaria meu futuro. Eu precisava decidir o que fazer a respeito da minha vingança.

— É claro que estou lhe dizendo o que fazer. Sua avaliação ainda não terminou.

Olhei firme para ele. Seu tom de voz parecia diferente, e isso me fez questionar nossa noite. Será que tinha significado tanto para ele, como para mim? Eu teria imaginado os momentos de carinho, quando na verdade tudo o que ele fez foi satisfazer seu próprio desejo? Levantei, coloquei meu prato na pia e desapareci no quarto, para me arrumar.

Meu último teste, eu disse para mim mesma. Vamos rolar os dados do destino.

Pela primeira vez, em toda a semana, nosso percurso até o escritório pareceu um pouco constrangedor. Isso me deixou intranquila, porque eu tinha pensado ter encontrado um "felizes para sempre" com Mr. Monday, e naquele momento não sabia o que me aguardava.

— Só posso levá-la até aqui — ele me deu um sorriso, que alegrou um pouco meu coração, pois vi ali uma insinuação dos sentimentos que ele tinha me mostrado na noite anterior.

Não havia porteiro, provavelmente porque era domingo, e eu fiquei olhando para o saguão vazio.

— Então é isto? O que vai acontecer?

— Confie em mim. Tudo que eu te peço é que confie em mim.

— Isso é pedir muita coisa, sem me dar qualquer detalhe ou explicação —não era fácil confiar cegamente em alguém, mas por ele eu iria tentar.

Ele estendeu o braço e pegou minha mão, apertando meus dedos. O calor dele era tudo o que eu precisava naquele momento, e isso me ajudou a pôr de lado a sensação de insegurança.

— Lembre-se: você fez tudo esta semana sem saber de detalhes ou receber explicações. E se saiu muito bem. Não comece a duvidar de si mesma.

Apertei os lábios e concordei com a cabeça.

— Vou fazer o meu melhor.

— Essa é minha garota — ele se aproximou e me beijou. Nossos lábios se demoraram unidos e eu fiquei contente por ainda termos aquela fagulha mágica. Ele se afastou e eu abri os olhos, a tempo de ver uma expressão mais tranquila em seu rosto.

Saí do carro e dei um último olhar por cima do ombro. Ele não tinha se movido. Na verdade, ficou sentado lá me observando entrar no edifício. Ele levantou a mão e eu acenei antes de passar pelas portas e entrar no saguão. Ajeitei a alça da minha bolsa rosa, para que ficasse mais firme no meu ombro. Dentro do elevador, peguei o cartão que Mr. Monday tinha me dado na noite anterior. Em nossa despedida demorada, ele tinha se esquecido de me dizer em que andar eu precisava ir, então executei minha estratégia de apertar todos os botões até um acender. Eu iria quase até o último andar, apenas dois abaixo da cobertura. Havia uma metáfora maravilhosa nisso. Eu estava chegando no topo.

Pela primeira vez, um homem esperava por mim quando o elevador abriu as portas. Ele devia ter quarenta e poucos anos e era tão atraente quanto os anteriores – só que de um modo mais maduro. Ele era um tiozão muito sexy, mas senti uma aura obscura nele. O homem me encarou com seus olhos profundos e escuros, e uma expressão severa. Percebi que ele não era de brincadeiras. Minha intuição dizia que ele não deveria ser contrariado. Com certeza eu não queria tê-lo contra mim.

— Srta. Canyon, bem-vinda à Diamond. Quer me seguir, por favor? — ele se virou sem esperar minha resposta, tendo a certeza de que eu o seguiria. E estava certo.

Aquele andar devia ser um dos níveis mais baixos da diretoria, pensei, pois não era todo aberto. Ele estava decorado com requinte, encantador o bastante para receber clientes. Além de uma área grande que parecia o saguão de um hotel, havia alguns grupos de cadeiras e mesas. A opulência daquele andar era insuperável. Dinheiro não era problema ali, claro, mas tive que admirar o lugar. A maioria dos funcionários tinha belas estações de trabalho, os banheiros eram acima da média e as copas, em todos os andares que visitei, estavam abastecidas com todos os tipos de bebidas e lanches. Meu último emprego não tinha nada disso. Tudo era sempre uma questão de dinheiro, não?

Eu tinha deixado as evidências bem escondidas no meu apartamento, mas senti o peso delas. O que meu pai diria se me visse naquele momento? Ele sentiria orgulho de mim? Ele lamentaria o que estava acontecendo? Que caminho ele me aconselharia a tomar? O que era justo, ou o que era certo? Vazar os papéis ou fazer as mudanças na empresa?

Mr. Sunday pigarreou e eu quase dei um pulo.

— Por favor, entre no meu escritório.

Entrei. O tamanho era monstruoso. O escritório dele tinha uma decoração completamente diferente do restante do edifício: era moderno, com vidro e cromados – muito frio e austero. Olhei para Mr. Sunday e percebi que ele combinava com o ambiente. Em seguida, ele foi até a outra extremidade da sala, onde um conjunto de janelas dava vista para a cidade lá embaixo. Ele tinha sua própria mesa de reuniões, bem como cadeiras de visitas que pareciam ser desconfortáveis. Aquele era um lugar onde ninguém iria querer se demorar.

Escolhi o assento mais distante das janelas.

— Você gostaria de um café, ou outra bebida?

Embora as palavras e o tom dele parecessem genuínos, não havia nada de acolhedor naquele homem.

— Não, obrigada, estou bem — respondi.

— Ótimo — ele se sentou, cruzou as pernas e soltou o botão mais baixo do paletó. — Como foi sua semana?

Fiquei um pouco espantada com a pergunta. Eu não esperava nenhum interesse nos meus sentimentos, ou no meu bem-estar. Olhei para ele e percebi que não estava, de fato, interessado na minha semana. Aquilo tudo era apenas uma formalidade e conversa fiada.

— Ótima, obrigada por perguntar.

— Que bom. Fico feliz em saber.

Eu estava certa. Quase pude vê-lo riscando "conversa fiada" de uma lista mental. Percebi que ainda estava segurando minha bolsa rosa, então a coloquei no chão ao lado da minha cadeira. O quanto antes ele quisesse começar meu teste, melhor.

— Muito bem. Primeiro, eu gostaria de parabenizá-la por chegar tão longe. Vir de um passado modesto e chegar tão perto da cadeira de CEO, bem, é um feito notável.

Ele estava me insultando. As palavras vinham enfeitadas, parecendo bem-educadas, mas ainda assim eram ofensivas. Segurei meu impulso com as duas mãos.

— Obrigada. Estou grata pela oportunidade. Tenho aprendido bastante com a experiência.

— Isso é muito bom. Acredito que até cachorros velhos podem aprender truques novos. Até um muito jovem para ser CEO — ele me encarou com aqueles olhos escuros e tive que conter um tremor de raiva ou medo — não soube dizer. Eu tinha certeza de que aquele desgraçado havia me chamado de velha, embora fosse mais velho do que eu! Para não falar que em seguida ele me deu uma cutucada por causa da minha idade. Mordi a língua para não dizer algo de que depois me arrependesse. — Diga-me, o que foi que você aprendeu?

Eu tinha que tomar muito cuidado para responder. Havia uma armadilha em algum lugar. Não é fácil explicar o que se aprendeu com determinada experiência. É algo pessoal, e cada um pode aprender coisas diferentes. Cada nova experiência é construída sobre as anteriores. Ainda assim, pensei em algo. Só esperei que não servisse de munição para ele usar contra mim.

— O principal que eu aprendi é seguir o fluxo. Avaliar as oportunidades conforme elas se apresentam e ver os obstáculos com objetividade, criando as soluções conforme sejam necessárias.

— Estou impressionado. Você é capaz de se expressar articuladamente e compreende os detalhes muito bem — ele acenou com a cabeça, como se eu fosse uma criança que tivesse acabado de demonstrar que é muito inteligente. Jurei que, se conseguisse o emprego, eu demitiria aquele homem. Ele continuou: — Mas estou curioso a respeito de algo.

Um arrepio percorreu a minha coluna. Tive um pressentimento ruim sobre o que ele iria me dizer a seguir.

— E o que é?

— Eu gostaria de saber como você descobriu que a proposta da KevOptics era uma farsa.

Arregalei os olhos, confusa. Eu não estava esperando aquela pergunta. Parecia que Mr. Sunday estava querendo descobrir algo muito específico, mas eu iria manter a tranquilidade e esconder o envolvimento da Carol, como tinha prometido.

— Pesquisa. Sou uma bibliotecária corporativa. Ou era — eu dei de ombros. — Procurei por irregularidades, cruzei referências, comparei dados... Sempre que encontrava *algo* suspeito, ia mais fundo. Até que havia *muitos* elementos suspeitos e todos se somavam para mostrar que a KevOptics era uma empresa não confiável.

Ele apertou os olhos enquanto me encarava. Aguardei o próximo ataque. Então ele concordou com a cabeça.

— É uma habilidade excelente para se ter.

Não houve insulto dessa vez, o que me deixou desconfiada. Qual era o jogo daquele cara? Será que ele tinha algum interesse particular na KevOptics, ou um motivo oculto para querer que a Diamond sofresse? Eu só sabia que precisava ter muito, muito cuidado.

Ele apontou para uma pasta sobre a mesa de reuniões.

— Sobre a mesa estão alguns arquivos contendo informações confidenciais. Por favor, vá até lá e pegue o que está por cima — olhei para a mesa, me levantei, depois me virei para ele, franzindo a testa. — Pode ir — ele estalou os dedos para mim, como se para me apressar. Só faltou me mandar pegar, como se eu fosse um cachorro. Será que ele me daria um prêmio quando eu trouxesse o arquivo? Ele estava *tão* demitido...

Peguei o arquivo e o levei para Mr. Sunday. Ele fez um gesto, indicando que eu o abrisse. Era um perfil detalhado de uma empresa, e fiquei boquiaberta quando vi o nome, EGL Comunicações. A concorrente da Northbrook. Olhei para Mr. Sunday e levantei o arquivo.

— O que é isto?

Ele olhou para as próprias unhas, observando-me com o canto do olho.

— Você provou que é uma garota esperta. Leia e me diga o que acha.

Com toda honestidade, eu não queria saber o que havia no arquivo. Eu estava com um mau pressentimento de que não iria gostar do que vinha a seguir, mas estava curiosa, então puxei uma cadeira e me sentei. Descansei os cotovelos na mesa e apoiei a cabeça na ponta dos meus dedos.

E li...

Fiquei sentada imóvel, me mexendo só para virar as páginas. Quanto mais eu lia, mais rápido batia meu coração. Essa empresa iria se tornar uma forte concorrente da Northbrook, a nova subsidiária da Diamond. Se a informação naquele arquivo estivesse correta, eles iriam nos dar um suadouro, e nós teríamos que desenvolver uma estratégia sólida para vencê-los. Aquela informação era quente, e eu me perguntei como ele a teria conseguido.

— Como você conseguiu isto? — eu me virei na cadeira e o encarei de frente. Tive a sensação de que se tratava de informação privilegiada, e as implicações disso me fizeram gelar por dentro.

— Não importa. O que importa, agora, é o que você vai fazer com isso.

E lá vinha a bomba...

— Deixe-me entender — bati o dedo no arquivo, sem tirar os olhos dele. — O que importa agora é como *eu* vou lidar com isto? — percebi o tom da minha voz; era duro e frio, e fiquei contente por ver que isso fez Mr. Sunday se endireitar na cadeira.

— Correto. Essa empresa precisa ser eliminada da concorrência.

Fiquei chocada. Ele queria destruir a outra empresa, assim como *eu* queria destruir a Diamond: duas organizações completamente distintas, unidas por uma linha tênue. Me recostei na cadeira e pus as mãos na cintura.

— E como você pretende que ela deixe de ser uma rival?

Ele levou a mão ao bolso interno do paletó e extraiu uma folha de papel dobrada.

— Com isto — ele estendeu o papel para mim, esperando que eu me levantasse e fosse pegá-lo.

Suspirei quando levantei, mas, de novo, fui motivada pela curiosidade. Peguei o papel, abri e arregalei os olhos quando li.

— Mas, de acordo com as informações do arquivo, isso aqui está errado. São mentiras. Acusações falsas.

O sorriso dele fez um arrepio gelado descer pela minha coluna.

— Exatamente.

— Isto poderia arruinar a EGL. Pense nas pessoas que trabalham lá. O que elas fariam se a empresa fechar as portas?

— Isso não é problema meu. Minha preocupação é com a Diamond. E esse — ele apontou para a carta na minha mão — é o modo de fazer a Diamond vencer.

— Como? — levantei as mãos, perguntando.

— Vazando essa carta, é claro.

Senti um aperto no coração. Era *exatamente* isso que eu vinha planejando fazer com a Diamond. Senti como se tivesse entrado na sala de espelhos de um parque de diversões e, de repente, me deparasse com o reflexo distorcido de mim mesma. Eu estava me sentindo inclinada a desistir da minha vingança, mas ainda não tinha me decidido. Então qual seria a diferença entre mim e Mr. Sunday?

— E suponho que isso é o que *eu* preciso fazer? Vazar essa informação para a imprensa?

Ele concordou com a cabeça e me deu aquele sorriso medonho de novo. Tudo estava sendo sugado por uma espiral escura. Com uma clareza repentina, eu soube que não podia fazer aquilo. Não podia ser responsável pela destruição de uma empresa cujo único crime era funcionar bem demais. As inovações da EGL eram impressionantes, e por isso aquele homem queria derrubá-la a qualquer custo.

— Não vou fazer isso — minhas palavras ecoaram no escritório, soando muito mais confiantes do que eu me sentia.

O sorriso de Mr. Sunday murchou e ele juntou as mãos, apoiando os dedos indicadores nos lábios. Depois de alguns segundos incrivelmente desconfortáveis, em que ele ficou me observando como se eu fosse uma formiga insignificante, ele falou.

— O chip da Northbrook não funciona. Pelo menos, ainda não.

— O quê? — perguntei, a voz fraca.

— O chip não funciona. Depois da reunião na terça-feira, a pesquisadora-chefe foi trazida até aqui. Ela revelou os resultados mais precisos dos testes. Eles vão precisar de muito mais tempo antes de terem um produto pronto para o mercado. Você fechou o negócio para aquisição de uma empresa sem valor — as palavras dele foram contundentes, pequenas adagas que cortaram minha pele.

— Eu... eu não sabia. Como poderia saber?

— Você conseguiu descobrir o que havia de errado com a KevOptics, não foi?

Fiquei em pé e comecei a andar de um lado para outro, agitada.

— Neste caso, eu tive mais tempo e acesso a um computador. Naquele dia, Mr. Tuesday me deu o mínimo de informação antes de entrarmos no carro e seguirmos para a reunião. Não houve tempo!

— Então foi culpa de Mr. Tuesday?

— N-não. Não foi o que eu disse — minha mente estava uma confusão enquanto ele continuava a me pressionar.

— Hum. Seja de quem for esse erro evidente, temos que corrigi-lo. Nós precisamos ganhar tempo para que nosso departamento de Pesquisa e Desenvolvimento torne viável o chip da Northbrook. O modo de fazer isso é evitar que produtos concorrentes cheguem primeiro ao mercado. Você afirma querer ser CEO – bem, você tem que ser impiedosa. A Diamond precisa ser prioridade. Tudo o que você tem – coragem, inteligência, compaixão, curiosidade, flexibilidade, ética, corpo, alma –, tudo, precisa ser dedicado à Diamond e só à Diamond.

Minha preocupação de não mostrar fraqueza já era passado, e eu me afundei na cadeira, enterrando a cabeça nas mãos. O que eu faria? Talvez fosse esperado que eu dissesse não? Mas o teste de ética foi no sábado – com certeza eles não iriam testar a mesma coisa duas vezes? E fazia sentido que um CEO tivesse que se mostrar impiedoso. De que outro modo alguém pode sobreviver neste mundo competitivo? Qual deveria ser minha decisão? O que eu podia fazer? Se dissesse não, se me recusasse a fazer aquilo, então os últimos seis dias teriam sido em vão. Eu ficaria sem emprego, sem renda. E, talvez, sem Mr. Monday.

Engoli um soluço. Eu ainda poderia me vingar. Poderia dizer não e depois me vingar da Diamond por destruir meu pai, por arruinar minha infância e me colocar naquela situação, mas... não. Não! A Diamond tinha prejudicado minha família, mas a EGL só era culpada por ser boa demais. No fim, tudo se resumia à mesma coisa. Atacar por ter sido atacado. Não! Eu aprendi muito sobre mim essa semana, e não gostei do que descobri. Minha mágoa tinha me cegado e, bem no fundo, sentia raiva do meu pai por ter provocado tudo aquilo em mim. Foi tanto sentimento negativo, mas eu havia superado isso. Eu havia superado tudo isso.

— Sinto muito — minha voz saiu abafada pelas minhas mãos, e então ergui a cabeça, deixando meus braços caírem sobre as minhas pernas.

Ele me deu um olhar zombeteiro.

— Sente muito por quê?

Meneei a cabeça.

— Não vou fazer isso.

Ele se levantou. Pareceu uma torre diante de mim. Ele queria parecer intimidante, mas não me amedrontou, porque eu não tinha mais nada a perder.

— Você... não vai fazer isso?

Eu também me levantei, obrigando-o a recuar um passo.

— Você me entendeu bem. Eu. Não. Vou. Fazer.

— Bem. Então você não tem muita utilidade para nós — ele estendeu a mão e eu olhei para ela, confusa. Ele queria que eu apertasse aquela mão? — Os cartões de acesso, por favor.

— Como? — eu estava mesmo muito confusa.

— Os cartões de acesso. Você precisa devolver todos os cartões que recebeu esta semana.

Fui até minha bolsa e a peguei, levando-a até a mesa. Pisquei várias vezes quando senti o ardor das lágrimas queimando meus olhos. De jeito nenhum eu iria chorar diante daquele homem. Se eu fosse me permitir uma sessão de autopiedade, seria quando estivesse sozinha. Enfiei os dedos no bolsinho lateral, onde estavam os cartões de acesso, e os peguei.

— Aqui estão — fiz o meu melhor para manter a voz firme. Não daria a ele a satisfação de ver como eu estava abalada. Ao longo da semana, conquistar a posição de CEO tinha se tornado mais importante, para mim, do que a vingança. Naquele instante, eu não tinha uma coisa nem outra.

— Obrigado — ele pegou os cartões, voltou para sua mesa, abriu uma gaveta e os deixou cair dentro dela. Para acrescentar um toque bizarro, ele pegou o telefone, teclou um número e disse: — Luz vermelha — desligando em seguida. Virando para mim, ele continuou: — Um segurança vai chegar a qualquer momento para acompanhá-la até fora do prédio.

— Você está falando sério? Vou ser escoltada como uma criminosa? — eu não podia acreditar. Aquilo era mais ofensivo do que o último teste. Meu maior pesar foi que eu não poderia demitir aquele sujeito.

Momentos depois, Stanley, parecendo angustiado, surgiu à porta do escritório. Mr. Sunday tinha voltado para sua cadeira, onde estava com todo jeito de senhor do castelo.

— Desejo-lhe tudo de melhor, Srta. Canyon — ele disse, sem sinceridade alguma.

Sempre fui a favor de manter as portas abertas, mas não consegui retribuir a falsidade daquele homem. Não respondi. Apenas coloquei a alça da bolsa no meu ombro e saí do escritório dele. Não me preocupei em esperar Stanley e caminhei, depressa e com raiva, até o elevador. Apertei o botão e então Stanley me alcançou.

— Que pena que as coisas não deram certo para você, Srta. Canyon — ele disse em voz baixa.

A sinceridade dele me emocionou, e logo me vi enfrentando as lágrimas de novo.

— Obrigada, Stanley.

Quando o elevador chegou, Stanley usou seu cartão e começamos a descida de volta ao saguão do edifício. Fiquei encarando o painel de andares, vendo os números diminuindo, e quis, desesperadamente, Mr. Monday. Eu queria alguém que me dissesse que tudo iria ficar bem. Ele estaria me esperando? Se não estivesse... eu não tinha como entrar em contato com ele. Estaria sozinha. De novo.

O aviso sonoro indicou nossa chegada e eu fechei os olhos bem apertados. *Por favor,* eu desejei, *por favor.* Senti um sopro de ar no rosto quando as portas se abriram. Saí para o saguão e abri os olhos para ver... que não havia ninguém lá.

Fiquei devastada.

Com um movimento triste de cabeça, me despedi de Stanley. Depois saí do edifício e parei na entrada vazia de automóveis. O que eu deveria fazer?

Bem, pelo menos eu sabia – para meu próprio bem, e da minha mãe – que meu pai era inocente. Isso não o traria de volta nem apagaria anos de dor, mas saber disso me deu algum alento. Como eu não podia ficar o dia todo parada ali, sofrendo, comecei a andar em direção à rua. Eu precisava começar a economizar, então pensei que teria que voltar para casa de metrô. Atrás de mim, ouvi o som de um carro entrando no acesso do edifício. Não dei atenção àquilo, mas tive que sair para o lado quando ele virou e me fechou.

— Ei! Está tentando me atropelar? — gritei para o carro e bati no capô.

A porta traseira foi aberta e eu fiquei aturdida, incapaz de falar.

— Tess. Venha comigo — a expressão no rosto de Mr. Monday era de súplica, e isso me fez parar por uma fração de segundo. Oh, como eu queria ir com ele.

— Acabou tudo. Já era. Fui jogada na rua pela segurança. Existe algo mais constrangedor? — não esperei que ele respondesse e recomecei a andar. Eu queria ir para longe, para muito longe da Diamond.

— Tess, espere — ele veio atrás de mim e me segurou pelo braço. Encarando-o, eu tirei meu braço de sua mão.

— Por quê? O que mais você quer de mim? — olhei no fundo dos seus olhos, procurando algum sinal de que ele me quisesse, mas não encontrei nada. Suspirei e meneei a cabeça. Quando me virei, ele agarrou meu braço de novo, e dessa vez não soltou.

Ele me puxou de encontro ao peito, e tive que apoiar as mãos nos ombros dele para me equilibrar. Seu rosto baixou na minha direção e pude ver dor, raiva e determinação em seu olhar.

— Tess, você *precisa* vir comigo.

Ele não esperou minha resposta e me levou até o carro. Não resisti, apesar de estar, praticamente, sendo sequestrada. Não sei por que não fugi — talvez por causa do modo como ele tinha olhado para mim alguns momentos antes. Eu estava me sentindo tão emotiva, brava, magoada, furiosa – tudo misturado –, e a raiva começou a ganhar força. Eu queria um relacionamento real com ele. Que ele fosse a pessoa que cura minhas mágoas. Mas ele teria que provar que queria ficar comigo.

Olhei pela janela, tentando ignorá-lo, para que ele soubesse como eu estava furiosa, mas era difícil não sentir sua presença ao inspirar o cheiro de sua pele dentro da limusine. Veio a lembrança da primeira noite, no helicóptero, quando ele colocou a venda em mim. Foi quando tudo começou. E eu ainda não tinha ideia de quem era aquele homem.

Eu me aproximei da porta, tentando colocar mais espaço entre nós, e o ouvi rir. Disparei um olhar furioso para ele e me voltei para a janela.

— Você devia voltar a ser ruiva, sabe. Seu temperamento não combina com uma morena.

— Como pode dizer isso? Você não faz ideia do que eu acabei de passar. Aquele homem era mau de verdade. Quando me recusei a fazer algo moralmente repugnante, ele me demitiu.

— Você não foi demitida. Não podia ser demitida porque nunca foi contratada — percebi a tentativa de humor na voz dele, mas eu não estava pronta para isso.

— Não tem graça — minha voz saiu como um bloco de gelo.

— Tess, venha. Tess — ele pegou minha mão. Eu tentei puxá-la, mas ele segurou firme. — Venha para cá — ele me puxou pelo assento – de forma deselegante, devo acrescentar – até estar com o braço ao redor dos meus ombros.

Ele colocou o dedo no meu queixo e virou meu rosto para ele.

— Pare — eu disse. Ainda não estava pronta para desistir do meu mau humor, e o carinho dele começava a quebrar o escudo de raiva que me protegia. Tentei virar o rosto para o lado, mas ele me aprisionou.

— Tess. Você precisa se acalmar.

Isso só me irritou ainda mais.

— Pare de me dizer o que fazer! *Tenha calma! Paciência! Confie em mim!* Cansei de receber ordens de você. Tem alguma ideia do que acabou de acontecer lá em cima?

Ele concordou com a cabeça.

— Você acha mesmo que eu não saberia?

— Isto é loucura — meneei a cabeça e me afastei dele. Dessa vez ele me soltou, e fiquei um pouco triste por isso. Não é de admirar que os homens fiquem confusos com as mulheres, eu pensei.

— O que é loucura? — ele perguntou e recostou no assento, deixando o braço atrás de mim.

— Tudo isto — fiz um gesto com a mão. — Tudo que eu fiz esta semana. Hoje, lá em cima — apontei meu indicador na direção da Diamond. — Aquele homem! — eu me virei para Mr. Monday. — Você deveria demiti-lo. Era a primeira coisa que eu planejava fazer como CEO.

Mr. Monday riu e colocou a mão no meu ombro, puxando-me para ele. E dessa vez, me rendi.

— Você não precisa me falar. Sei tudo a respeito dele.

— Mas o que ele me pediu para fazer... — meneei a cabeça.

— Tudo parte do teste.

— Sim! — disparei. — Um teste no qual eu fracassei.

— Tem certeza disso? — ele me apertou.

Levantei o rosto para ele.

— O que você quer dizer? É claro que eu fracassei, ele me tomou todos os cartões de acesso. O Stanley teve que me escoltar para fora do prédio, o que deixou nós dois constrangidos. Eu chamaria isso de fracasso.

O sorriso dele me aqueceu. Meneei a cabeça novamente. Tive a impressão de que ele iria dizer algo, mas em vez disso, ele segurou meu rosto com as duas mãos e cobriu minha boca com a dele.

A última coisa que eu esperava, naquele momento, era uma sessão de beijos no banco de trás da limusine, mas ele era gostoso demais para recusar. Suspirei dentro da sua boca e passei meus braços em volta de seu pescoço. No mesmo instante minha raiva foi substituída pelo desejo. Não demorei para reagir a ele e subi em seu colo. Ele era tudo o que eu precisava naquele instante, e acho que ele percebeu isso antes. Mr. Monday me conhecia melhor do que eu imaginava. O beijo foi ficando quente e ele gemeu, me tirando de cima e me deitando no assento.

Ele levantou a cabeça e olhou para mim. Senti o coração crescer quando o fitei no fundo dos olhos. Refletido neles estava o homem que eu tinha conhecido na noite anterior, quando Mr. Monday foi completamente diferente do homem que me acompanhou a cada teste durante a semana. Senti que ele tinha se permitido relaxar, deixando de lado a máscara profissional, revelando para mim o homem que existia por trás dela. Soltei um suspiro e mantive meus dedos entrelaçados em sua nuca. Eu não podia soltá-lo, queria manter nossa ligação, porque isso me fazia sentir que não estava mais à deriva no mundo.

— Está um pouco mais calma, agora?

Acenei com a cabeça.

— Mas só se você estiver falando da minha raiva, porque se continuar com isto — eu disse, puxando-o para mais um beijo rápido —, vai demorar muito para que eu me acalme de verdade.

— Então quem vai querer se acalmar?

— Eu, não — neguei com a cabeça e levantei o queixo para o lado enquanto ele enterrava o rosto no meu pescoço. Ele continuou com o carinho e deixou uma trilha ardente na minha pele, ao subir até meu queixo e cobrir minha boca. Ele se afastou um pouco e sorriu para mim, e foi quando algo apareceu em seus olhos. Eu diria até mesmo que foi como nos desenhos animados antigos, quando coraçõezinhos surgiam nos olhos dos personagens.

— Venha cá — puxei sua cabeça para mim e nos movemos juntos. Ele era um beijoqueiro magnífico e tinha aprendido muito bem, na noite anterior, o que fazer para me acender.

O movimento da limusine fazia com que balançássemos na direção um do outro. Não sei como foi que aconteceu, mas de repente eu estava apenas de sutiã e calcinha. Ri, e mal pude acreditar no som grave e sensual que saiu de mim. Eu o empurrei e deslizei do assento, dando uma olhada rápida para garantir que o vidro de privacidade estava fechado.

— Não se preocupe — ele disse —, foi a primeira coisa que eu fiz.

— Então você já tinha planejado isto tudo? — eu o provoquei e estendi a mão para sua camisa, para que pudesse tirá-la pela cabeça dele. — Hoje já aconteceram muitas injustiças. Se eu vou ficar nua, você também vai — sua camisa foi jogada para o lado, caindo sobre as minhas roupas.

— Ele pode nos ouvir? — sussurrei, apontando para o motorista.

— Não.

— Ótimo, então tire isto — eu lhe disse quando abri o zíper das calças e as puxei para baixo — Ooh, eu adoro olhar para você — me inclinei para colocar minha mão em seu peito, que tinha a quantidade certa de pelos e músculos definidos com perfeição. Fui para frente e enterrei o rosto naquele peito. — Hum, seu cheiro é tão bom que eu poderia te devorar.

— Eu gostaria de ser devorado — sua mão segurou minha cabeça e eu encostei os lábios nele. Com muita facilidade ele me ergueu, e me movi de modo a ficar entre seus joelhos. Deslizei minhas mãos por aquela pele deliciosa, adorando a combinação dos pelos que me faziam cócegas com os músculos duros como aço e aquele cheiro incrivelmente sexy. Ele era um assalto aos meus sentidos. Estiquei a língua, passando-a pela barriga e encontrando seu umbigo. Ele soltou um gemido quando explorei aquela área sensível, e então eu desci.

Minhas mãos desceram pelos lados do seu tronco e pararam quando toparam com a cintura da cueca. Abri a palma da mão sobre o tecido e a passei de leve por cima, tirando dele uma exclamação excitada quando toquei o volume duro de seu pau. Passei a ponta dos dedos para cima e para baixo, enquanto minha boca continuava no caminho entre o umbigo e o que permanecia escondido. Puxei a cueca, descendo-a lentamente, expondo-o à minha boca e meu olhar famintos.

Ele me ajudou a baixar as calças ainda mais, e meu dedos se fecharam ao redor de seu pau. Eu o tinha na mão, e comecei a apertar e massagear, indo da cabeça até a base. Não pensei que ele pudesse ficar ainda mais duro do que aquilo, mas quando me abaixei e o tomei na boca, ele ficou ainda mais rígido. Ele segurou minha cabeça com um pouco mais de força, gemendo, soltando um som grave e rouco, que eu adorei, movimentando lentamente os quadris, enquanto eu me levantei um pouco para acompanhá-lo. Segurei suas bolas de novo e me alternei entre segurá-las e passar meus dedos nelas, até ficarem duras. Eu queria lhe dar o mesmo prazer que ele tinha me proporcionado na noite anterior, mas dava para ver que ele estava se segurando. Passei a língua pelo lado inferior do pau. Ele estremeceu. Eu gostava de ter aquele poder sobre ele. Gostava de ser capaz de fazer aquele corpo grande e poderoso estremecer sob o meu toque.

— Tess — ele gemeu meu nome e inspirou fundo quando rodeei a cabeça do membro com a língua.

— Como ontem à noite — ele disse, e se inclinou para frente para pegar as calças. Eu sabia o que ele queria e deixei seu pênis escapar da minha boca, para poder ajudar. Ele tirou uma camisinha do bolso e rapidamente a colocou, puxando-me para seu colo antes que eu conseguisse piscar. — Quero que você me cavalgue.

Não precisou pedir duas vezes. Essa era minha posição favorita. Ele me segurou pelos quadris, enquanto eu colocava a mão entre nós, afastando minha calcinha para o lado, pegando seu o pau e colocando-o na minha abertura. Gemi quando deslizei sobre ele, que me preencheu. Mexi os quadris até nós dois começarmos as nos movimentar freneticamente, em busca de nosso êxtase. Sua mão subiu pelas minhas costas e me puxou para ele, que puxou meu sutiã com os dentes, expondo meus seios. Ele chupou um mamilo enquanto sua mão livre brincava com o outro. Um calor veio da parte de trás das minhas pernas, pegou fogo nos meus quadris e se acumulou no meu ventre, enquanto meus músculos se retesavam. Eu não tinha controle dos meus movimentos; apenas continuei a cavalgá-lo.

Os sons do nosso sexo preenchiam a parte de trás da limusine e o asfalto pareceu ficar irregular, o que melhorou nossos movimentos. Segurei a respiração, esperando, e meu corpo se retesou todo, antes de explodir todo em um espasmo. Ele movimentou os quadris com mais força, mergulhando em mim, puxando-me sobre ele. Sua mão deslizou entre nós e encontrou meu clitóris, estimulando-o com a ponta dos dedos. Eu mal conseguia me manter em movimento, pois meus músculos voltaram a ficar tensos. Ele deu uma última estocada, com força, e apertou minha pele sensível. Deixei a cabeça cair e mordi seu ombro para não gritar alto. Ele enterrou a cabeça no meu pescoço e ficamos assim, agarrados um ao outro, enquanto onda após onda de alívio passava por nós.

Desabamos no assento do carro. Ele me aninhou em seus braços e eu o segurei enquanto nos recuperávamos do nosso êxtase.

— Está com sede? — perguntei com uma voz suave, ainda fraca depois do nosso clímax. Ele confirmou com a cabeça e eu deslizei para o lado, ajeitando o sutiã e a calcinha. — Estamos ficando bem criativos, para fazer sem tirar isto aqui — eu lhe entreguei um lenço de papel, para ele tirar a camisinha.

— Quando se quer, tudo se ajeita — ele disse e arqueou os quadris para puxar as cuecas de onde estavam, ao redor dos joelhos.

Vasculhei os armários até encontrar garrafinhas de água.

— Essa é uma vista e tanto; você, de lingerie, ajoelhada no chão da limusine. Acho que eu posso me acostumar com essa cena.

— Abusado — eu disse e sorri. Então passei a água para ele. Abri a minha e bebi um gole grande. Eu estava sedenta.

Peguei minhas roupas, me vesti, e então desabei no assento. O dia tinha sido maluco, uma montanha-russa emocional. Combinado com o resto da semana, era um milagre que eu não tivesse enlouquecido. Recostei-me no assento, sentindo o corpo tão relaxado que pensei que iria pegar no sono.

Então, percebi que já estávamos andando há algum tempo.

— Aonde estamos indo? — perguntei.

Olhei pela janela, mas não reconheci nada.

— Suponho que isso não importa mais, pois já estamos a caminho — ele olhou para mim e vi, de novo, a tristeza refletida em seus olhos. — Estamos indo para o lugar aonde levei você na noite de segunda-feira.

Eu me endireitei no banco e olhei novamente pela janela, procurando qualquer coisa que me fosse familiar. Mas nós tínhamos ido à noite, de helicóptero, então não encontrei nada que reconhecesse.

— Estamos? — me virei para Mr. Monday. — E por quê?

— Precisamos finalizar alguns assuntos — ele terminou de se vestir. Eu já sentia falta do seu corpo nu.

— Finalizar alguns assuntos? O que você quer dizer com isso?

— Isso mesmo. Eu preciso cuidar de algumas coisas.

Aquilo não fazia nenhum sentido para mim. Eu não iria ser CEO, então por que estávamos voltando para a mansão de Mr. King na praia? Mas eu tinha aprendido, ao longo da semana, que não importava o quanto eu pedisse, ele nunca me dava uma resposta. Estava sempre esperando a mítica "hora certa", e como eu sabia que não era a hora certa, fiquei quieta. Os efeitos do sexo tinham me deixado bem, e eu queria continuar assim.

O carro entrou em um caminho particular longo que, deduzi, iria nos levar até a casa. Era bastante evidente que havia muito dinheiro naquela propriedade. A casa apareceu na última curva, e nós seguimos até o pátio circular em frente à construção. A natureza ali era bem cuidada e selvagem ao mesmo tempo, com uma floresta rodeando o gramado viçoso e bem aparado. Adorei a combinação. O heliponto devia estar localizado em algum outro lugar da propriedade.

Eu não era a mesma mulher que tinha chegado ali seis dias antes, mas se alguém me perguntasse qual a mudança, eu não saberia dizer com precisão. Eu me sentia mais leve, mais livre.

Mr. Monday saiu do carro e estendeu a mão para mim. Eu a segurei e ele me ajudou a sair da limusine. Minhas pernas tremiam e ele passou o braço pela minha cintura.

— Fique firme, agora. Encontre a coragem que eu sei que você possui.

Olhei para ele e sorri.

— Não estou com medo. Minhas pernas estão bambas depois do nosso sexo.

Ele riu. Eu não me lembrava de vê-lo assim, relaxado, a não ser na noite anterior. Fiquei feliz. Ele me conduziu do carro até os amplos degraus de pedra calcária. Nos canteiros ao lado do caminho estavam maravilhosas flores rosa e roxas. Parei um instante, ansiosa, diante das imensas portas entalhadas com recortes de vidro verde. Do lado de dentro, fiquei pasma com a elegância, beleza e a sensação de conforto da casa. Era completamente diferente da entrada da outra noite. Muito mais acolhedora, ainda que magnífica e grandiosa.

Mas havia uma energia diferente ali. Ouvi vozes e ruídos de gente ocupada se movimentando.

— O que está acontecendo? — perguntei e recuei, de repente, ficando nervosa.

— Na verdade, está acontecendo muita coisa aqui, hoje, e você precisa estar presente — ele sorriu para mim e o carinho no seu olhar me reconfortou.

— Preciso? Mas por quê?

— Você logo vai descobrir. Tenha um pouco de paciência — ele pegou minha mão e me puxou, com delicadeza.

— Pode acreditar, paciência é uma coisa que aprendi a desenvolver ao longo dos anos. Caso contrário, eu não teria sobrevivido a esta semana, nem aguentado sua mania de me dizer "eu te conto depois" — eu disse e levantei as sobrancelhas para ele, que pareceu ficar um pouco constrangido com meu comentário.

Não falei mais nada e só observei enquanto entrávamos na casa. As vozes foram ficando mais altas e ouvi algumas risadas. Talheres bateram em pratos. Havia um aroma maravilhoso de comida. Aquilo estava muito estranho.

— Esta casa é acolhedora. Aposto que Mr. King criou a família dele aqui. Acho que fiquei com inveja de crescer em uma casa como esta.

— Não fique com inveja do que você não conhece. Poderia ter sido bem pior do que aquilo que você teve.

Olhei para ele e fiquei surpresa de perceber tanta emoção em suas palavras.

— Olhe você, todo filosófico.

Ele deu de ombros.

— Tenho meus momentos — ele me olhou com jeito de que ia dizer algo, mas nós dois nos distraímos com um movimento. Mr. Monday soltou minha mão. Achei isso um pouco estranho, mas aceitei. Eu não fazia ideia de quem mais estava na casa; era óbvio que ele não queria que ninguém soubesse que estávamos juntos. Se é que estávamos. Não tínhamos conversado sobre a nossa relação, ainda. Eu só sabia que queria que nós fôssemos mais do que éramos naquele momento.

— Por aqui — ele virou as maçanetas de uma porta dupla e as abriu. A sala estava cheia de gente. Reconheci algumas pessoas dos escritórios da Diamond, mas a maioria, não. Hesitei um pouco, sem saber o que esperar de toda aquela gente, ainda mais pelo fato de Mr. Monday estar sendo tão misterioso.

Observei a luz que entrava pelas janelas, que possuíam vidros verdes e projetavam um brilho esmeralda no chão. Em meio à movimentação das pessoas, pude ver um grupo de fotografias. Firmei o olhar nelas e percebi que eram fotos de Mr. King. Uma delas parecia ter sido tirada recentemente, mas havia, também, uma série impressionante de imagens, que o retratavam desde a infância até períodos mais recentes. Notei que havia vasos de flores entre as fotos; arranjos belíssimos, com cartões presos a eles. Foi então que entendi. Estendi a mão e agarrei o punho de Mr. Monday. Quase tropecei em um tapete grosso, de tão estupefata que fiquei. Ele tinha me levado a um funeral. Ao funeral de Mr. King. Eu trombei nele.

— O que foi? — ele perguntou. — Está se sentindo mal? — ele deu um passo na minha direção e vi que Mr. Monday estava preocupado de verdade.

Sacudi a cabeça e olhei para ele.

— Isto é um velório?

— Não, não. Velório, não. É mais um tipo de memorial. Vamos entrar aqui — com a cabeça, ele indicou uma porta à minha esquerda e me pegou pelo cotovelo. Era sempre eletrizante quando ele me tocava, não importava que as intenções dele fossem inocentes.

Eu o segui em meio à multidão. Muitas pessoas o cumprimentaram com olhares solenes. Ele pareceu estar com pressa de passar por ali, até estarmos, tranquilos, fechados na outra sala.

— Você vai me dizer agora? Tudo o que tem adiado me contar? É por isso que tem estado tão triste? — um caroço de apreensão se formou na minha garganta. Eu não sabia o que esperar. Não fazia ideia.

Ele inspirou fundo e esperou um instante antes de dizer:

— Dentro de um instante.

Fiquei frustrada. Ele estava sempre adiando.

— Me conte logo o que está acontecendo. Estou ficando assustada.

— Eu sei, me desculpe.

Toda aquela movimentação secreta estava me irritando.

— Se existe uma coisa que me incomoda de verdade na Diamond, é que tudo é um mistério.

— Bem, talvez você possa consertar isso.

Meneei a cabeça.

— Chega dessa baboseira enigmática! Por favor, conte logo o que está acontecendo.

Ele andou até a parede e puxou um cordão, do mesmo modo que fez na primeira noite, quando chamou a enfermeira para levar Mr. King de volta a seu quarto. Momentos depois, a porta se abriu e entraram alguns homens de aparência muito familiar. Soltei uma exclamação.

— Não estou entendendo — olhei para Mr. Monday, confusa.

— Tess, por favor, venha ficar do meu lado. Tenho muito que lhe contar.

Eu não tinha mais energia para discutir, então fiz o que ele pedia.

— Eu sei que você se sentiu traída pelo que aconteceu hoje, mas eu posso lhe garantir: tudo vai ficar bem.

— OK — dei de ombros. — Mas isso não explica muita coisa.

— Eu sei... Cada um destes homens recebeu a incumbência de testar uma característica do seu caráter. Ao fim de cada teste, eles me relatavam seu progresso.

— Para você? Por que não para Mr. King? Foi ele quem quis que eu fizesse tudo isso.

— Um instante — Mr. Monday olhou por cima do meu ombro e eu me virei quando ele começou a falar.

— Senhores. Esta é sua última oportunidade para manifestar qualquer preocupação antes que o anúncio seja feito.

— Anúncio?

Eu não fazia ideia do que estava acontecendo. Era um pouco surreal, e muito constrangedor, ver aqueles homens fora do contexto dos meus testes. Senti como se estivesse acordando de um sonho do qual todos eles participaram.

Um homem se destacou do grupo e se aproximou.

— Mr. Saturday — eu disse.

— Na verdade, o nome dele é Lane Ryder.

— *Tess, a Triunfante*! É muito bom ver você de novo — Lane pegou minhas mãos e as segurou, caloroso. — Foi ótimo passar o dia com você, ontem.

— Mesmo? Eu o abandonei. Será que isso também foi ótimo?

Ele deu uma risada, igual à do dia anterior. Sorri, aliviada. Não havia ressentimentos.

— E isso foi ótimo. O fato de você ir embora, achando incorreto o que estávamos fazendo. Boa sorte no futuro.

— Obrigada.

Um a um, os homens se aproximaram. Finalmente, fiquei sabendo o nome deles. Mr. Tuesday era Steve Black. Mr. Thursday,

Robert Hall. Mr. Friday era Zoltan Gray. Todos foram muito simpáticos comigo, cheios de elogios a meu respeito. Mr. Sunday não estava ali, e isso me deixou contente. Eu continuava chateada pelo comportamento terrível dele.

Mas outro homem estava faltando. Mr. Wednesday. Olhei ao redor, mas não o vi. Mr. Monday se aproximou e sussurrou no meu ouvido.

— Quem você está procurando?

Não tive vontade de lhe dizer. Fiquei constrangida por estar procurando um homem que tinha beijado, enquanto estava ao lado do homem com quem tinha acabado de fazer amor.

Uma voz grave atrás de mim me fez sorrir.

— Acho que ela está me procurando.

Eu me virei e, sim, era Mr. Wednesday. Tive vontade de lhe dar um abraço, mas pensei que Mr. Monday não iria gostar. Em vez disso, estendi as mãos, que ele pegou.

— Sim, era você que eu estava procurando. Queria ter a chance de me despedir.

Ele deu uma olhada para Mr. Monday antes de apertar minhas mãos, para em seguida soltá-las.

— Eu lhe desejo o melhor, Tess. Você teve um desempenho ótimo, esta semana.

— Ei — exclamei, antes que ele desaparecesse de novo. — Todo mundo me disse o nome, a não ser você. Pode me dizer?

Ele inspirou fundo, o que fez seu peito impressionante expandir.

— Rourke. Rourke Stone a seu serviço, senhora.

Sorri para ele.

— Fico contente de conhecê-lo, Rourke. Ah, é um sotaque do interior que percebi na sua voz?

— Você me pegou — ele disse. — Normalmente, não deixo aparecer — Rourke recuou um passo e fez um sinal para Mr. Monday. — Vou deixar que vocês continuem. Vejo-a mais tarde — eu o observei se afastar e meu coração ficou mais leve.

Virei para Mr. Monday e ver a expressão em seu rosto me alegrou. Ele estava feliz.

— Por que você está sorrindo? — perguntei.

— Venha comigo — ele me pegou pela mão e me levou para a outra sala.

— Eu me lembro deste lugar.

— Achei que se lembraria.

Da outra vez em que estive naquela sala, foi quando conheci Mr. King e decidi ir atrás do coelho branco. Fazia, mesmo, apenas seis dias que tudo tinha começado? Mas aquilo estava encerrado, e não entendi por que ele parecia tão satisfeito, ou por que isso estava acontecendo durante um memorial.

— Vire para lá e olhe para a tela, por favor — Mr. Monday apontou para a parede atrás da escrivaninha, onde uma televisão de tela plana estava montada. O controle remoto estava na outra mão dele.

— O que é isso? — olhei para ele e fiquei decepcionada, porque sua felicidade tinha se transformado, de novo, em tristeza. — O que houve? — me aproximei e peguei sua mão livre. Ele entrelaçou os dedos aos meus.

— Você logo vai entender — ele disse, a voz suave, olhando para a TV.

Mantive o olhar nele por mais um instante, a preocupação crescendo dentro de mim. Uma voz chamou minha atenção e eu me virei para a TV.

— Oh! — fiquei espantada quando o rosto de Mr. King apareceu na tela. Ele parecia frágil e cansado, com a pele sem cor e os olhos fundos. Fiquei surpresa com a rapidez com que ele piorou desde minha visita inicial.

— *Olá, Tess. Seis dias atrás, eu a coloquei em uma missão que exigiria sete testes para você provar seu valor. Infelizmente, não posso estar com você hoje. Meus médicos me avisaram que não tenho muito tempo. É grande a possibilidade de que eu não consiga aguentar até domingo* — olhei para Mr. Monday e meu coração apertou quando vi a expressão de absoluta tristeza em seu rosto. — *Tess, eu sei quem você é. Seu pai era um homem bom* — isso fez com que eu olhasse para a tela e meu queixo quase fosse parar no chão. — *As coisas não deram certo para ele. Mas quando nós descobrimos a verdade, ele já tinha falecido. Eu realmente lamento muito que não pudemos corrigir esse erro. Mas fiquei de olho em você. Eu queria ajudá-la, mas sabia do seu ódio pela empresa e que você não aceitaria ajuda financeira. Nós providenciamos que você recebesse bolsas de estudo e outras formas de auxílio. Eu não podia mudar o passado, mas podia ajudá-la com seu futuro. Quando vi que você se candidatou ao cargo de assistente-executiva, soube que essa era minha chance de corrigir alguns erros. Eu tinha dado muita atenção ao dinheiro, enquanto perdia de vista as pessoas dentro da organização. Percebo isso agora. Eu me tornei inacessível, ouvindo só o que os executivos me diziam, aceitando tudo sem questioná-los. Lamento que tenha sido assim* — ele começou a tossir e olhei para Mr. Monday, depois me voltei para a tela. Houve um corte breve, como se a gravação tivesse sido interrompida e depois continuado. — *Meu filho, Daxton, irá explicar o resto. Eu sempre acreditei. Tess, também acredite em você mesma* — Mr. King teve dificuldades com as palavras e a tela escureceu.

Me virei para Mr. Monday.

— Daxton? Ele tem um filho?

Mr. Monday concordou com a cabeça.

— Mas eu não o conheci. Eu me lembraria de um nome como Daxton.

— Talvez você só não saiba o nome verdadeiro dele.

— C-como assim? — meu coração começou a bater com mais rapidez e eu não ousei pensar na possibilidade. Poderia ser... — V-você? — ele se virou para mim e nos entreolhando. Arregalei os olhos.

— Pode me chamar de Dax — ele disse.

Meneei a cabeça, incapaz de digerir tudo aquilo. Em menos de cinco minutos, o mundo que eu conhecia tinha se transformado. Eles sabiam, o tempo todo, quem eu era? Eles sabiam o que eu planejava fazer? E Mr. Monday era filho do ex-CEO, Mr. King? Fiquei estupefata. E meio nervosa.

— Você deveria ter me contado — disse com a voz tensa. Eu estava tão perto de perder a calma que crispei as mãos.

— Eu não podia. Você não faz ideia de quantas vezes nós discutimos sobre isso — ele indicou a tela escura da TV com a cabeça.

Levantei as mãos, com as palmas abertas, como se para evitar novas revelações. Eu não queria explicações... ou queria? Então me dei conta de que Mr. King estava morto e era o pai de Daxton. No mesmo instante, minha raiva se dissipou e eu me virei para ele, enlaçando-o pela cintura. Eu sabia como era perder o pai. Devastador. Eu achava que a pessoa nunca se recuperaria de verdade. Meus olhos se encheram de lágrimas quando me lembrei do meu pai. A confirmação da inocência dele pelo Mr. King curou minha última ferida emocional que restava. Mas a morte dele ainda devia estar doendo em seu filho.

— Me desculpe. Isso não tem importância agora — olhei para ele, que passou os braços ao meu redor. — Quando ele morreu?

— Na madrugada de quinta-feira.

— Oh! É por isso que...

Ele concordou com a cabeça.

— Sim, foi por isso que não fui pegá-la.

— Oh, querido — encostei o rosto em seu peito e escutei as batidas de seu coração.

— Ele estava velho. Doente. Mas teve uma vida muito boa.

Acariciei as suas costas, reconfortando-o.

— Sim... mas apesar da idade, ou da saúde, ele era seu pai. Então isso dói muito.

Seus braços me apertaram, e então ele me soltou.

— Você tem razão. Quando ouvimos o diagnóstico, foi uma das coisas mais difíceis que eu tive que enfrentar. Nós tivemos uma relação pai-filho turbulenta, mas parece que o diagnóstico o despertou, de algum modo, e ele começou a ver as coisas de uma forma diferente — Dax inspirou fundo. — E isso me fez ver que meu pai era humano, na verdade – frágil, por falta de uma palavra melhor – e não o super-herói inacessível que eu sempre pensei. Nós tivemos pouquíssimo tempo para compensar uma quantidade imensa de tempo perdido — Dax me deu um abraço antes de se afastar. — Mas agora nós precisamos fazer algo.

— O quê?

— Vamos fazer uma reunião do conselho antes de celebrar a vida do meu pai, e você precisa participar.

— Eu? Por quê?

— Você confia em mim?

— Sempre.

Nós passamos pela porta e entramos naquele saguão maravilhoso que eu me lembrava da outra noite. Em vez sairmos pela porta principal, demos a volta na escadaria e fomos para um pátio imenso, que acompanhava toda a extensão daquela casa majestosa. A vista me tirou o fôlego. Uma grade de ferro fundido cercava o pátio de pedras amarelas, protegendo-o do penhasco abaixo. Uma brisa deliciosa soprava do oceano e eu levantei o rosto para ela. Fechando os olhos, apreciei a sensação, como se ela sussurrasse para mim, e inspirei o ar doce do mar.

— Gostoso, não é? — Dax murmurou perto do meu ouvido.

— Humm, é sim.

— Será que você consegue se acostumar a morar aqui? — percebi o tom de humor em sua voz e abri os olhos para observá-lo. Ele sorria para mim, e meu coração deu uma cambalhota no meu peito.

— Consigo — franzi a testa quando o sorriso dele ficou maior. — O que você está aprontando?

Ele me pegou pela mão e nós seguimos pelo pátio até um gazebo magnífico. O incrível, nessa construção, era que, apesar de estar debaixo das árvores, ficava debruçado sobre a borda do precipício.

— Nós vamos subir aí? — perguntei.

— Vamos. O conselho se reuniu e nós só temos 15 minutos para fazer essa reunião.

Eu hesitei.

— Não posso subir aí. Olhe onde isso fica.

— Você vai ficar bem. Vou estar do seu lado.

Mantive o olhar fixo em suas costas e o acompanhei até aquela sala de reuniões improvisada. Depois que entramos, consegui, mais ou menos, ignorar o fato de estarmos nos equilibrando na borda do precipício, e me concentrei em Dax. Era um pouco estranho não pensar nele como Mr. Monday.

— Obrigado a todos por terem vindo — ele disse. — Isto aqui não deve demorar, pois Mr. King deixou tudo organizado antes de morrer — Dax se virou para um senhor de idade à sua esquerda. — Peter, como é o presidente do conselho, eu agora lhe passo a palavra.

Peter concordou e se levantou.

— Quero pedir um minuto de silêncio por Fraser King — por algum tempo, o único som foi do vento e das ondas quebrando lá embaixo. — Agora, o primeiro item da pauta é indicar Daxton King como novo CEO das Empresas Diamond.

Dei uma olhada para Dax, que estava sentado ao meu lado. Fui atingida pelo impacto real de quem ele era. Como era difícil de assimilar tudo aquilo, fiquei sentada lá, quase incrédula. Por que tinham me feito passar por todos aqueles testes se Dax sempre foi o próximo na linha sucessória?

O presidente do conselho se sentou e Dax se levantou. Olhei para ele e senti o orgulho crescer dentro de mim, quase me estufando o peito e afogando minhas incertezas.

— Como vocês sabem, antes que meu pai morresse, ele criou a fundação beneficente das empresas Diamond. Ele estava procurando um candidato para dirigir a fundação, alguém com caráter sólido, que fosse criativo e flexível, que sentisse compaixão pelas pessoas, mas que também fosse tenaz o bastante para lutar pelo que acredita. Ele não teve a oportunidade de oferecer o cargo para seu candidato preferido, então estou aqui para fazer isso como CEO, em nome do meu pai.

Prendi a respiração e o encarei. Dax se virou para mim.

— Apresento-lhes Tess Canyon. Meu pai estava observando Tess há vários anos e, depois que ela se dispôs a passar por um processo de seleção exaustivo, ficou claro que se trata da pessoa perfeita.

O último ato do meu pai na direção da empresa foi garantir que Tess ficasse no comando dessa fundação.

Inspirei fundo, surpresa.

— Oh, meu Deus, está falando sério?

Ele se virou e sorriu para mim.

— Sim, muito sério — Dax respondeu e se voltou para os outros membros do conselho ao redor da mesa. — Por favor, recebam Tess na nossa família.

Todos se levantaram e aplaudiram. Fiquei atônita. Eu não sabia o que pensar; aquilo foi tão inesperado. Sorri e cumprimentei com a cabeça todos ao redor da mesa, agradecendo-lhes, mas me sentindo aturdida com o que tinha acontecido. Fiquei feliz por ninguém me pedir para fazer um discurso.

Dax se sentou ao meu lado e eu me inclinei na direção dele.

— E-eu não sei o que dizer.

— Apenas diga sim — ele sorriu e piscou para mim.

— Sim — sussurrei.

Ele pegou minha mão, debaixo da mesa, e a apertou de leve.

— Talvez surjam mais perguntas, às quais também espero que responda sim.

De repente, todo o meu futuro parecia muito diferente. Fiquei atônita com o rumo dos acontecimentos. O segundo de decepção que senti quando percebi que não seria a CEO desapareceu rapidamente. Acho até que me senti um pouco aliviada. Talvez, lá no fundo, eu soubesse que não era o cargo certo para mim. Mas essa nova virada! Fiquei ansiosa para saber dos detalhes que envolviam ser a diretora de uma fundação beneficente. E fiquei ainda mais empolgada com o futuro que eu poderia ter com Dax. Eu mal podia esperar que a reunião terminasse. Enfim, quando os membros do conselho saíram do gazebo e entraram na casa, nós ficamos sozinhos.

— Há tanta coisa que precisamos conversar — Dax disse para mim e me puxou em seus braços. — Mas as pessoas estão nos esperando para a cerimônia do memorial. Depois disso, vamos fazer um velório ao velho estilo escocês. Agora, preciso fazer uma coisa, e gostaria que você viesse comigo e esperasse enquanto eu faço isso.

Ele pegou minha mão e me levou de volta à casa. Subimos pela escadaria para outro andar que era deslumbrante. Pinturas lindas cobriam as paredes do longo corredor.

— São seus ancestrais? — perguntei.

— Sim. Centenas de anos de ancestrais. E ainda tem mais, na nossa casa na Escócia.

— Você também tem uma casa na Escócia?

Ele acenou com a cabeça e olhou para mim.

— Um castelo, na verdade.

Arregalei os olhos e meneei a cabeça.

— Ah, é claro. Era óbvio que você teria um castelo de família.

Ele riu e abriu uma porta no meio do corredor, onde entramos em uma suíte incrível.

— Estou recebendo uma sobrecarga de informações — eu disse. — Você está me dando muita coisa para processar, e eu mal estou conseguindo entender o que se passa.

Ele se virou e me pegou nos braços. Derreti nele assim que me beijou e suas mãos passearam pelo meu corpo. Ele me beijou o pescoço e sussurrou.

— Desde que nós fiquemos juntos, vamos conseguir fazer qualquer coisa. Agora, me dê um minuto. Eu já volto.

Eu o observei desaparecer em uma porta que parecia dar acesso a um quarto de vestir. Me virei para olhar o ambiente em que estava. Devia ser um dormitório. Era maior do que meu apartamento inteiro. Fui até a porta-balcão e a abri, inspirando fundo com a vista que surgiu. Uma varanda linda acompanhava toda a extensão do quarto. Eu me obriguei a andar até a grade, que segurei firme. Observei o cenário. Abaixo ficava o pátio onde estávamos há pouco. Mais adiante havia o penhasco que dava para uma vista arrebatadora do oceano. O dia estava maravilhoso, com o céu azul e pontinhos brancos de veleiros que balançavam nas ondas.

— Minha nossa! E pensar que tem gente que mora num lugar como este.

— Você acha que conseguiria morar num lugar como este? — eu me virei quando ouvi a voz de Dax.

— Nossa! — exclamei. — Você está de kilt!

— Estou mesmo, garota — ele falou com forte sotaque escocês e eu soltei uma gargalhada.

— Você está lindo! E tem as pernas mais lindas da cidade, juro.

Ele sorriu e se aproximou de mim. Eu não sabia nada a respeito da Escócia, ou da cultura escocesa, mas ao vê-lo de kilt e uma impecável camisa branca, com o cabelo escuro esvoaçando na brisa do oceano, não consegui imaginar que pudesse existir homem mais magnífico. E quis tomá-lo para mim.

Eu não conseguia tirar os olhos de Dax, tão incrível que ele estava de kilt e faixa xadrez. Me aproximei e falei com uma voz baixa e rouca.

— Eu sempre quis saber o que o escocês usa por baixo do kilt.

— Quis mesmo? — Dax inclinou a cabeça para o lado, seu olhar pleno de paixão. Adorei sua expressão, que me acendeu de uma vez. — Então vamos ter que resolver isso o quanto antes.

Ele me pegou nos braços e me destruiu com o beijo mais maravilhoso. De repente meus músculos se tornaram inúteis, e fiquei pendurada naqueles braços. Momentos depois, ele ergueu a cabeça e me encarou.

— Muito bem, continue pensando nisso — ele disse.

Arregalei os olhos e inspirei com dificuldade.

— Tu-tudo bem.

— Está pronta? Nós temos mesmo que descer. Depois nós vamos ter todo o tempo do mundo.

Quando chegamos no andar de baixo, Dax me deixou perto da janela com um drinque, me beijou no rosto e disse que precisava conversar com as pessoas. Isso me deu a oportunidade de vê-lo em ação e compreender o homem que ele era de verdade. Daxton King. Não um simples Mr. Monday. Meu coração cresceu de orgulho enquanto eu o observava se movimentar em meio aos convidados, alguns dois quais também muito ricos, o que me deixou pasma. De repente eu estava circulando em meio à verdadeira elite.

— Tess?

Eu me virei e me empertiguei quando vi Mr. Sunday. Apertei os olhos para ele e imaginei o que aquele homem poderia querer me dizer.

— Oi — eu disse, sem baixar minha guarda, ainda que ele estivesse sorrindo.

— Gostaria de me apresentar – de verdade – a você. Meu nome é Malcolm Fox — ele estendeu a mão e não tive escolha a não ser apertá-la. Eu não queria parecer grosseira no meio do memorial. Hesitante, eu o cumprimentei. — Você precisa saber que Mr. King estava ansioso para trabalhar com você — ele disse.

De todas as coisas que eu poderia esperar que ele dissesse, aquilo não tinha passado pela minha cabeça e não soube o que responder. Imaginei que o comportamento de Malcolm mais cedo fosse uma encenação, parte do teste, mas foi estranho ouvi-lo dizer palavras tão gentis.

— Havia muitos candidatos selecionados — ele continuou —, mas você estava no alto da lista. Ele sabia que você passaria com louvor nos testes.

— Eu não sei o que dizer.

Ele levantou o copo um pouco, fazendo um brinde contido a mim.

— Senti que devia me apresentar e te dar uma explicação, porque você deixou muito claro o que achou da nossa reunião — o sorriso que ele me deu foi surpreendente. Então seus olhos fitaram algo atrás de mim, e eu me virei para ver o que tinha chamado sua atenção.

Dax se aproximava em meio ao mar de pessoas. Nossos olhares se encontraram e meu coração bateu mais rápido.

— Tudo de bom para você, Tess — Malcolm disse.

— Obrigada — respondi, sem tirar os olhos de Dax. Ouvi Malcolm se retirar e fiquei aliviada. Ainda que nosso encontro tivesse sido uma encenação, ficar perto dele me deixou constrangida. Observei Dax abrir caminho em meio à multidão, sendo detido de vez em quando. Ele foi elegante e deu a devida atenção a cada pessoa. Quando ele olhava para mim, eu quase derretia com a paixão que via em seu rosto. Paixão por mim. Por nós.

Nenhuma fada-madrinha poderia me conceder um desejo melhor do que aquilo que estava acontecendo comigo. Eu tinha conseguido o desejo do meu coração, ainda que não soubesse qual era até esse dia. Meu perfil combinava muito mais com o de diretora de uma organização beneficente do que com o de CEO de uma empresa com fins lucrativos. Percebi, com mais clareza do que nunca, que pessoas eram o mais importante, e à frente da organização eu poderia ajudar quem realmente precisava. Poderia auxiliar os outros a conquistar seus sonhos.

De repente, eu quis telefonar para minha mãe. Eu precisava contar para ela tudo o que tinha acontecido. Mas pensei que isso poderia esperar até o dia seguinte. Seria um novo dia, que marcaria o início de um futuro diferente e empolgante. Naquele momento, contudo, o dia e a noite pertenciam a mim e Dax.

Finalmente, quando voltamos à suíte dele com vista para o mar, ficamos a sós. Com as costas apoiadas na grade da varanda, eu não conseguia tirar os olhos de Dax, magnífico em seu kilt. Estendi a mão para ele e deixei meus dedos deslizarem pelo tecido delicioso no qual ele tinha se enrolado.

— Acho que você vai ter que me dar um treinamento sobre como funciona essa roupa.

— Quando quiser, garota.

— Gostei do sotaque — sorri para ele e o puxei para mais perto. — Como você está? — perguntei. Se as últimas horas tinham sido difíceis para mim, imaginei como Dax devia estar esgotado com tudo aquilo.

— Estou bem. Conseguindo suportar porque você está comigo. Estou ansioso para passar mais tempo com você e, juntos, mudarmos o mundo — ele veio até mim e baixou a cabeça, aproximando os lábios dos meus. Muito perto, mas sem tocar.

— Fico feliz — sussurrei e o encarei. — Mas eu ainda não sei.

— Não sabe o quê? — ele roçou os lábios nos meus, bem de leve, mas a eletricidade entre nós era em alta-voltagem.

— O que existe debaixo do kilt de um escocês.

O sorriso dele me virou do avesso. Desci minha mão até o seu quadril, e segurei o tecido do kilt. Dava para ver que ele estava com uma ereção considerável. Eu me encostei nele, e senti o volume na barriga. Fiquei ansiosa para agarrá-lo.

Fitando-o nos olhos, levantei o kilt. Sorri e lambi meus lábios. Ele sorriu, mas não moveu um músculo quando desci a mão e apoiei a palma em sua coxa firme. Inspirei devagar enquanto ele rilhava os dentes devido ao meu toque.

— Quero descobrir você. Tocar cada parte sua, saboreá-lo... amá-lo.

— Mulher, se continuar falando assim, vai acabar comigo antes da hora — ele fechou os olhos e me segurou pela nuca, enfiando os dedos no meu cabelo. Tomei isso como incentivo e subi com a mão por dentro do kilt. Em seguida me estiquei e encostei os lábios nos dele.

Ele estremeceu e seu pau pulou debaixo do tecido quando me aproximei do meu prêmio. Fiquei encantada com a reação involuntária dele e aprofundei nosso beijo. A brisa do oceano temperava o calor da nossa pele.

Dei uma risada quando meus dedos se fecharam ao redor do seu membro duro.

— Então é verdade que um escocês não usa nada por baixo do kilt.

— Isso é uma pergunta?

Neguei com a cabeça e voltei a encostar meus lábios nos dele. Estremeci quando Dax fechou os dedos, agarrando meu cabelo, mas não o impedi. A pontada aguda de dor logo se transformou em algo que aumentou minha excitação. Virei a cabeça e abri mais a boca. Ele reagiu e me apertou junto ao púbis, prendendo minha mão entre nós. Inspirei fundo, adorando o cheiro familiar da sua pele quente.

Segurei a grossura dele com as duas mãos. Ele grunhiu e movimento os quadris contra mim. Interrompi o beijo e ficamos nos encarando. Sentindo a força que vinha dele, meu desejo cresceu. Senti os músculos das suas coxas endurecerem, com o esforço que ele fazia para se manter no lugar, e isso me esquentou como brasa.

Os quadris dele se moviam lentamente, e seu pau deslizava de forma deliciosa na minha mão, fazendo-o gemer. O sol nos aquecia e a brisa aumentou. O aroma do mar se misturou ao de nossos corpos quentes; aquilo tudo era inebriante para mim. Dax segurava minha cabeça e movia os quadris no mesmo ritmo da minha massagem.

Então ele recuou e me pegou nos braços.

— O quê? — fiquei confusa e assustada.

Ele me carregou até debaixo do toldo e me colocou em pé, no chão. Eu o observei tirar a faixa xadrez do peito, depois desabotoar a camisa e tirá-la, jogando-a de lado. Parado ali, só de kilt e aquelas meias malucas, ele estava simplesmente magnífico.

— Você me deixa louco — ele me encostou na parede de pedra da mansão e apoiou uma mão de cada lado da minha cabeça.

O cabelo dele caiu para frente e eu levantei a mão para tocar seu rosto.

— Você também — eu disse.

Ele sorriu e isso acabou comigo. De repente, fiquei desesperada para estar nua. Ele tirou minhas roupas rapidamente, e então enterrou o rosto entre meus seios. Pegando meus mamilos com a boca, ele os banhou até ficarem duros com a sensação. Eu me contorcia de encontro a ele e coloquei um joelho entre suas pernas.

— Seu kilt — murmurei.

— O que tem ele? — ele me deu uma olhada rápida, e estremeci quando sua língua brincou com meu mamilo, depois que ele falou.

— Vai ficar amassado.

Ele deu de ombros.

— Você não vai querer que ele fique todo amarrotado — insisti.

— Se isso a preocupa, só tem uma solução — ele recuou e tirou o kilt com dedos ágeis. Depois de pendurá-lo com cuidado nas costas de uma cadeira, ele se virou para mim. Eu não conseguia acreditar como ele era perfeito. Lindo em todos os sentidos da palavra. E meu.

Estendi a mão para ele.

— Venha para mim.

Ele veio, e dessa vez me prendeu contra a parede, levantando uma perna e colocando a mão entre as minhas coxas. Fiquei sem ar quando ele enfiou um dedo em mim, esfregando a palma da mão no meu clitóris. Minha cabeça pendeu para o lado e me perdi nas sensações mais incríveis enquanto os dedos dele entravam em mim. Ele os enrolou e enfiou fundo. Eu nunca tinha sido tocada assim e sua força me deixou trêmula e soluçando, descontrolada. Meu corpo inteiro estava *sentindo*, de um modo como nunca tinha acontecido antes. Ele encontrou meu ponto certo e minha consciência sumiu quando gozei forte. Ondas passaram por mim e, de novo, me senti uma boneca de pano nas garras dele. Se eu soltei algum som, nem percebi. Sua boca fechou a minha, silenciando quaisquer possíveis gemidos de êxtase. Quando voltei para a realidade, senti minhas coxas molhadas, e percebi o que tinha acontecido comigo pela primeira vez. Antes que eu pudesse ficar constrangida, ele sussurrou no meu ouvido:

— Você é minha.

Quase chorei com a emoção devastadora que me varreu. Mas então ele esvaziou minha mente de novo quando colocou a mão entre nós, e eu senti seu pau na minha abertura, e ele me penetrou. Dax segurou minha bunda e eu passei os braços ao redor do seu pescoço, levantando meus quadris quando ele se movimentou, me preenchendo completamente. Minha cabeça girava de desejo.

— Oh, céus — sussurrei, meu corpo tremendo de deleite, e o fitei. Adorando a paixão que ele exibia no rosto, enfiei meus dedos em seu cabelo.

Nossos olhares se sustentaram e nós igualamos as estocadas um do outro com uma ferocidade que me deixou sem fôlego. Minhas costas apoiadas na parede lisa e quente era o que nos mantinha em pé. Ele baixou o rosto e capturou meus lábios. Apertei meus braços com mais força em seu pescoço, como se nunca fosse soltá-lo. Sua língua procurou a minha, e as duas dançaram em um ritmo sedutor. Se eu pudesse falar, teria dito, *Você é meu e eu sou sua.*

Nós aumentamos o ritmo, e a brisa do mar levou nossa respiração frenética. Eu ia gozar de novo; meu orgasmo estava tão perto. Tentei me segurar para que nós chegássemos juntos, mas não consegui e a sensação maravilhosa cresceu no meu ventre, e explodiu quando Dax foi mais fundo. Me agarrei nele, e meus músculos tremeram fora de controle. Então ele gemeu, grave e rouco. Acompanhei suas últimas estocadas enquanto ele gozava, preenchendo-me definitivamente.

O som do seu rugido se misturou às gaitas de fole que começaram a soar, de repente, lá embaixo. Estremeci com a combinação do poder daquele homem e o som assombroso das gaitas.

Dax desabou de encontro a mim, e eu fiquei sem conseguir respirar, entre ele e a parede. Ficamos assim por um instante, enquanto ele recuperava a respiração com inspirações profundas. Ele se moveu e me levantou nos braços. Era espantoso que ele conseguisse me carregar depois de tudo o que fizemos. Nós caímos sobre a espreguiçadeira e ele me puxou para si. Fiquei enrolada ao lado dele. Saciada e satisfeita, dei um beijo em seu peito. Ficamos em silêncio. Nossa frequência cardíaca se normalizou, e a respiração também. As gaitas de fole continuaram a soprar sua melodia indelével.

Ele passou o braço pelos meus ombros e olhou para mim.

— Você não respondeu minha pergunta.

— Sua pergunta? Não me lembro.

Ele riu.

— Pense bem. Você disse algo, e então eu disse outra coisa.

Eu pensei e então me lembrei. Arregalei os olhos.

— Me lembro do que você disse. E, para responder à sua pergunta, sim, eu acho que conseguiria morar em um lugar como este. Desde que seja com você.

Ele me puxou mais para perto e passei o braço pela sua cintura. Sorri quando ele colou os lábios nos meus e depois sussurrou:

— Não existe lugar como o lar, garota. Não existe lugar igual.

Eu tinha encontrado meu lar. Aquela semana vertiginosa foi diferente de tudo o que já tinha experimentado. Uma simples entrevista de emprego, para um cargo de assistente-executiva, me levou por uma jornada incrível. Eu me libertei das correntes do passado, apaguei a mancha na memória do meu pai e encontrei um futuro magnífico com meu próprio Príncipe Encantado. Liberta de toda raiva e todo arrependimento a que eu tinha me prendido por todos aqueles anos, me senti incrivelmente leve.

O que mais uma garota poderia querer? Tudo que restava era viver feliz para sempre.

# Agradecimentos

Primeiro, para minha fabulosa agente Louise Fury. Obrigada por tudo! Kristin Smith, também conhecida como *Olho de Falcão*, meu sincero obrigada.

A Entrevista não seria possível sem Kate Byrne e todos na Headline! Trabalhar com vocês foi uma experiência maravilhosa em todos os sentidos — muito obrigada!

Agradeço também à minha família, pois fiquei colada no computador durante os últimos quatro meses. Eu não teria conseguido realizar isto se não fosse pela paciência e compreensão de vocês.

Obrigada *Meat Man* por não se sentir abandonado nem ficar com ciúmes enquanto eu estava ocupada com sete outros *homens*. Muito pelo contrário, continuou cantando para mim: "*Mr Monday, me oh my*"!

Amo vocês todos.

## SÉRIE A ENTREVISTA / E-BOOK

**A Entrevista: Segunda-feira**
Shana Gray
Tradução de A C Reis

**A Entrevista: Terça-feira**
Shana Gray
Tradução de A C Reis

**A Entrevista: Quarta-feira**
Shana Gray
Tradução de A C Reis

**A Entrevista: Quinta-feira**
Shana Gray
Tradução de A C Reis

**A Entrevista: Sexta-feira**
Shana Gray
Tradução de A C Reis

Este livro foi composto com tipografia Electra e impresso
em papel Off-White 70 g/m² na Assahi artes gráficas.

**A Entrevista: Sábado**
Shana Gray
Tradução de A C Reis

**A Entrevista: Domingo**
Shana Gray
Tradução de A C Reis